寫字療疾

臺灣文學中的
疾病與療癒

策劃
國立臺灣文學館

主編
李欣倫

目錄

記疫行動，讓愛蔓延

憂鬱來襲，書寫自療

陪伴長者，照亮長路

附錄

推薦序

文學發聲，指認病痛

林巾力（國立臺灣文學館館長）

疾病是臺灣歷史中不可忽視的一部分，影響到個人和整體社會的制度及文化，甚至是歷史的走向。過去三年，全球籠罩在COVID－19的威脅下，不僅改變我們的生活型態，也奪走許多寶貴的生命。文學不僅能夠記錄世紀大疫的劇烈變化，也細膩刻劃至個人的身心病痛。透過不同敘事觀點和文字表達，讓讀者更加深入地理解疾病的本質，並從中透析臺灣特有的歷史及社會環境。

國立臺灣文學館在疫情趨緩且解封之際推出「寫字療疾──臺灣文學中的疾與療」特展。展覽共劃分五區：「社會有疾，群眾同療」、「心靈有疾，書寫來療」、「集體創傷，集體療復」、「慢慢的病要緩緩療」、「時間的疾，照護療癒」，分別對應到臺灣文學中經常書寫的傳染病、精神疾病、集體創傷、慢性病以及近年來備受重視的照護議題。

《寫字療疾──臺灣文學中的疾病與療癒》延續展覽的框架，並增補更加豐富的內容。本書以文學為軸心，透過跨領域的知識彙整，看見疾病的多元面貌，由此串聯起更具韌性的療癒力量。在李欣倫教授主編下，本書內容從疾病文學擴及到醫療史、生活史以及醫療從業人員、患者的前線觀點。從探討作家如何將疾病體驗轉化為創作力量，延伸至疾病的社會和歷史背景的探討。各章都將帶領讀者了解「疾病」如何與臺灣歷史文化緊密扣連，同時揭示出人性的脆弱與堅韌。除豐富的文章外，本書亦於附錄附上本次展覽的圖錄，在展期結束後，仍能留下紀錄。

本書由李欣倫教授主編，並邀請於疾病研究上耕耘許久的專家學者共同完成。我衷心感謝所有參與本書創作的作者。我們也希望能夠透過這本專書，讓讀者更加認識臺灣的疾病文學，同時也為有興趣的研究者提供一個重要的參考資源。

疾病是生命中無可避免的事情，一如展覽結語所說：「沒有人是故意的。」好在我們還有文學，透過文字的發聲來指認難以言說的病痛，並成為共同感受的途徑，成為彼此的扶持。也希望這本書能夠成為所有文學愛好者的支持。謹代表國立臺灣文學館對所有作者、讀者，致上最深的謝意。

推薦序

憂鬱樹與萬壽果

陳耀昌（醫師作家／臺大醫學院教授）

因為COVID－19三年，大家聞疫色變，原來一隻小小病毒可以如此徹底改變我們的生活方式，翻天覆地讓全球觀光幾乎停擺。於是臺灣文學館推出了「寫字療疾——臺灣文學中的疾與療」之特展，又編了這本集二十六位作家之力的大書。我既有幸躬逢其盛，又有幸應邀為序。我有二個身份，是五十年的老醫師，又算是十年資歷的作家。但參展之時，閱讀之際，好像醫師的觸角會比作家的思維多一些，就容我在此談天論地一番。

首先，自歷史談起。臺灣在一八九五年時，在國際人士的眼光，是個「疫」之島。「疫」與「病」不同，「疫」是傳染病，「病」是個人之「疾」。日本人在一八七四年的牡丹社事件之所以不得已撤軍，是因為死於戰役的三十人不到，死在瘧疾的，則超過六百人。然後一八九五年乙未抗日，日本人也是死在傳染病者居多（除了瘧疾，還有赤痢這一類臺灣人已有免疫力，而日本人完全無抵抗力者）。所以一八九八年，日本人受不了，差一點把臺灣賣給法國。如果這個想法後來付諸實行，不知一九四五年後的臺灣會變成如何，哈哈。

再自醫學說起。我常說，若非拜現代醫學之賜，我會和三國周瑜一樣，三十六之年卒。因為周瑜是三十六歲時，背上的箭傷細菌感染而死；我則三十六歲之年得了盲腸炎，拜現代醫學可以剖腹開刀拿掉發炎盲腸，可以注射或口服抗生素，否則小命不保。

百年來醫學最大突破是佛萊明發明盤尼西林，於是人類擁有抗生素，成了細菌的剋星。雖然細菌有千百種，人類則發明了好幾十種廣效抗生素去殺之。因為抗生素，細菌對你我的生命威脅大減，新生兒死亡率大為降低，人類的壽命大為延長。我在這次特展中看到鍾理和的手稿中出現「邁仙」兩字，真感謝策展者的細心。因為在戰後抗生素初問世的時候，價格非常之貴，又因為抗生素的英文字末常是某種mycin（-mycin），因此在「抗生素」三字未普遍之時，臺灣人稱之為「邁仙」或「邁辛」（其實是日文？）。這兩個字在臺灣人口語中有特別意義，代表「仙丹」，也代表「貴森森」。

然而威脅人的除了細菌，還有病毒。病毒比細菌小，但一旦流行起來，比細菌厲害，細菌是社區流行，病毒則可以是全球性的。病毒的感染極快，幾乎接觸過的人就會得病。更糟的是，大致而言，病毒沒有特效藥，感染者不是死亡就是自癒。於是人類發明了疫苗，某種程度上控制了病毒感染。「種牛痘」就是最早的疫苗，從此天花病毒跡近絕跡；小兒麻痺疫苗也為人類立了大功。

然而，有些病毒有突變的絕招，例如流行性感冒病毒。其實COVID－19也算一種流行性感冒。流行性感冒病毒在一九一八年讓人類見識了它的威力，那時的醫學水準尚無法在短期內生產針對此病毒的疫苗，因此完全勢不可擋，造成全球五千萬人口的死亡，包括日本臺灣總督明石元二郎（令人尊敬的是，明石雖然死在日本，卻要求葬在臺灣）。然後是二〇〇三年的SARS，再來就是近年的COVID－19，都是冠狀病毒。

在流行性感冒之外，還有一種厲害的病毒叫愛滋病病毒，還好此病毒受限於特殊感染途徑。

愛滋病在一九八〇年發現，但是四十年過去了，愛滋病毒的疫苗仍未研發成功。

因為醫學對細菌感染治療及病毒感染預防的大成功，人類壽命大為延長。於是人類出現了中老年之後好發的病，曰「癌症」。癌症是細胞的DNA突變所致，癌症早已取代感染，成為已開發國家死亡原因的第一位。而癌症化學治療人人聞之色變。癌症化學治療在臺灣的盛行，大約是一九八〇年代之後才開始的，到了二〇〇〇年代又有所謂「標靶治療」。

這次文學館的展出，被論及的癌症好像只有乳癌。乳癌的特殊意義是（一）女性，（二）外科切除常可癒，多見於年輕及中年婦女。但乳癌不是一個以化學治療為主的癌症。反之，白血病的骨髓移植或幹細胞治療是新式的癌症治療。因為各時代的疾病不同，這次的展出，少有提到化學治療者，但我相信將來一定會有許多接受化學治療或細胞治療的病人夫子自道。啊，對了，趁機宣傳一下，我的短篇小說集《頭份之雲》之中，其中就有二篇是與骨髓移植有關的，一篇是〈落腮鬍〉，一篇是〈花之器〉。

近年來，「憂鬱症」愈來愈多。本次特展也有一段話：

> 文學中的瘋癲者，往往看穿現實世界中的不合理或是壓迫，文學內的憂鬱，來自對生命意義的追問，抑或是身處於世卻格格不入的困窘。透過瘋癲與憂鬱的探問，文學讓人們打開介於正常與異常之間的空間。

這使我想到，我在樂生院的收藏中，看到病人們所編的《萬壽果》雜誌，想起樂生院的院歌：

……靜寂的　新莊依山的家，愉悅的　我們樂生院，命運讓我們聚集，相互扶持　一起生活……

兩相對照，真令人三嘆。

至於觀展的感想，我想我的看法也表示特殊，提供於下。

我的第一個感想是，這真的是好創意。世界其他國家，有舉辦過類似的主題展嗎？這樣的展覽應該長存，撤展太可惜了。

因為我的另一個身份是樂生園區整體發展計畫委員，我的第二個感想是，樂生園區將於二、三年後完成，我希望這個展覽內容能夠搬到樂生園區長期展出。樂生園區若只是展出漢生病相關，太單調了，我建議也要展出漢生病之外的其他疾病，展出疾病相關文學。我會建議未來的「樂生園區」展出這個「寫字療疾」，而且加油添醋，找一些醫學方面的圖片，把文學配上醫學。例如梅毒就加入梅毒螺旋菌圖片，加上其感染途徑、病狀，最好再加上梅毒的歷史（梅毒的歷史本來就很有趣，是哥倫布從美洲帶到歐洲的），讓觀展者兼能了解疾病文學與疾病醫學，以及疾病人權。

最重要的，這本《寫字療疾》展覽專書，也可以在樂生人權園區長期展出，讓這本書變成長銷書，也變成臺灣各圖書館永遠收藏的書。

身為「作家」，我在看這個展時充滿了喜悅，因為展出了文學館收藏的寶物，好多臺灣前輩作家的原稿，賴和的、鍾理和的、楊逵的。這是奇特的書，集結了二十六名當代作者，其中五位是醫師（王浩威、阿布、吳妮民、黃信恩、劉介修）。他們一定花了許多時間與心血，因為除了大約二千字上下的正文之外，還有附有參考書目與延伸閱讀。而出版時也一定會加上展覽的照片及記錄，真是鉅著。

我對樂生園區有極特別的了解與感情。我自二〇〇八年擔任「漢生病患人權小組召集人」，迄今已超過十五年，而且又兼任了「樂生園區整體發展計畫委員」，我甚至以罹患癩病的日本時代臺灣民主鬥士盧丙丁及他的夫人林氏好，以文化協會及臺灣民眾黨為背景，寫了《島之曦》一書。

在本次臺文館的展覽中，我很驚訝看到與漢生病（臺語痲瘋，日語癩病）相關的，竟然只有一九九二年四月二十四日古蒙仁發表在《中央日報》的一篇文章。

其實癩病或痲瘋病，在日治時代及戰後初期一九六〇年代，漢生病的特效病問世之前，在臺灣有特殊重要地位。日本總督府視漢生病為國恥，一律抓之隔絕在樂生療養院；臺灣民間也視漢生病人如蛇蠍，避之唯恐不及。樂生療養院保存了非常多的文物史料、病人病歷，有關這方面的作品，幾乎都放在樂生，臺灣其他單位的館藏，有關樂生或漢生病的描寫文字收藏，卻非常之少。

其實，我覺得，臺灣文學館與未來的樂生園區是個絕配。如果樂生人權園區與臺灣文學館能結合為姊妹園區，互通有無，那真的是一加一大於二了。

導讀

疾病編年，文學度日

寫給受折磨的我們

李欣倫

確診，口罩，隔離，疫苗，社交距離。關於三年來籠罩全球的COVID－19，你會想到幾個關鍵字？大疫中斷日常，病毒變異，情感疏離，改寫身心，恐懼具體化為確診和死亡數據，焦躁、不安等諸種無法命名的情緒，隨著後真相時代不斷生產的新聞浮沫，一刻不停地瘋長，成為我們的白晝，成為黑夜，或從此進入永夜。然而，當確診人數持續攀高，社群也逐步發揮力量，連結的渴盼召喚出同理共感的實踐，隨處可見提供給確診者及照顧者的資源。愛在蔓延。

這是我們一同經歷的疫情時代。

疫情提醒我們許多，關於標籤、汙名、歧視，也關於勇氣、希望、連結，關於明與暗，光與影，天使或者幽靈。不僅COVID－19，在作家的疾病書寫中，我們常讀到這兩股衝突力量的對壘與搏鬥，無論是傳染病、憂鬱症、難以表述的身心創傷、慢性病、失能與失智，無論是患病者或照顧者，我們就居住在百病叢生、被時間與情感啃囓的身體裡，隨著病情好壞而心情起伏。多半時候，罹病、用藥、檢查、手術、化療恐怕是意外的墜落，落到日常與「正常」軌則之外，落到線性時間與現實空間之外，直到文學把我們接住。

這本在疫情時代中籌劃、編寫和出版的《寫字療疾——臺灣文學中的疾病與療癒》，不依文學史時序編年，而以病、傷的類別區分，並依循臺灣文學館二〇二三年「寫字療疾——臺灣文學中的疾與療」的展區規劃，分為五大單元：傳染病、精神疾病、集體創傷、慢性病及長照。

「記疫行動，讓愛蔓延」聚焦於傳染病在臺灣文學中的圖景，介紹作家如何透過書寫傳染病，反抗威權、去除汙名並傳遞關懷，尤其進入以病毒編年的二十一世紀，變異又變種的病毒中斷日常，文學如何作為一種公衛印記，保存了疫病籠罩下的故事和心事。林秀蓉介紹臺灣日治時期患有肺結核的作家作品，楊逵、鍾理和以奮力筆耕為療方，不僅書寫個人疾病備忘錄，也將疾病符號化為動能，成為反抗殖民政府與帝國主義的利器。近年在COVID－19的籠罩之下，我們經歷了「都包括在外」的艱難時日，黃宗潔先回顧SARS期間，詩歌如何見證疫情，類型文學與大眾文化如何以其立即性，回應了新冠疫情，也藉此召喚SARS的集體記憶。此外，跨國的疫情文學合輯，突破了隔離所產生的物理距離，連結彼此。

紀大偉則回顧AIDS在臺灣文學出現時，具有「國外秘辛」之感，進而談愛滋病的本土化，分析AIDS這個外來語帶來的新契機，讓同性戀從單數匯集成複數，從暗處被請入亮處，文末又將愛滋放回全球脈絡化下檢視，愛滋汙名在作家群的複寫中，反倒「異常」閃亮。梁秋虹從梅毒的幾種名稱談起，例如「瘡」、「花」、「毒」和「玫瑰」，梅毒成為小說家隱喻資本主義和殖民威權毒害之物，戰後吧女們為了配合政策，既得張腿迎接美軍的超級玫瑰，又得提防玫瑰有毒。許宏彬回顧臺灣傳染病的歷史，探析在不同時期的政府防疫措施之下，民眾的反應和觀感，看似成效良好的隔離防疫政策，其實也是高壓統治的結果。黃信恩分享個人行醫經驗的同時，也介紹了結核病的醫療知識，帶領讀者尋找文學史上的頭號病患，以及文學中的疫病和痲瘋。

「憂鬱來襲，書寫自療」呈現作家筆下的瘋狂、憂鬱症和躁鬱症圖像。廖淑芳從日治臺灣小說的女瘋子談起，瘋魔的背後，隱藏著被男性壓迫的痛苦，從日治到戰後，臺灣小說筆下的男性癲狂背後，反映了他們對國族認同的焦慮，對無愛與愛慾的深入探析。李癸雲以「憂鬱—詩—女人」為核心，介紹女詩人將憂鬱症的身心狀態具象化，進一步探討書寫能否療癒，指出讀者透過閱讀共感，超越了詩人之死，「作品的『絕響』可能是讀者的『回響』。」因此，詩歌也可作為一種「抗抑鬱劑」，有機會從「自療」到「癒人」。李欣倫探究作家筆下的躁、鬱之心，他們具象體現了憂鬱症之體感，抵抗冰火內心風暴，甚至能理解、欣賞憂鬱症餽贈的陰影之美。王浩威追索憂鬱的來源，從最早記載憂鬱的古巴比倫帝國石板，談及《詩經》等古老文獻中的憂鬱，最終回到當代醫學精神病理學中「最不幸的觀看」，從古文明到現代醫學史，領讀者穿梭千年，思索瘋狂。

「指認創傷，修復記憶」談天災、戰爭及白色恐怖在人們身心上留下不可磨滅的傷痕。許劍橋呈現了詩人筆下的九二一，從天崩地裂的實況記錄，到救災的國軍和醫護人員圖像素描，尤其特寫女性護理人員如何在地表被撕裂、人心被搖撼的受苦當下，溫柔而堅定地撫慰受創靈魂。宋玉雯評介臺灣小說家筆下的戰爭後遺症，如噩夢、失眠，譫妄和精神崩潰，乃至解離等各種官能症，犯下戰爭罪的加害者，也是被戰爭摧毀的受害者，餘生仍在酷烈的內心戰場中進擊與奔逃。肉身猶在，情感卻已重創，前線遠離，戰爭卻未曾消失。

宋玉雯認為「指認創傷，讓個人的苦痛進入公共視野」，進而匯入集體記憶，成為反戰的歷史資源，表彰了創傷書寫的積極意義，朱嘉漢則認為書寫創傷無法抵達創傷本身，正因歷史創傷不可言說，因此創傷書寫本身的艱難即是價值。臺灣作家群以大規模的傷痕補綴成白色恐怖圖卷，喊出了往昔被壓迫與噤聲的恐懼，見證了威權時代下國家機器製造的粗糙傷口，讓讀者得以靠近、得以想像創傷的深度與廣度，直到每個傷口都能發聲，由此一併展現文學敘事力。

創傷不是過去式，直到此刻，傷與殤仍是進行式，尤其刻蝕進勞動者的日常。李雪莉以豐富的田野調查經驗，聚焦於少年勞動者的「傷」與「殤」，從噴灑農業的第一手現場紀錄，讀者得以見到底層勞動市場被剝削、夭折的少年工，他們刻意被忽略的短暫生命，正好詮釋了「殤」的意涵，顯示「殤」的恐怖不僅鍛鑄於身，更在他們飽受磨難、失去希望的內心鑿痕，文章收束在移工大軍因勞動環境惡劣、雇主剝削而成為逃逸移工的悲歌。阿布談精神疾患中的「創傷後壓力疾患」（PTSD），以飽含詩意的筆法，將創傷具體化為陰影，如幽魂，長久飄忽、穿梭於身，導致接下來所有的事件皆（只能）以創傷「之前」和「之後」區分，這是創傷投下的陰影，創傷之後如暗夜漫長，對個案而言如是，對治療者來說更是如此，「就算什麼都不能做，光是留在那裡，就已經是一種戰鬥。」由此也顯現了述說之必要，透過敘說，才有機會改寫受創的心靈地表。

比起傷害形成的瞬間，修復總是緩慢的過程，慢性病更是如此，療病持久耗時，是時間的命題。作家如何面對慢性病？在「慢病緩療，與病共存」中，陳佩甄探討記錄乳癌的散文，女作家以文字直面自身罹患乳癌、近身接觸乳癌患者的經驗，藉此重新度量時間，例如平路所提出的「間隙」時間觀，便以複數、多重的時間性，打亂「治癒暴力性」所隱含的線性時間觀。栩栩從慢性病的「慢」談起，有時慢到讓時間感失準，成為消耗戰，因此也影響人們對疾病的態度：從戰鬥轉為共生，疾病也從「我之外」成為「我」。由於療程長，共病成為一門學問，面對疾病的不確定感，也成為緩療的一部分。陳宗暉則先分享慢性病的感知：「病到覺悟，利用空檔回來報平安，久病戀世，寫作的病人其實是在提供另一種看待世界的方式」，進而介紹罹患類風濕關節炎的杏林子，不僅書寫自身疾病鼓舞廣大讀者，也創辦伊甸基金會，請市府為身障者規畫無障礙通道，更舉辦營隊，讓身障朋友享受山海之旅。除了杏林子，慢性病也讓作家感嘆好吃好睡，日日好日。

吳妮民分享在診間，醫師對初診病患的開場白常是：「你有沒有慢性病？」「慢」不僅是醫生快速檢視個人身體史的方式，也隱藏著照顧者被時間拖磨的艱苦，「生命延長，也意味著醫療史進入以慢性病及癌症為主的紀元了。」癌症長踞國內十大死因的榜首，「還剩多少時間可活」成為患者的頭號心事，癌症迫使人正視時間，重新定義時間。除了西醫治療，中醫漢方也成為慢性病患者的選項，即使無病纏身，中藥材也成是不少人調養身體的好物，蔣竹山介紹進補中最為主要的藥材人參，從日治時期以來的臺灣報刊中，介紹人參的故事，以及此夢幻逸品延伸出的社會事件，顯示此珍貴藥材在當時如何被眾人所渴求。

久病，慢老，故事多。進入高齡化社會，對中壯年的臺灣作家而言，照護父母成為日常，他們一手侍親，一手寫字，為讀者帶來了照護者的日常實錄。在「陪伴長者，照亮長路」中，石曉楓從瓊瑤、簡媜、鍾文音、郭強生的照護書寫，談不同角色的照護者書寫親臨家人老病的第一現場，試圖將眼前困境化作個人的修煉場，練習和生命和解，不僅提供了「大人學」的實踐指南，也透過照護至親的歷程照見自我，遙想自己的理想老後，顯現書寫價值。張郅忻聚焦於臺灣長照產業下的生力軍——來自異鄉的移工，尤其是女性照護者對長者的陪伴，文章先從移民工文學獎作品談印尼女性來臺照護的經驗，再談臺灣女作家陪伴家族長者的歷程，指出通常照顧重擔不是落在失婚或未婚的女兒身上，就是老妻，但照顧也是時間耐力賽，身心耗損的她們也需要被關愛。

蔣亞妮介紹醫事作家的散文，從約束病人的「約束帶」，延伸出書寫距離的象徵意涵，指出文字如同約束帶，兼具保護與禁制的雙重隱喻。再者，從作家書寫自身病痛的歷程中，發現近年來寫病逐漸「往淡裡去」，理性平衡感性，疾病為作家開了「新／心」眼，展現疾病書寫新途。劉介修將診間老婦「他們都說我們有病」的吶喊，詮釋為「當代醫學的單一敘事發出最大的抗議」，當代生物醫療的健康敘事如同「壟斷性版本」，而高齡者疾患的複雜度，正聲聲叩問著關於高齡、健康與照護的多重敘事。

疾病的多重變異，反覆校正我們對健康的理解，思量疾病可能帶來的價值。當我在臺灣文學館「寫字療疾——臺灣文學中的疾與療」展區中，閱讀館內各式媒材上所銘刻的文字，細讀寫作者為疾病所壓迫，與之搏鬥，進而共處的故事，重新感受曾有過的窒息、疏離、孤單、懷疑和恐懼，但同時，疾病也讓人生出鬥志、勇氣和智慧，以為到了盡頭，卻彷彿若有光。臺灣作家群揭露傷口、重現病痛，替我們病了一回又一回，死了一次又一次，為讀者深入身體的暗黑歷史，攜回生命複雜的秘密。每一個傷口都在說話，每一次抽痛都是詮釋，而這些，終究匯集成多元的敘事之流。

最後，感謝臺灣文學館兩任館長蘇碩斌、林巾力館長，帶領團隊共同策劃「寫字療疾——臺灣文學中的疾與療」主題展覽和專書編撰計畫，感謝籌備期間的諮詢委員王秀雲、林秀蓉、吳易叡、梁秋虹、黃于玲、羅詩雲，提供諸多寶貴意見。感謝為本書寫序的林巾力館長和陳耀昌先生，感謝每一位撰文的學者和作家，提供精彩而深刻的篇章，協助讀者窺視並且仰望浩瀚而廣闊的疾病星圖。感謝嘉玲、偉誌共同規劃的展場架構，讓專書的編纂可依此框架和脈絡而循，本書也收錄了兩位館員的展覽說明。感謝晧程協助專書編纂過程中的行政事務和聯繫工作。謝謝遠流出版社副總編輯陳瓊如，讓本書能順利出版。

進入了以病毒編年的二十一世紀，還好有文學，還好作家群記錄下大疫病與小毛病，見證銘刻在身心上的傷痕，抒發與慢性病共處及陪伴老病的心路，於是，文學提供了另一種療方，供我們在漫漫長夜的疫病中度日。這本書正是「寫給受折磨的我們」——借用平路《間隙：寫給受折磨的你》書名。是的，我們。曾經、正在或即將被疾病考驗的我們，曾以為可以「被包括在外」的我們。

疾病編年，文學度日。寫給也獻給受折磨的我們。

記疫行動，讓愛蔓延

貧窮是疾病的溫床

楊逵、鍾理和小說中的沉痾語境

林秀蓉

✦病體敘事的想像

「身體」一向是表情達意最直接、最方便的工具，臺灣小說近取諸身，透過「疾病」的中介，從敘述個體病痛開始，擴大結合政治經濟與社會文化的想像，表現小說的敘事功能。蘇珊．桑塔格（Susan Sontag）在《疾病的隱喻》說：

> 每個來到這世界的人都握有雙重公民身分——既是健康王國的公民，也是疾病王國的公民。儘管我們都希望僅使用好護照，遲早我們每個人都會成為疾病王國的公民。

疾病是人類共同的、普遍的、恆久的身體經驗，並與人類社會發展、文明變遷，甚至是文學隱喻都有著緊密而複雜的互動關係。就疾病隱喻而言，作家之所以選用疾病入題，或是對疾病有直接的經驗，或是符應時代流行的疾病，或是運用疾病來象徵時代及文化。疾病進入文學，不僅標識病體的生理機制，並被置身於千瘡百孔的社會場域，逐漸形成疾病敘事多重隱喻的解讀空間。臺灣小說家中楊逵與鍾理和的疾病敘事鮮明而豐富，他們都曾經歷貧病煎熬的生命歷程，作品富含強烈的自傳色彩。本文主要以他們的小說〈無醫村〉、〈閣樓之冬〉為例，探析作家與疾病共存的關係，以及疾病敘事潛藏的語境。

✦ 楊逵〈無醫村〉：殖民社會遺毒的診治者

在臺灣文學史上硬骨崢嶸的楊逵，自幼體弱多病，被同學戲稱為「鴉片仙」。他曾親歷手足夭亡，幼子營養不良，兄長至友精神鬱悶自殺身亡。在他的回憶中，日治時期的民眾除了面臨日本人的壓迫，疾病即是另一大威脅。楊逵一九二七年從日本返臺後，即肩負群眾的苦難，活躍於臺灣農民組合、臺灣文化協會。一九三五年創辦《臺灣新文學》雜誌，一九三七年雜誌停刊，因積勞成疾，感染肺結核，與親密伴侶葉陶雙雙臥病，歷經相當艱苦的歲月；然而他仍以羸弱之軀，帶領群眾爭取權益。他的疾病書寫是從事社會運動的思想結晶，也是反抗殖民政府與帝國主義的利器，內蘊光明的精神與希望的力量，在日治時期悲觀絕望的小說基調中益顯獨特。

〈無醫村〉以第一人稱的醫生為敘事觀點，反映民眾貧窮無法延醫，濫用藥草治病，以致「窮人是要診斷書時才叫醫生的」。醫生的角色對窮病人而言，已經不是診療醫，也不是預防醫，而完全成為驗屍人，即專門開立死亡診斷書的醫者。小說結尾，這位醫生悲哀與激憤交集，提問道：「政府雖有衛生機構，但到底是在替誰做事呢？」揭露醫療的荒謬性。日治時期殖民政府勾串地主、資本家，形成共生共利的結構，無產者及勞動者處於被剝削、被壓迫的窘境，還要面對病痛醫療的經濟負擔，更是雪上加霜。楊逵小說以自己生命為張本，進而關注疾病與社會、階級、權力之間的交涉性，次如〈毒〉、即以梅毒控訴地主、資本家所排放出來的毒素。再如〈難產〉、〈靈籤〉、〈模範村〉、〈泥娃娃〉，則圍繞著出身赤貧而無法救治的病童。這些小說中的孱弱病體，意味著被殖民機器所斲傷的無辜生命。于飛在〈從「無醫村」看日據時代的臺灣醫學〉中盛讚：「楊逵的〈無醫村〉以熟練的手筆，深入淺出的描敘臺灣沒有醫生的地方的慘狀，是一篇絕佳的『醫學文學』。」事實上，這篇小說並非反映地方沒有醫生，而是披露貧窮民眾無法看醫生，衛生機構形同虛設的社會問題；表面看似一篇同情社會弱勢者的醫學文學，實則是潛藏於底層的抗議文學。

楊逵曾與賴和、吳新榮等醫生作家互相往來，討論文學，也交流國家醫療的觀點。他透過〈無醫村〉塑造理想的醫生形象，除了喜好文學，並以「預防」醫學為第一要義，認為民眾的衛生教育乃國家與醫生的責任，強調醫者要具備崇高的醫德，不可以賺錢為目的，誠如吳新榮〈點滴拾錄〉所言：「醫生不是人類的吸血鬼，也不是黃金的奴隸。醫生任何時都要為病社會的救護者，新世界的創造人。」楊逵其實是透過醫生形象進而思考知識分子的社會責任，期許自我成為社會疾病的診治者。小說敘及民眾亂服藥草秘方，追根究柢，與其說是衛生教育不普及，無甯是貧窮因素更為切實。一九三〇年末，新臺灣文化協會、臺灣農民組合、民眾黨等組織曾向各地醫生交涉，發起「藥價減低運動」，可知當時藥價昂貴，一般民眾難以負擔。為了避免民眾健康操之在神秘怪誕的治療方法，楊逵〈無醫村〉同賴和〈蛇先生〉一樣，都希望藥草秘方經過嚴格的檢查化驗，以確保民眾的健康。

「薄命詩人」楊華的小說〈一個勞働者的死〉，比楊逵〈無醫村〉發表得更早，同樣交織著社會思想與寫實主義。楊華透過一個勞動者的死亡，揭露貧富懸殊的社會真相，以及窮人生病的無助，小說寫道：「生病是富者的享福，窮人的受苦！……窮人生了病，第一請不起醫生，第二掙不著工錢。窮人生了病，老實是死神降臨了。」這兩篇小說同樣以樸實的筆觸，關注處於社會底層受壓迫的普羅大眾。比較不同的是，楊逵還透過〈死〉中的主角更積極地勾勒慈善病院的藍圖，目的是為了要救治因肺結核而陷入不幸的患者，期待讓貧病交迫的民眾能獲得妥善的醫療照護，藉此試圖尋求社會改革之道。楊逵的創作既立足民眾，又放眼未來，希望構築健康體質的新社會。

✦ 鍾理和〈閣樓之冬〉：戰後白色瘟疫的療病記

肺結核可說是臺灣日治時期小說出現最多的疾病，除了楊逵〈死〉、〈鵝媽媽出嫁〉，另如葉陶〈愛的結晶〉、楊守愚〈一個晚上〉、〈赤土與鮮血〉、〈處於貧病之中〉與吳濁流〈功狗〉等，這些小說中的病患一貧如洗，肺病對他們而言有如亡命病，只能坐以待斃。其病因不外來自貧窮飢餓、營養不良與過度勞動，再追根究源則是來自殖民者的壓迫與剝削，造成被殖民者生病的罪魁禍首。蘇珊．桑塔格在《疾病的隱喻》即說：「結核病則經常被想像成貧乏之病——單薄的衣服，細瘦的身軀，冰冷的房間，差勁的衛生，不足夠的食物。」這樣的想像與貧窮飢餓的潛在肇因頗為貼合。被結核菌侵蝕的身體，使人物更認清身處的黑暗環境，從而增加對社會現實的不滿與憎惡。如果我們稱疾病是沉默器官的反叛，是身體發聲的語言，那麼日治時期小說中的肺結核意象，即可解讀為反叛殖民體制的聲音。

臺灣戰後的肺結核書寫，大多見於熟練中文創作的鍾理和筆下，這些作品逸出反共懷鄉的主流基調，在反共體制的年代並不出色，然從疾病書寫史的角度來看，卻具有相當重要的時代意義。相較戰前小說肺結核的隱喻，將個人病痛延伸為殖民殘害的載體；戰後鍾理和則融鑄自我患病的經驗，皆以第一人稱觀點敘述，傾向「病患／家庭／經濟」與「病魔」的對應連結，在病魔降臨的恐懼中，注入家人與病友關愛的暖流。鍾理和於一九四七年發病，之後轉至松山療養院治療，住院期間接受林新澤醫師的鼓勵，效法日本作家北條民雄煮字療病，呈現一九五〇年代臺灣肺結核疾病史。

臺灣戰後初期由於經濟蕭條、連年的天災，加上日治時期的衛生系統因為戰亂難以維繫，傳染病趁機大肆蔓延，其中肺結核堪稱是戰後衛生建設中最棘手的課題，〈手術臺之前〉中曾言一九五〇年報紙報導：「臺灣每三十人中有一個肺病人」，足見當時肺結核菌肆虐之嚴重。就病患而言，有如遇上揮之不去的鬼魅，無論是藥物或手術，龐大的療養費迫使家庭破落。〈閣樓之冬〉即敘寫貧病交迫的家庭悲劇，母親愛子心切，為了籌措醫療費用，傾其所有，變賣首飾、項鍊，以及賴以維生的裁縫機，只盼為愛子帶來一線生機；然而背後艱困的經濟壓力，促使兒子決心退院，屈服於飛揚跋扈的肺結核菌。鍾理和以最真實的罹病經驗，細膩描繪病患身心的煎熬，除了經濟負擔，還述及病情症狀，如瘦骨伶仃、腸疾泄瀉、胸部作痛、咳嗽咯血等，從病魔摧殘的恐怖、存在的隔離感，到對環境與病情變化的強烈感知，盡現生命的脆弱與絕望。可貴的是，小說為陰鬱慘絕的氛圍流注關愛的力量，〈閣樓之冬〉中的慈母，〈楊紀寬病友〉中的妻子，溫暖而神聖，彷彿月光的清輝，成為病體艱苦求生的最大動力。病友們灰心絕望之餘，仍見彼此激勵，克服頑敵，充分流露人間互動的美善。二十世紀中葉前，肺結核被大家公認為是「白色瘟疫」，啃蝕身體，勒索靈魂；鍾理和的肺結核書寫，讓親情與病友之愛蔓延在療養院裡，有如一道曙光，看見生命的希望。

鍾理和在日記，以及致廖清秀、鍾肇政等文友的書信裡，有多處吐露自我患病的心聲，致廖清秀的信函說：「為人丈夫，和為人父親，我都沒有盡到扶養和保護的責任。我對不起我勞苦憔悴的妻。」飽受病魔摧殘的身軀，使鍾理和自責沒有盡到丈夫與父親的責任。自責愧疚之情又見於〈貧賤夫妻〉，描述為籌措住院醫藥費，將財產變賣一空，剝奪妻與子的生存依據。鍾理和生前願望之一，能與台妹平靜生活，白首偕老；願望之二，擁有健康，順利寫作。這兩個願望，都因殘弱的病體，一路走來，備覺艱辛。然而逆境的鍛鍊卻使他更加堅定文學的信念，曾在一九五七年五月七日的日記寫著：「鐘擺是永遠沒有停止的。」又致鍾肇政的信函說：「我要儘量的寫，盡可能的寫，雖寫得慢，積少自可成多。」陳火泉稱鍾理和為「倒在血泊裡的筆耕者」，頗能傳達他畢生為文學奮鬥不懈的精神。

✦ 文字飛越現實的禁錮

楊逵與鍾理和曾都被肺結核纏身，十九世紀在西方文學史上，肺結核被指涉為敏感的、創造的文藝家性格，隱喻著靈魂熱情燃燒、超俗崇高，兩人同具此特質。奮力筆耕是他們共同的療癒良方，文字有如靈魂的翅膀，飛越現實的禁錮，為生命敘寫自白書，為疾病留下備忘錄。值得注意的是，一九五〇年代楊逵被囚禁於綠島時曾寫下《綠島家書》，透過病體、監獄、離島交織出空間隔離的焦慮不安，他努力服藥，將疾病轉化為生命的動能；另一方面，楊逵也表達身為缺席父親的自責，與鍾理和同樣流露無盡的父愛。就兩人小說的疾病敘事而言，有尊重生命的情懷，有悲天憫人的胸襟。不同的是，楊逵從戰前殖民社會遺毒出發，扮演診治者的角色，企圖擺脫勞動底層的貧窮沉痾，將文學轉化為社會改革的實踐行動。鍾理和則就戰後肺結核患者起筆，運用生死搏鬥與溫暖傳愛的對比圖像，投射病魔蹂躪的變異身體，演繹剛強堅毅的生命印記。

從文學是社會的產物而言，疾病書寫不僅是一個時代現象的反映，同時也隨著疾病史的演變，疾病符號也跟進變換。近年來隨著社會的變遷、國際交往的頻繁，病毒和細菌的傳播也邁向全球化，二十一世紀以來先後爆發SARS、COVID-19等嚴重疫情，將日益瀰漫在敘事語境之中，期待藉此輻射出更豐富的文學底蘊。

參考書目

于飛，〈從「無醫村」看日據時代的臺灣醫學〉，《夏潮》第一卷第七期（一九七六年十月），頁六五—六六。
封德屏總策畫，黃惠禎編選，《臺灣現當代作家研究資料彙編04．楊逵》（臺南：國立臺灣文學館，二〇一一）。
封德屏總策畫，應鳳凰編選，《臺灣現當代作家研究資料彙編11．鍾理和》（臺南：國立臺灣文學館，二〇一一）。
張良澤編，《吳新榮全集》（臺北：遠景，一九八一）。
彭小妍主編，《楊逵全集》第四卷．小說卷（I）（臺南：國立文化資產保存研究中心籌備處，一九九八）。
楊翠，〈楊逵的疾病書寫——以《綠島家書》為論述場域〉，《楊逵文學國際學術研討會論文集》（臺中：國立臺灣文學館、靜宜大學臺灣文學系，二〇〇四），頁一—二〇。
鍾鐵民編，《鍾理和全集》第一集（高雄：高雄縣立文化中心，一九九七）。
蘇珊．桑塔格（Susan Sontag）著，刁筱華譯，《疾病的隱喻》（臺北：大田，二〇〇〇）。

延伸閱讀

彭瑞金編，《吳濁流集》（臺北：前衛，一九九一），頁八五—一〇一。
楊守愚，〈一個晚上〉，施懿琳編，《楊守愚作品選集》上冊（彰化：彰化縣立文化中心，一九九八），頁一二四—一三三。
楊守愚，〈赤土與鮮血〉，施懿琳編，《楊守愚作品選集》下冊（彰化：彰化縣立文化中心，一九九八），頁三〇〇—三一八。
楊守愚，〈處於貧病之中〉，許俊雅編，《楊守愚作品選集》補遺（彰化：彰化縣立文化中心，一九九八），頁三九—四六。
楊華，〈一個勞働者的死〉，楊華等著，《薄命》（臺北：遠景，一九七九），頁五—十七。
楊逵，《綠島家書》（臺中：晨星，一九八七）。
葉陶，〈愛的結晶〉，葉石濤譯，《臺灣文學集》第一集（高雄：春暉，一九九六），頁一七九—一八四。
賴和，〈蛇先生〉，林瑞明編，《賴和全集》第一集（臺北：前衛，二〇〇〇），頁八九—一〇四。

當我們再次仰望星空

疫情時代的寫作

黃宗潔

✦我們全都「包括在外」

愛倫坡（Edgar Allan Poe）的經典小說〈紅死病的面具〉中，曾描繪一種會造成毛孔大量出血快速致死的恐怖瘟疫「紅死病」。但普羅斯彼洛親王和他的賓客們，將自己隔離在一棟城堡般的大宅中，築起高牆、焊死門閂，繼續過著縱情娛樂的日子，直到戴著假面、包在裹屍布中的紅死病「本人」，進入親王以為滴水不漏的化裝舞會，讓所有人都絕望地死去。但在黑暗與瘟疫吞噬他們之前，這群人始終天真地相信，自己能將疫病隔絕在外，至於外面的世界，會自求多福的。（The external world could take care of itself.）

經歷了二〇二〇年以來席捲全球的COVID－19疫情後，人們或許終於能體會這個世界上並不真的存在「外面的世界」，相反地，我們全都被「包括在外」。但是如同愛倫坡筆下那場毀滅一切的化裝舞會，儘管那不祥的，有著猩紅色窗玻璃的黑色房間內，巨大的烏木時鐘每隔一小時都會發出古怪的報時聲，讓賓客們苦惱或慌亂，只要鐘聲的回音停止，人群又會再度恢復歡笑。

三年多來，隨著疫情起伏，每每在高度警戒後的暫時解封，都會湧現「報復性出遊」的人潮，難道不意味著，人人都可能成為普羅斯彼洛親王那些無視危機正在倒數計時的賓客嗎？又或者，既然世界各地都已紛紛解禁，染疫無須隔離、邊境再度開放，我們應該做的，是將疫情的記憶歸檔，納入黑死病、西班牙流感等「大流行」的歷史，讓時間與生活重新與三年前接軌，回歸所謂的日常？此刻其實無人能真正下定論。

COVID－19這個戴著假面的當代紅死病，究竟還會有什麼樣的變化，又造成多麼巨大深遠的影響，儘管仍待更久之後的未來，方能對其輪廓有較全面與公允的回望，但文學作為一種與社會對話的形式，仍有無數作家參與了這場記疫／記憶的行動。透過這些作品，我們將能更細膩地看出疫病與個人、社會、政治、環境等多面向的複雜交錯。

✦召喚與對話：SARS的文學記疫與記憶

在COVID－19疫情初起時，許多人難免直接聯想到二〇〇三年的嚴重急性呼吸道症候群SARS——畢竟，兩者都是由冠狀病毒引起，同樣都是充滿未知、傳播力驚人，令人惶恐的新型疾病。阿潑收錄在《孤絕之島》書中的〈那一天，那一年〉一文，就寫出了二〇二〇年一月二十三日下午，得知武漢封城的消息後，街上戴著口罩，「失去半邊臉」的人們，如何讓她清晰憶起十七年前同樣的畫面，以及那些日日量體溫、聽到有人咳嗽就陷入恐慌的日子。當然，以後見之明來說，無人料想得到此次疫情的規模與時長，將遠遠超過SARS。

不過，儘管SARS對當時社會造成巨大衝擊，但由於疫情在半年內即受到控制並平息，相關的「SARS文學」並不算太多。值得留意的是，在疫情期間即留下「記疫」的作品，以詩為大宗，這或許也反映了詩能即時性地回應現實、傳達所思所感之文類特質。其中最具代表性的，當屬洛夫〈SARS不幸撞到禪——為洛夫禪詩書藝展而作〉。當時洛夫因客居加拿大疫區，返臺時必須隔離，導致他本人被隔離在自己的書藝展外，策展人楊樹清遂決定將原本的開幕發表會，轉化為一場行動藝術，提供疫情時代的「文學治療」處方。除了由洛夫在加拿大越洋連線朗讀外，並邀請白靈、簡政珍等十位不同世代的詩人，各自創作一首「SARS禪詩」，在展覽現場設計的「隔離區」內戴上口罩朗誦，與會者的名牌上則註記入場時的耳溫。「五顏六色的紙片，起伏的數字，串出不同的溫度，鋪放在地板上展示，留下病菌與文學交會的印記」。

洛夫這首〈SARS不幸撞到禪〉，為後世留下了疫情期間噩夢般的場景：

陣陣陰風從背後吹來
乾咳亦如毒咒四處飛揚
38°高燒也化不了用冰塊築成的夢
某些窗口的燈火突然熄滅
SARS把全城的笑聲
都掃進了一口深不可測的黑井

但更重要的，是詩的後半，他將殺機化為禪機，帶來以文學度化的超越可能：

暗藏的殺機，不幸與
含笑從一面鏡中走出的禪機狹道相逢
毒死你，毒死你，毒死你，SARS咆哮著
老和尚用手指輕按著嘴唇
去去去，別把死者吵醒

在SARS期間，以詩歌見證疫情，勾勒時代疫象的，尚有曾貴海〈人間SARS〉系列。其中〈SARS Virus在街頭喝咖啡〉，寫出疫情帶來的倉惶感與對未知的恐懼，〈SARS與詩〉更清楚呈現詩人對生命的哲思與悲天憫人的情懷：

太陽以光賦予形體的存在
月亮掩蓋窺視的眼神
生命的大海捲起一波又一波浪花
星雲翻騰在新生與死亡的虛空
人類試圖掌握什麼呢

穿過一道道門扉
穿過光與影的旅途幻境

我只能
寫下詩的見證
我也只能相信詩
帶著愛與慈念渡過急流

對於讀者來說，如今重讀曾貴海這組詩，對其中所描述的：「口罩把人臉罩成神祕的隱身者／被追逐的倉惶／從眸光的告白中一覽無遺……我們停留在冷清的街道／靜靜地分享人類建構的城市文明」（〈SARS Virus在街頭喝咖啡〉）、「街上和百貨公司內清清淡淡／店員們互相看守對方／電梯小姐守候著空蕩蕩的電梯」（〈瓶花〉）等詩句，想必都有強烈的「既視感」。但與其說它讓我們憶起二〇〇三年SARS期間的種種，更多人腦中浮現的，恐怕是這幾年由COVID－19造成的生活衝擊，畢竟，年輕一輩的讀者未必經歷過或仍記得SARS，但COVID－19卻真真正正地帶來全世界「所有人都包括在外」的巨變。兩次疫情的對照，不只讓SARS的記憶重新被提取，也讓關於SARS的文學書寫，再次被召喚與對話，從而產生了某種「再理解」的新意義。

事實上，在COVID－19疫情發生前，SARS作為當代大型傳染病的重要事件與集體記憶，從未在文學創作中缺席，不過相對而言，它更常出現在類型小說或戲劇作品中。較具代表者如二〇一〇年獲得臺灣文學獎創作類劇本金典獎的陳建成《清洗》；又如黃海在二〇〇四年出版的《永康街共和國》，就以「後SARS時代的『非典型獨立事件』」作為政治諷刺寓言故事的背景；思婷在二〇一七年發表於《鏡文學》平臺的網路小說《封樓夢》則將疫情封控的大樓作為推理小說常見的密室背景，以「SARS期間，一位防疫專家進入某棟因疫情封閉的大樓後神祕消失，卻在此棟民宅衣櫃中，發現了染血的防疫衣……」作為起點。

類型文學與大眾文化對疫情有更多的書寫與回應，某程度上並不令人意外，如達瑞爾·瓊斯（DarrylJones）在《恐怖：反射人類極端情緒的文化形式》一書中指出的：

> 大眾文化的特色之一就是它的速度與柔軟度（某些人則因其易逝與可拋而未曾放在心上）：大眾文化能對事件、發展、情緒、危機作出即時反應。這些反應往往並不成熟且未經過全面思考。大眾文化偏向於辨識、指出並探索議題與焦慮，而非道出條理清晰的解答。

儘管即時性的回應，也必然有其局限性，但此種辨識與反應議題、探索焦慮的特質，實有其重要意義。對於具有自覺的創作者而言，亦能將局限轉化為對社會集體之心理氛圍及情緒狀態的呈現，這在近年許多嘗試觸及社會議題的大眾文化作品中均可得見。

陳建成曾在得獎感言中表示，他的作品「是以SARS為核心的記憶書寫的一部分。它無法提供任何真相或是寓意，甚至也無法模仿或是呈現，它是一種哀悼，一種回頭的凝視，一種不可能完成的認識與想像的嘗試」。正是此種「認識與想像的嘗試」，能將對整體社會來說彷彿已屬遙遠的過去，但對於仍被疫病帶來的身心傷害影響的人而言，不曾消失的過往，重新帶回大眾的視野。由這個角度來看，二〇二三年間播映，描述SARS疫情期間，和平醫院封院事件的劇集《和平歸來》，就頗為典型地屬於在COVID－19疫情後，對SARS疫情與記憶的再召喚，讓當年受創的醫護人員「被輾壓、封住的情感，能夠有個宣洩的出口」。

除此之外，SARS記憶的召喚還有一層更重要的意義，就是讓人看見歷史的無限重複。它帶來似曾相識的心理恐怖，而人們回應恐懼的方式，卻也不斷重蹈覆轍。如同達瑞爾．瓊斯指出的，新冠疫情最令人感到失序之處，即在於「一股『我們曾經歷過』的無所遁逃感」。疫情之初西方立即產生的排華情緒，對他而言，「儼然是那位曾具體現身並於二十世紀初流行的可怕（且我曾認為已然死去）角色——『黃禍化身』傅滿洲博士。這位『魔鬼博士』著名的臺詞就是：『世界將再次聽見我』！」

✦「世界將再次聽見我」：大疫年代的身心隔離

「世界將再次聽見我」，我們聽見的不僅是洛夫筆下那不斷大喊著「毒死你，毒死你，毒死你」的疫病的咆哮，更再次聽見了人在恐懼失措之下，對可能產生威脅之他者的排拒。在全球化的年代，COVID－19疫情以過去難以想像的規模和速度造成全世界的重大災難，此種心理上的恐慌和生活模式的巨變，因此有著一定的普世性。而當人與人之間的物理距離因疫情而須重新丈量，甚至遭到隔絕，心理上對連結的需求，遂讓這波疫情後出現的文學行動，具有更強烈的集體意識。這點從許多跨國的疫情文學合輯、創作就可看出。《紐約時報雜誌》主編的《大疫年代十日談》即為箇中代表，這個向經典文學《十日談》致敬的寫作計畫，邀請各地的創作者在隔離期間書寫故事，作為一種當代版本的《十日談》。

正如莉芙卡・葛臣（Rivka Galchen）在《大疫年代十日談》導讀中指出的，「在艱困的時刻閱讀故事是一種理解當下的方法，同時也是度過難關的一個方法」，書寫，成為疫病時代的一劑藥方，在故事之中，我們得以窺見某種異常之中的「新日常」。黃宗潔主編的《孤絕之島：後疫情時代的我們》亦是此一理念下的產物，該書收錄臺灣、香港、中國、星馬、美國等地華文作家之創作，這類合輯並非將現成的作品集結，而是邀請作家對當下疫象進行觀察與想像，將單一創作者觀點匯聚成兼具在地性與普遍性的思考，藉此呈顯「經驗的多樣性與複雜性」。

《孤絕之島》作為臺灣在疫情期間出版的華文作家創作合輯，從幾個面向帶出了疫情文學的獨特性，其中最鮮明的就是時間感與空間感的異變。書中不少作品都觸及疫情造成的封城、警戒等隔離措施帶來的「非日常」感受，如孫梓評記錄了大費周章從柏林飛回臺灣，人宛如漂流物之感；郝譽翔形容隔離期間只能被吃喝瑣事填滿二十四小時、日復一日的恐怖；馬翊航則在目睹因三級警戒而空無一人的街道時，聯想到袁廣鳴「外於日常視覺體驗」的影像作品《日常演習》和《城市失格》，對照出此種景象的「異常」與「失格」。

這些當下處境的呈現格外珍貴，是因為它們銘刻出某種回望時難以浮現的臨場感，更記錄了不同時間刻度下的心情記憶。例如張翎《一路惶恐：我的疫城紀事》，就細膩寫下自己因疏於留意武漢封城消息，導致返鄉過年期間在溫州困居三週的經過。在不知疫情將會如何發展、被封困的時間又將持續多久的焦慮中，她描述自己如何精細計畫一日三餐的數量分配、如何「焦躁不安地在房間裡走來走去，不停地開抽屜，開櫃子，老鼠一樣窸窸窣窣地尋食」，甚至把尋得的過期酥糖剪成小塊，按配額分食。巨大的恐懼與徬徨讓她自省：「無論平常如何自詡走南闖北見過世面，一場瘟疫可以瞬間將我推入惶恐無助狼狽不堪的境地之中。」這種深切的感受，唯有在與經驗最靠近之時，方具有最不經修飾的力量，這些敘述或許少了後見之明的理性分析，卻足以召喚容易隨著時間被集體淡忘的，疫情曾帶來的衝擊力道。

另方面，空間距離的拿捏，更是疫情時代的新困境。「社交距離」成為人人掛在口中放在心上的丈量單位，而「臉」作為一種身體空間，口罩的存在更弔詭地包含了保護、拒斥、隔絕、甚至身分認同等多重意涵。以收錄在《孤絕之島》中的篇章觀察，就可發現口罩幾乎是貫串這些作品的共同關鍵字，以口罩為假面，人人都是普羅斯彼洛親王的賓客。但無論描述買不到口罩的焦慮、難以辨識他人表情的陌生、不戴口罩的赤裸感……都共同指向口罩這個「屏障」一如疫情，為人我關係帶來位置與定義的浮動挪移；也在生與死之間，畫下一道曖昧不明的界線。就像吳俞萱寫給過世母親的〈殘響〉中那句：

妳按時買回家的兩片口罩
堆起來
比妳的骨灰罈還高

堆高的口罩成為存在的反諷，隔絕了死生兩端。

李欣倫收錄在《原來你什麼都不想要》一書中的〈半臉〉一文，亦生動表述出口罩與人情的複雜關係。疫情期間她出於直覺，自行配對與想像那些疫後認識的，總是戴著口罩的學生的臉。遮蓋口鼻的臉龐成為「擁抱多重可能的演算題」，「日子久了，自己也被虛構的臉譜所說服，相信對方就長得和自己想像得一模一樣」。但在疫情漸趨平穩後，他們不戴口罩的樣子，卻全都成為腦內臉部辨識系統的陌生人。在陌生與熟悉之間，我們真的認識對方嗎？而那些被虛構出來，以想像勾勒的臉譜又究竟是誰？是否如同墨漬測驗般，投影出的，全都只是我們想要召喚的輪廓與面容？口罩的存在，彷彿也帶來一則關乎「本質」的哲學寓言。

對疫病的焦慮，自然不止反映在人我關係，具有致命威脅的「帶原他者」若被懷疑是由動物造成，恐懼所帶來的拒斥，只會讓牠們的命運更加悲慘。張婉雯〈老鼠列傳〉一文，就描述香港政府在寵物店內的一隻倉鼠對新冠病毒驗出陽性反應後，將全港「庫存」的倉鼠盡數撲殺，甚至進而要求市民交出二〇二二年十二月二十二日後購買的倉鼠，予以「人道毀滅」的事件，如何造成許多被迫與寵物生死相隔的心碎孩子。她由此為起點，回頭憶述自己生命中相遇的老鼠，也感懷那些被用來做實驗、注射病毒、被裝進黑色垃圾袋處死，終其一生沒有見過陽光的倉鼠們的命運。望日同樣在偵探小說〈老虎家族〉中，以倉鼠事件作為故事發展的關鍵，足見文學作為見證的力量，亦藉此保留了總被邊緣化的，關於動物的記憶。

若將病毒造成的大規模死滅、以及這些由死之恐懼所生發的冷漠與暴力，放在更大的維度中觀察，或許難免心生「命若微塵」之感。駱以軍的小說《大疫》，即以一群疫後的「倖存者」，在溪谷祕境中說故事的故事，帶出疫情衝擊下，不同形式之死亡與傷害。當世界終將被黑暗與疫病統治，該如何保留「風中微塵那樣的、美好善良的記憶」？故事與夢境，能帶來超越困境的可能嗎？這是小說中，帶著些許惆悵的探問。某程度上，這也是駱以軍版的「COVID－19不幸撞到禪」，他將單一疫病的思考，推衍到對人類及其製造的，各種意義上的病毒之反思，從而展演出一場有關文明、疾病與暴力的人性劇場。

✦「然後，我們走出戶外，再次看見星星」

And We Came Outside And Saw The Stars Again，在這部同樣是疫情期間邀請各國作家創作的文學合輯中，收錄了小說家吳明益的作品〈往下的樓梯〉（*The Descent*），由Jenna Tang（湯絜蘭）翻譯，該篇作品描述女主角阿樂（A-le）在父親染疫去世後，到父親家中照料他留下的許多水族箱，畢竟，那是他在視訊中，即使不斷咳嗽仍要交代的牽掛。他說，如果我們無法再見面，“let the crabs go”。於是，阿樂帶著倖存的短指和尚蟹，緩慢地走到海邊，宛如朝聖之路——在一個人與人之間起碼隔著一公尺距離的世界，沒有人會特別去注意到她手上牽著的那隻，有著一大一小的螯，異於尋常的和尚蟹。最後，她將牠放到一群看似無差別的，如同滾動藍寶石一般的螃蟹當中，心裡想著，當太陽升起，當牠們再次把洞口打開，她肯定可以認出她的「那一隻」和尚蟹——儘管到那時，“she might no longer be able to see”。

這篇小說以冷靜節制的筆法，將疫情的異常化為某種新的「日常」，父親對螃蟹的情感、喪父且自己也染疫的阿樂牽著螃蟹走去海邊的執著、以及她所牽著的那隻，螯一大一小的和尚蟹，都是看似「異常」的行徑與存在，但一切卻又顯得那麼自然、那麼理所當然。被捕捉到鋁盆中販賣，注定死去的螃蟹們、被豢養在水族箱中，難以自行求生的生物們、被隔離在視訊兩端，被疫病牽制的人們，某程度上又有著何其相似的境遇。由這個角度來看，那段通往海灘的朝聖之路，既屬於阿樂，也屬於那隻倖存的和尚蟹。〈往下的樓梯〉讓我們看到，以文學回應時代的另一種路徑，不帶議題、不談理念，同樣可以令讀者去思考與想像，一個人與其他物種命運相繫的世界。

身為這個「後疫情時代」——或者說，「疫情後時代」，「後」並非結束，而是「之後」——的倖存者，某程度上，我們與這個世界都永遠地被疫情改變了。但如果有什麼是倖存者所應牢記的，或許反而是看似最微不足道的道理。如莉芙卡·葛臣提醒的：Memento mori，記住你終將死去；同時，Memento vivere，記住你必須一活。沒人能預言疫情時代將走向何方，但至少，我們仍能走出戶外，再次看見天上的星星。

參考書目

吳明益，〈往下的樓梯〉，《海風酒店》獨立書店別冊版（新北：小寫創意，二〇二三）。
李欣倫，《原來你什麼都不想要》（新北：木馬，二〇二二）。
紐約時報雜誌（The New York Times Magazine）編，徐立妍譯，《大疫年代十日談：世界當代名家為疫情書寫的29篇故事》（新北：木馬，二〇二一）。
張婉雯，《參差杪》（香港：香港文學館，二〇二二）。
張翎，《一路惶恐：我的疫城紀事》（臺北：時報，二〇二〇）。
望日，〈老虎家族〉，《偵探冰室．貓》（臺北：蓋亞，二〇二二）。
麥可．康納利（Michael Connelly）編，朱孟勳譯，《大師的身影：艾德格．愛倫．坡經典小說集》（臺北：臉譜，二〇〇九）。
曾貴海，《孤鳥的旅程》（臺北：春暉，二〇〇五）。
黃宗潔，〈夢境之絮，夢外之悲：讀駱以軍《大疫》〉，《文訊》第四四二期（二〇二二年八月），頁六三—六六。
黃宗潔編，《孤絕之島：後疫情時代的我們》（新北：木馬，二〇二一）。
黃海，《永康街共和國》（臺北：九歌，二〇〇四）。
達瑞爾．瓊斯（Darryl Jones）著，魏嘉儀譯，《恐怖：反射人類極端情緒的文化形式》（臺北：日出，二〇二三）。
駱以軍，《大疫》（臺北：鏡文學，二〇二二）。
Stavans Ilan, *And We Came Outside and Saw the Stars Again: Writers from Around the World on the Covid-19 Pandemic,* (New York: Restless Books, 2020)

參考資料

王怡惠，〈新冠肺炎：人類世的危機或轉機？淺談吳明益的"The Descent"〈向下的樓梯〉〉，《臺灣人文通訊》，網址：http://bulletin.twhs.org.tw/archives/445
思婷，《封樓夢》，網址：https://mirrorfiction.com/book/168
陳建成，〈清洗〉，網址：https://award.nmtl.gov.tw/information?uid=4&pid=812
楊樹清，〈詩在瘟疫蔓延時——記洛夫〈SARS不幸撞到禪〉〉，網址：https://reurl.cc/qknp23

黎詩彥，〈幕後——掛號九次醫師才願意受訪，《和平歸來》還原被媒體遺忘的真實故事〉，網址：https://dramago.ptsplus.tv/?p=9378

延伸閱讀

大衛・逵曼（David Quammen）著，蔡承志譯，《下一場人類大瘟疫：跨物種傳染病侵襲人類的致命接觸》（臺北：漫遊者，二〇一六）。

林文源與「記疫」團隊，《記疫：臺灣人文社會的疫情視野與行動備忘錄》（臺北：網路與書，二〇二二）。

傑夫・馬納夫（Geoff Manaugh）、妮可拉・特莉（Nicola Twilley）著，涂瑋瑛、蕭永群譯，《隔離：封城防疫的歷史、現在與未來》（臺北：商周，二〇二二）。

汙名，讓我們更閃亮
臺灣文學的愛滋顯影*

紀大偉

✦解嚴，還是愛滋？——同志文學黃金時期的契機

甲、「九〇年代是臺灣同志文學的黃金時期。」

乙、「解嚴之後，同志文學興盛。」

這兩種「把解嚴視為同志文學轉捩點」的說法很流行，但是已經淪為老生常談。我認為這種說法顧此失彼：只顧著讚頌早就一再被謳歌的解嚴，卻同時忽略愛滋在解嚴「之前」帶來的衝擊。

本文強調愛滋在同志文學史扮演關鍵性角色。人們把世紀末同志文學的燦爛成績上溯到「解嚴」這個「快樂」的時間點，只是為解嚴這個被神聖化的時刻錦上添花。這種錦上添花之舉終究導向「因為解嚴很好，所以同志文學很盛」這種讓人感覺良好的推論。然而，如果把世紀末的同志文學上溯到「愛滋出現」這個「悲傷」時間點，讀者才會發現一直讓同志如鯁在喉的愛滋汙名。

* 筆者說明：本文內容的基礎是筆者著作《同志文學史：台灣的發明》（臺北：聯經，二〇一七）的第六章「翻譯愛滋，同志，酷兒——世紀末」。該章字數超過四萬字，經過筆者剪裁濃縮之後，本文篇幅只有四千餘字。有意瀏覽原文全貌的讀者，敬請參考《同志文學史》一書。

這種回顧傷悲的讀法可以導向「偏偏因為愛滋帶來悲傷，所以同志文學『反而』很盛」這個說法。在愛滋汙名仍然揮之不去的二十一世紀初期，（愛滋帶來的）悲傷促成（文學領域的）興盛的弔詭緣分仍然值得被記得。

✦遠在國外的「AIDS」

在「AIDS」這個外來語剛進入臺灣之際，AIDS除了被翻譯成「後天免疫缺乏症候群」（一九八五），更常被翻譯成「愛死病」（一九八二）。「愛死病」誘引漢字使用者一看到漢字就聯想「愛導致死」；英文使用者和日文使用者（採用片假名而非漢字來翻譯AIDS）卻可能不知道AIDS一進入臺灣就被迫戴上「愛，導致死」的帽子。「死」帶來的望文生義有問題：「愛滋病」這個譯文取代了「愛死病」，看起來似乎比較禮貌。但是「愛」也帶來望文生義的包袱：中國採用「艾滋病」，可能比臺灣的「愛滋病」更淡定面對AIDS。以愛滋為主題的散文集《海洋心情》中，劇作家暨散文家汪其楣可能為了避免「愛」、「死」的望文生義，便儘量採用沒有被漢字化的「AIDS」（讀作四個音節「A─I─D─S」而不是單音節的「aidz」）。

愛滋在臺灣文學剛出現的時候，大致被呈現為國外祕辛（也就是不關臺灣的事）：愛滋是外國人特有的疾病；外國人來臺灣之後發病；臺灣人在國外發病去世。要等到愛滋個案在臺灣普遍出現之後，文學才漸漸停止將愛滋擋在國外，開始承認愛滋在國內發生。這一節先討論愛滋被擋在國外的作品，再回顧承認愛滋本土化的文本。

大凡奇觀，一個巴掌拍不響：一邊是演出奇觀的「他們」，另一邊是觀看奇觀的「我們」。藉著旁觀他們，我們得以想像自己很正常、誤以為苦難都是別人家的事。王禎和的長篇小說《玫瑰玫瑰我愛你》、許佑生短篇小說〈岸邊石〉都將愛滋感染者放在美國境內。這些作品中，最早提及愛滋的臺灣文本應該是《玫瑰玫瑰我愛你》。

《玫瑰玫瑰我愛你》裡頭，仕紳角色開心幻想男同性戀（美軍為買方，花蓮子弟為賣方）可以輕鬆賺取美金，但是小說敘事者介入這些仕紳的滔滔不絕幻想，在括號之中向讀者講悄悄話：

（這時候誰也不知道美國男性同性戀者會患一種恐怖病症AIDS – Acquired Immune Deficiency Sydrone後天免疫不足症候群，這病嚇得連殯儀館的人員都不肯替罹患此症而喪生的人收埋屍體。）

小說敘事者利用括號向讀者說悄悄話，還強調「這時候誰也不知道……」；敘述者在公共場合（《聯合報》副刊版面）之中打造了一個悄悄話密室，把「誰也不知道」的祕辛凸顯為「誰都想知道」的談資。「同性戀」、「愛滋」、「美國人」、「翻譯」這四者被串成一串：同性戀是因，愛滋是果；美國人是因，同性戀暨愛滋病是果；美國人是因，翻譯（從「黑摸」（homo的諧音）到「後天免疫不足症候群」）是果。

讀者可能想要批判《玫瑰玫瑰我愛你》歧視同性戀和愛滋，但是，不妨先考慮兩個歷史事實。一，《玫瑰玫瑰我愛你》對於同性戀的嘲弄，翻譯了、模仿了全書對於異性戀的調侃：「原版」是此書攻擊的跨國異性戀和梅毒（即書名暗示的「越南玫瑰」），「譯版」則是跨國同性戀和愛滋。「跨國」在此是指「美國和臺灣之間」，更準確地說是「進行文化殖民的美國人和被殖民的臺灣人之間」——王禎和經常以美臺之間的性行為諷諭美帝對臺宰制。二，它的歧視是「先知先覺」的：美國於一九八二年正式宣布「AIDS」這個英文新字之後不久，《玫瑰玫瑰我愛你》就在一九八三年寫完了；早在臺灣本地愛滋個案出現之前，這本書就已經寫完了；早於西方媒體大肆渲染第一個愛滋名人，美國著名影星洛赫遜（Rock Hudson）於一九八五年公然承認他是愛滋感染者之前，這本書就已經寫完了。《玫瑰玫瑰我愛你》幾乎與西方媒體同步，也就很難免如同一九八〇年代初期的西方媒體歇斯底里地排拒同志。

一九九六年十一月，作家許佑生與愛侶舉行同志婚禮，為國內首見。他在一九九〇年（也就是緊接在一九八九年六四之後）發表了以紐約作為舞臺的短篇小說〈岸邊石〉。小說平行比較了兩個臺灣同性戀男子：性壓抑的曹玄田在美國愛上來自中國的男舞者；性開放的米則愛與美國白人風流，結果感染愛滋，被白種情人拋棄。米經歷了外國（美國）的利與弊（利：與白人的性歡愉；弊：愛滋），承受被揭發祕密（愛滋身分與男同性戀身分都被曝光）的失與得（失：被曝光之後米被美國人孤立；得：米的家長本來不知道祕密，得知祕密之後，米和家長反而和解了）。

✦愛滋的本土化

愛滋在臺灣文學登場的時候，一開始被擋在國外，後來才慢慢變得本土化：較早的文學作品預設只有外國人士才可能和愛滋結緣，較晚的文學作品才承認愛滋已經深植國內。汪其楣的散文集《海洋心情》，舞鶴短篇小說〈一位同性戀者的祕密手記〉，李昂的長篇小說《迷園》，李昂的中篇小說〈彩妝血祭〉，履彊的短篇小說〈都是那個祁家威〉都是搶眼的例子。不過，雖然這些文本承認愛滋人口在臺灣存在、發生在臺灣人身上，但是這些文本仍然凸顯愛滋人口與主流社會之間的巨大鴻溝，彷彿愛滋人口仍然被擋在國外一樣。

劇場導演汪其楣的《海洋心情》於一九九四年出版，是較早正視愛滋的散文集之一。在二〇一一年的新版中，汪其楣回憶臺灣愛滋感染者於一九九〇年代的遭遇：「二十幾年前，病人被家庭和醫護人員丟著不管的情形還相當『正常』。」《海洋心情》記錄了愛滋也寫了男同志的生命史。但汪其楣為了避免一再強化男同志與愛滋密切結合的刻板印象，行文並不凸顯男同志人物，反而也寫多種男同志之外的形形色色愛滋之人。

小說家舞鶴的短篇小說〈一位同性戀者的祕密手記〉於一九九七年發表在《中外文學》。舞鶴自承這篇小說於一九八〇年代寫成，寫完的年分不是一九九七年。也因此，這篇小說對於愛滋的理解應該被八〇年代的時空所制約。文中大量使用兩種指涉男同性戀性行為的語詞。第一種用語是沒有二十世紀末時代感的、彷彿早在古早臺灣就已經存在的「臺客」俗語，亦即指涉屁股、陰莖、肛交的種種「黑話」；第二種用語，是極具二十世紀末時代性的「ＡＩＤＳ」與衍生詞——中文翻譯「愛死」、「AI」與「DS」。「愛死」這個漢字翻譯將「ＡＩＤＳ」變得無比沉重，然而，「去漢字化」的「AI」和「DS」反而將ＡＩＤＳ變得輕佻可愛。

小說中ＡＩＤＳ的翻譯一方面把同性戀壓入黑暗，例如第五十九節「愛死照在牆壁」、第

1987年6月25日，一名愛滋病（AIDS）的男性患者（中）在行政院衛生署記者會中現身說法，說明他感染病症的情形，並提醒國人注意防範。

圖片提供：中央通訊社　攝影：吳國輝

六十一節「愛死第一八七號」內容。另一方面卻又凝聚同性戀者的力量，而且將同性戀請出暗處。如第六十三節「感謝AIDS」的敘事者表示：「AIDS炒熱了我們」。這一節題目「感謝AIDS」應該詮釋為「多虧AIDS」、「都要怪AIDS」——並不是要將AIDS盛讚為善類，而是要點出這個外來語帶來的契機：同性戀從單數匯集成為複數，從暗處被請入亮處。

李昂的《迷園》凸顯國族、男女兩性關係、女性主體等等議題，向來是性別研究的熱門文本。典型的《迷園》討論可見林芳玫的〈《迷園》解析：性別認同與國族認同的弔詭〉：林芳玫此文探討「性別認同與國族認同的弔詭」。但是朱偉誠提出「非典型」的《迷園》觀察：許多學者關心男女兩性的框架「之內」的性別與國族，但朱偉誠留意《迷園》裡頭男女兩性框架「之外」的男同性戀與愛滋。根據朱偉誠觀察，小說楔子展現一群男同志在臺北市中山區酒吧集散區進行募款，原來這批男同志想要幫助「臺灣第一個AIDS病歷（例）」。這群男同志向路上行人表示，「救Charlie就等於救我們自己。而且，just think，臺灣第一個AIDS病歷，有歷史意義的吔？我們要藉這個機會，為臺灣的Gay，找到一條新的出路……」。朱偉誠贊同劉亮雅的看法：這批男同志身影與迷園（即書中的「菡園」）對照，「似暗示女性解放與同性戀運動結盟的可能。」劉亮雅的讀法也是非典型的：在男女兩性框架「內」的女性解放和男女兩性框架「外」的同性戀之間尋求交集。

李昂中篇小說集《北港香爐人人插：戴貞操帶的魔鬼系列》，收入了〈彩妝血祭〉這篇呈現愛滋同志「慘況」的小說。劉亮雅為文指出，〈彩妝血祭〉將「二二八解密」和「同性戀解密」結合在一起。小說中王媽媽是政治犯遺孀，獨自扶養遺腹子長大，未料竟要面對白髮人送黑髮人的悲劇。小說標題的「彩妝」就是王媽媽為兒子屍體進行的化妝。這個死去的兒子就和臺灣過去的歷史一樣悲哀：不但充滿委屈，而且委屈還只能往肚子裡吞，不能（或不准）坦然紓發。不可告人的兒子祕密如下：在兒子這一生，監視王媽媽的情治人員可能曾經對兒童時期的兒子進行性侵害；聽說兒子是扮裝愛好者（男扮女裝），聽說是「跨世代」（cross-generational）戀愛（俗稱「老少配」、「考古癖」）的男同性戀者（喜歡父親那一輩的老男人）；愛滋在當時更是不能說出口的祕密。朱偉誠說明，這個兒子的死因「猛爆性肝炎」其實就是經常用來代稱愛滋的委婉用語。

✦ 結語：將臺灣放回國際網絡

我們談完本土化，還是要接著回頭檢視全球化。種種資料顯示，臺灣首次出現的愛滋恐慌，要歸因於美國媒體（大幅報導美國明星等人感染愛滋）造成的跨國式骨牌效應。這種骨牌效應可說是歷史重演：我在《同志文學史：台灣的發明》解釋，一九五〇年代國內中文報紙首次出現密集的同性戀獵奇報導，可以歸因於美國報紙（密集報導美國國務院獵捕同志事件）造成的跨國式骨牌效應。「將（本國）解嚴作為同志文學轉捩點」和「將（國外）愛滋作為同志文學轉捩點」這兩種歷史觀點的差別，除了在於「慶賀」（慶賀解嚴）和「哀悼」（哀悼愛滋）的對比，還在於「國內變革」（聚焦於解嚴，就難免限縮焦點於國內）和「國際變局」（聚焦於愛滋，卻必定要觀察國際動態）的對照。

參考書目

王禎和，《玫瑰玫瑰我愛你》（臺北：洪範，一九九四）。
朱偉誠，〈國族寓言霸權下的同志國〉，《中外文學》第三十六卷第一期（二〇〇七年三月），頁六七—一〇七。
李昂，《北港香爐人人插：戴貞操帶的魔鬼系列》（臺北：麥田，一九九七），頁一六三—二二〇。
李昂，《迷園》（臺北：李昂出版，一九九一）。
汪其楣，《海洋心情：為珍重生命而寫的ＡＩＤＳ文學備忘錄》（桃園：逗點，二〇一一）。
汪其楣，《海洋心情》（臺北：東潤，一九九四）。
林芳玫，〈《迷園》解析：性別認同與國族認同的弔詭〉，梅家玲編，《性別論述與台灣小說》（臺北：麥田，二〇〇〇），頁七二—一四五。
紀大偉，《同志文學史：台灣的發明》（臺北：聯經，二〇一七）。
梁玉芳，〈同志婚禮　台灣第一次　許佑生、葛芮喜宴四十桌　施明德不請自來　場外有人抗議〉，《聯合報》，一九九六年十一月十一日，第五版。
許佑生，〈岸邊石〉，郭玉文編，《紫水晶：當代小說中的同性戀》（臺北：尚書，一九九一），頁一三—三七。
劉亮雅，〈世紀末台灣小說裡的性別跨界與頹廢：以李昂、朱天文、邱妙津、成英姝為例〉，《情色世紀末：小說、性別、文化、美學》（臺北：九歌，二〇〇一）。
劉亮雅，〈跨族群翻譯與歷史書寫：以李昂〈彩妝血祭〉與賴香吟〈翻譯者〉為例〉，《中外文學》第三十四卷第一一期（二〇〇六年四月），頁一三三—一五五。

延伸閱讀

喀飛，《台灣同運三十：一位平權運動參與者的戰鬥發聲》（臺北：一葦文思，二〇二一）。
楊佳嫻，《刺與浪：跨世代台灣同志散文讀本》（臺北：麥田，二〇二二）。
楊宗潤編，《眾裡尋他：開心陽光當代華文同志小說選（一）》（臺北：開心陽光，一九九六）。
楊宗潤編，《難得有情：開心陽光當代華文同志小說選（二）》（臺北：開心陽光，一九九七）。
蔡孟哲，〈愛滋、同性戀與婚家想像〉，《女學學誌》第三十三期（二〇一三年十二月），頁四七—七八。

特寫

玫瑰的名字
速寫梅毒文學史

梁秋虹

時間是一六六〇年，國姓爺鄭成功攻打熱蘭遮城前夕，戰爭風聲風雨欲來。荷蘭東印度公司三等書記官正煩惱身上長了熱帶性疥瘡，所幸熱蘭遮城太守一語驚醒夢中人：

這真令人叫絕！我親愛的，風流騎士約翰．舒乃達君，你這是不折不扣的風流病，和女人接觸而引起的！這是Syphilis！你聽見了沒有！Syphilis（梅毒）！

這出自葉石濤的短篇小說〈玫瑰項圈〉，玫瑰的名字，是梅毒。

何謂梅毒？根據臺灣衛生福利部疾病管制署的定義，梅毒是由梅毒螺旋體（treponema pallidum）所引起的性傳染疾病（Sexually Transmitted Diseases, STD）。梅毒、先天性梅毒（Congenital Syphilis）、淋病（Gonorrhoea）及人類免疫缺乏病毒感染（HIV）同列「第三類法定傳染病」。梅毒主要透過性接觸傳染，也可能因輸血感染；或是經由胎盤發生母子垂直感染，造成胎兒感染先天性梅毒。梅毒目前仍是全球普遍存在且方興未艾的性傳染疾病。《傳染病統計暨監視年報》顯示，二〇二一年全臺梅毒確定病例數為九四一二例，每十萬人口發生率約為四〇．一一%。

然而，儘管梅毒螺旋體只有一個現代醫學認證的標準化學名，曾幾何時，在東亞醫療史的歷史語境裡，梅毒不只一個名字。就像在梅毒文學史上，玫瑰從來不只是玫瑰。疾病的隱喻，不只現身疾病命名的政治，也發生在傳染病感染源、感染者與傳播途徑三角關係的道德敘事。

梅毒的第一個名字是瘡，漢醫醫家傳統有楊梅瘡、廣瘡、霉瘡之說，日本江戶蘭學也有黴瘡一詞。一九三〇年代的短篇小說〈毒〉，描寫一名四十歲男性失業勞工，拄著拐杖跛腳前來就醫問診，發現大腿和下腹的胯間長的瘤竟是「花柳病」之「魚口瘡」，遭醫師第一時間拒絕義診。所謂魚口瘡，研判應是梅毒第一期症狀中的硬性下疳，可能已出現腫痛或壓痛感的潰瘍，因好發於生殖器患部，多屬未能早期就醫之隱疾。作家楊逵將瘡喻之為毒，既是梅毒，也是「資產主義制度所排放的毒害」。原來病源來自已非處女的患者之妻，昔日十六歲女工被工廠老闆強暴，事發多年後，似已成為潛伏性梅毒帶原者。問題是，一旦婚外性或婚內性成為釐清傳染病傳播鏈的道德責任歸屬判准，患者便似乎瞬間便從自食苦果的感染者，變成無辜受害者。

過去對梅毒帶原者錯誤的疾病偏見與性別化想像，反映在梅毒的第二個名字上，梅毒是花，舊稱「花柳病」。一九三〇年代臺灣古倫美亞唱片公司發行的蟲膠唱片，收錄了一代歌手純純演唱的《戒嫖歌》。這首民間傳統說唱藝術的歌仔，形容「花宮查某」有如花街柳巷狐狸，而無辜的男性感染者「陽精被伊洩離離、家伙開恰無半絲、傳染梅毒也淋病、遇著人頭殼舉不起」。

若說梅毒是花，臺灣文學裡的梅毒敘事，要以葉石濤〈玫瑰項圈〉對梅毒臨床症狀的綺麗描寫為最。所謂「玫瑰項圈」，在醫學上應屬二期梅毒，臨床症狀如全身性梅毒紅疹，起初皮疹晦暗不顯，隨後則發展成斑疹、丘疹或膿包，因有時排列成螺形，形成外形特殊之環形病灶，有如項圈一樣。葉石濤筆下，從患部表淺性潰瘍流出的「芒果黃金色膿水」，事實上內含無數梅毒螺旋菌，極具高傳染性：

> 一天，兩天之後，這些可愛的小小斑疹無聲無息地擴展，狡猾地蔓延，而且帶有黃色芒果液汁的膿水。憂患從這粉刺開始了；人們看到他玫瑰色的斑疹時先是一怔，而後故意佯裝著看不見，卻暗地裡嘀嘀咕咕地談論甚至掩著嘴竊笑。……嘴角的斑疹在一片喧嘩聲中出奇地悄然隱去了。然而這可惡的粉刺並非從此絕跡！過不了幾天，粉刺轉移陣地，愈加厲害；他的脖子四周重又出現像項圈似的點點紅疹，猶如圍繞著輪廓鮮明，彩色鮮艷的玫瑰項圈。約翰·舒乃達的懊喪不想而知，他拚命拉高領子，巧妙地掩藏著一部分。然而偶一失慎，美麗鮮明的花圈，赫然露出，恰似向人示威它的存在，主張它不可磨滅的權威！

〈玫瑰項圈〉描寫熱蘭遮城副太守玷汙臺員族酋長之女莎拉，該女染病後，選擇以匕首暗殺之，再色誘荷蘭青年官員，以便將病毒過病給代罪羔羊的殖民地官僚。在這一齣十七世紀殖民地原住民女性復仇的國族與性別交織的政治寓言裡，將玫瑰外來種暗喻為有毒的殖民政權，梅毒也被定位成境外移入傳染病。值得玩味的是，玫瑰項圈被還原成為一種症，玫瑰荊棘可能攀爬至任何人的脖頸項間，而不再是專屬於哪一種性別、好發於何類特定族群的汙名化疾病。

梅毒的第三個名字，正如其名是毒。儘管其病原體梅毒螺旋菌事實上是細菌而非病毒，梅毒的毒性印象仍深植人心，這可能是因為梅毒是性傳染病中臨床症狀最為猛烈的一種。如前所述，梅毒舊稱「黴毒」，這不只是醫家之言，也曾是法律名詞。一九二七年日本制定〈花柳病豫防法〉，該法所謂「花柳病」為「黴毒」、淋病及軟性下疳之總稱。臺灣則遲至一九四〇年方才沿用施行〈花柳病豫防法施行規則〉。換句話說，在那之前，性病一直被公共衛生體系視為女性性工作者專屬的傳染病防疫項目，直到日治後期才被納入全民防疫的法定傳染病之列。

梅毒的最後一個名字，仍然是玫瑰。王禎和的小說《玫瑰玫瑰我愛你》，時空背景架構在臺灣花蓮港的「吧女訓練班」，背後更大脈絡是一九六五至一九七二年間美軍休養復原計畫（Rest and Recuperation Program, R&R），這是越戰期間針對駐外美軍提供的特別休假制度，一般認為具有性觀光的性質。王禎和筆下的角色人物形象鮮明：所謂四大公司的四大經理——甲級公娼館負責人之一「紅粉樓」大鼻獅、中學校英語老師董斯文、男同性戀傾向的惲醫師，還有不知名的妓女或吧女們，他們各自為玫瑰的名字添上語言諧音衍生而來的諷刺與遐想。當吧女訓練班響起〈玫瑰玫瑰我愛你〉的歌聲，音同「美國美國我愛你」。玫瑰是梅毒，是美國，也是美金。更有甚者，玫瑰是超級玫瑰，可能引發精神錯亂性全身癱瘓的神經性梅毒（neurosyphilis）；同時也是西貢玫瑰，隱喻流毒甚廣、無孔不入的越共游擊隊。臺灣政府為迎來美軍制定了酒吧營業規範及吧女性病檢查制度，態度何其曖昧，既要吧女們張開雙腿迎接玫瑰，又要防衛玫瑰有毒。

翻開小說扉頁，王禎和曾有言，「這是一部『限級』的笑話小說。人物情節純屬虛構，請不要考證，因為這鐵定浪費時間的。」就讓我們暫停考證，來讀小說吧。

「大家要小心啊！在辦事以前，一定要叫美國軍人戴保險套。我再重複一遍，在辦事以前一定要叫美國阿兵哥戴上安全的保險套。如果他們不肯戴，你們大可以拒絕辦事。千萬不要心軟。不然你們就有很高的機會得到這種超級梅毒。這是非常可怕的性病，到目前還沒有特效藥。一旦病菌進入你的腦部，你就馬上變成一個白痴。這種超級梅毒現在越南大為流行，恐怖得像越共，無孔不入。這麼恐怖的梅毒，居然有一個很美麗的外號——」惲頌主稍停了一下下，長睫毛的眼睛睜得大大亮亮。「西貢玫瑰。西貢玫瑰。這名字實在取得好。大家都曉得玫瑰是很美麗的花，但你要小心，玫瑰是有刺的。各位，請千萬小心，這種西貢玫瑰，這種最毒的西貢玫瑰，你們千萬不可以去摘哦——」董斯文的屁就是在這一刻就是在惲醫師左一句玫瑰右一句玫瑰的這一刻裡響撲出來的！

參考書目

王禎和，《玫瑰玫瑰我愛你》（臺北：洪範，一九九四）。
楊逵，〈毒〉，《楊逵全集 第十三卷．未定稿卷》（臺南：國立文化資產保存研究中心籌備處，二〇〇一），頁一〇三－一〇七。
葉石濤，〈玫瑰項圈〉，《現代小說選讀》（臺北：五南，二〇〇一），頁一－一八。

延伸閱讀

梁秋虹，〈掀起妳的和服來：日治臺灣「婦人病院」性病監控體系〉，《跨界：大學與社會參與》第三期（二〇一三年六月），頁四九－八二。
梁秋虹，〈梅毒之疫：日治初期臺灣性病治理的人權爭議及政策轉折〉，《臺灣史研究》第二十七卷第一期（二〇二〇年三月），頁九五－一五四。

特寫

從抵抗、習慣到準備
傳染病與防疫措施

許宏彬

新冠大疫擾亂了每個人的生活。這段期間我們都經歷了前所未有的防疫體驗，無論是最極端的封城，或是防疫旅館、居家隔離、遠距工作、線上授課、配戴口罩與保持社交距離等措施。即使現在已宣布解除口罩禁令，但在大街上、大眾交通工具中或一般室內空間裡，許多民眾仍自主戴上口罩，似乎已經頗為習慣口罩生活，大家也都不以為意。

但這種不以為意，在一些人眼中卻頗為怪異。上個月的某一天，我戴著口罩在東海岸的某間咖啡廳外閒坐時，剛好坐在一個德國人的旁邊。那位德國老兄原本一個人坐在外面，有點無聊地在看街景。他很開心地找我聊天，劈頭第一句話就是：「你們臺灣人怎麼這麼愛戴口罩？」

與其說是臺灣人愛戴口罩，不如說是當代臺灣社會對於各種防疫措施配合度都蠻高的，鮮少看到如歐美等地曾見的大規模抗爭行動。但回顧臺灣社會應對傳染病的歷史，其實不乏對於政府防疫措施的反彈及抗議活動。也就是說，這種對防疫措施習以為常的現象並非臺灣民眾的「天性」，而是隨著不同時期出現的各類傳染病，在民間與各個政權互動中逐漸生成的。

在日本殖民臺灣之前，對於傳染病的應對主要是由民間來發動，政府介入相當低。超自然力量在民眾如何理解及應對傳染病時扮演重要角色。在原住民傳統文化中，疫病的出現往往與惡魔作祟及人群的不當接觸有關。比方說，泰雅族認為天花是惡魔所導致的大災難，無法輕易透過一般的祈咒來治癒，往往需要放棄原有部落另遷他地，或者將患者隔離於部落之外。這種疫病導因於邪惡神鬼的例子也常見於早期漢人社會，如東港東隆宮知名的瘟神與王爺信仰便認為，傳染病導因於五瘟使者及十二值年瘟王，而溫王爺及五尊千歲爺則能驅逐這些散布傳染病的瘟神。

歷代治臺政權對傳染病的重視以及相關檢疫措施的規範，起源自大航海時代起全球快速的貿易發展，以及與之相伴的人類與物種快速流通，其中也包括病菌及傳播病菌的病媒。到了十九世紀，隨著貿易網絡的發達與船運技術的發展，全球貿易大規模成長，各國也開始注意到港口檢疫的重要性。例如，一八六〇年代臺灣正式開港對外貿易之後，各通商港口所設置的海關中就有醫官（醫員）的職位，除了進行海員及周遭居民的診療之外，也負責執行各種檢疫措施。

對日本政府來說，傳染病的防制更是臺灣殖民成功與否的核心要務。無論是在一八七四年的牡丹社事件中日本出兵臺灣，或一八九五年乙未征臺之役中，日軍在臺罹病致死的人數都遠高於因戰事受傷致死的人數，因此總督府對於導致日軍嚴重傷亡的傳染病防制格外留意，成為施政的重點要項。除了嚴格的港口檢疫外，殖民政府也進行傳染病的研究調查，並在各地設置公醫負責傳染病監控。此外，醫學教育也成為總督府優先投資的高等教育，來培養本土醫療人力以協助各地防疫工作。與現在不同，殖民時期衛生行政業務屬於警察業務的一環，因此警察是防疫的重要公權力單位。再加上殖民政府實施保甲制度，採行十戶一甲、十甲一保的連坐監視系統，地方保甲長也有監督傳染病的責任。於是，殖民時期各地防疫措施主要就由警察—保甲—醫師（包含西醫師與中醫生）所構成的綿密網絡來施行。

對臺灣民眾來說，殖民時期也是她／他們經歷由上而下的，透過警政系統強制執行的衛生措施初體驗，包括隔離、檢疫、傳染病通報、上下水道建設、環境清潔掃除等等。這些措施雖然有效降低傳染病流行，但對民眾的生活影響如何？民間觀感又如何？會像今日一般主動配合嗎？我們或可從豐原仕紳張麗俊的日記中看出一些端倪。

一九〇八年五月十八日，時任地方保正的張麗俊發現一群警察與公醫來保內一戶人家莊經家裡消毒，因為莊經之妻前天晚上得病：

十分沉重，爰請醫生葉鍊金來診察，他報告警官言犯百斯篤，故今日特大來消毒也，並將此犯病之人駝往離隔所，又將屋內人物一切消毒，每日派壯丁三名守護竹圍大門，不準〔准〕內外人出入，限七日過方許開禁。

由此可知，殖民時期除西醫師有報傳染病的義務之外，中醫師（即「醫生」）也有責任。而當中醫師葉鍊金發現莊經之妻罹患百斯篤（鼠疫）後，隨即通報警察系統。警察、當地公醫與地方保甲長一同到患者家中及周遭屋舍進行大消毒。此外，也將患者抬至隔離所進行隔離，並將竹圍封鎖（由壯丁三人看守，內有含莊家在內四戶人家），不准出入。

然而，鼠疫仍持續蔓延。張麗俊作為保正，對於嚴苛的隔離措施頗為不忍，在同年六月五日的日記寫道：

予思此竹圍內四家，自莊經之妻於四月十九日駝去隔離所，此大門即封禁不許人出入，繼於廿五日莊娘之甥死亡，又莊東之妻死亡，又其母亦死亡，自十九封至今日已達十九日矣。今又再封，殊屬慘狀，遂到彼與警部相商免封，他執法斷不肯，甚言欲將此厝燒滅以撲此鼠疫也。

張麗俊接獲指示，遂召集保內庄丁、壯丁共三十人，在警察的指揮監視下，將有鼠疫的家戶拆除燒毀。他在日記中隱約地表達出這種嚴苛防疫措施的困惑與不滿，直言在焚燒房屋時「不見有一鼠之形跡，豈此三間厝之鼠黠預先逃遁耶！抑果無有一鼠耶！」

從張麗俊的日記可看出，殖民時期透過警察、醫師／醫生與保甲體制所建構的綿密、強制且嚴苛的隔離制度，對民眾所造成的巨大影響。遭強制隔離的莊家等人，不但失去行動自由，也無法從事農務或其他營生以維持生計，甚至必須燒毀家屋。這樣的防疫制度雖成效良好，但從上而下的高壓體制加上缺乏適當的溝通與說明，無法深入民心，也不為民眾所理解。二次大戰結束日人撤離臺灣後，隨著海峽兩岸的走私交流漸增，霍亂等傳染病在戰後初期又再次流行。然而，新政權對於防疫的重視不若殖民政府，加上戰爭時期醫療設備的損傷與疫苗等物資的匱乏，民眾回頭求助於民間信仰之力，疫情迅速蔓延，甚至在數地因隔離引發嚴重警民衝突（如一九四六年布袋事件），被稱為「戰後之疫」。

隨著一九四九年起臺灣進入戒嚴，各種人事物的交流再次受到嚴密管制，也間接阻擋了傳染病的傳播。戰後臺灣教育及西醫逐漸普及，民眾慢慢開始接受、理解西方醫療中關於傳染病的病因與防疫措施。時至今日，在全球化浪潮的席捲下，人類與各種物種的交流益發頻繁，也衍生出各種新興傳染病，在可見的未來恐將持續影響全球。如何從過往臺灣民眾因應各種傳染病，特別是此次新冠肺炎大疫中得到教訓，調整我們、環境與物種之間的關係，並構思能整合民眾觀點的合宜防疫措施，我們仍必須一起努力思考。

參考書目

范燕秋，〈疾病、邊緣族群與文明化的身體——以1895-1945宜蘭泰雅族群為例〉，《臺灣史研究》第五卷第一期（一九九八年六月），頁一四一—一七五。

范燕秋，〈殖民醫學的先鋒：從牡丹社事件到乙未戰役的軍陣醫學〉，《臺灣史研究》，第二十七卷第一期（二〇二〇年三月），頁五一—九四。

康豹，〈屏東縣東港鎮的迎王祭典：台灣瘟神與王爺信仰之分析〉，《中央研究院民族學研究所集刊》第七十期（一九九〇年三月），頁九五—二一〇。

陳淑芬，《戰後之疫》（新北：稻鄉，二〇〇〇）。

參考資料

張麗俊作，許雪姬等編纂、解讀，〈一九〇八年五月十八日〉，《水竹居主人日記》，中央研究院臺灣史研究所臺灣日記知識庫，網址：https://taco.ith.sinica.edu.tw/tdk/水竹居主人日記/1908-05-18

張麗俊作，許雪姬等編纂、解讀，〈一九〇八年六月五日〉《水竹居主人日記》，中央研究院臺灣史研究所臺灣日記知識庫，網址：https://taco.ith.sinica.edu.tw/tdk/水竹居主人日記/1908-06-05

延伸閱讀

李尚仁，《帝國的醫師：萬巴德與英國熱帶醫學的創建》（臺北：允晨，二〇一二）。

許宏彬，〈戰時及戰後初期的疫病與防治〉，《臺灣學通訊》第一二一期（二〇二一年三月），頁四—七。

蔡承豪，〈流感疫病下的地域社會景況與公衛因應：以1918年台南廳為例〉，《成大歷史學報》第四十二期（二〇一二年六月），頁一七五—二二二。

馬克・傑克森（Mark Jackson）著，王惟芬譯，《醫學，為什麼是現在這個樣子？：從宗教、都市傳染病到戰地手術，探索人類社會的醫病演變史》（臺北：臉譜，二〇一六）。

普拉提克・查克拉巴提（Pratik Chakrabarti）著，李尚仁譯，《醫療與帝國：從全球史看現代醫學的誕生（Medicine and Empire: 1600-1960）》（新北：左岸，二〇一九）。

特寫

傳染病老地圖
文學作為一種公衛印記

黃信恩

數位X光巡迴車照例駛進部落。衛生室、活動中心、文健站、教堂或廟宇，只要人煙所在都可以是據點。因工作關係，我有機會接觸山地鄉醫療，結核病篩檢是工作一部分。數日後，我便收到異常名單進行複判，勾記需進一步留痰化驗的民眾。

一切都不是憶往，是二〇二三年仍進行中的日常。每年設籍山地鄉的民眾，可進行一次胸部X光結核病篩檢。若疑似或確診結核病，又或確診者的密切接觸者，雖未發病，但經檢查後為潛伏結核感染者，便進入「都治計畫」(DOTS，directly observed treatments short-course)。服藥過程中，由關懷員親送藥至病患手中，確認其服藥吞下才離去。

事實上不只山地鄉，大城市結核病仍在。這傳染病帶著些老派氣息，菌種歷史悠久，就連診斷用的痰液抗酸染色（acid fast stain），也是一八八二年被德國細菌學家發明的。關於結核，新的面貌或許是出現多重抗藥性菌株，近來則多了結核分子快速檢測（X-pert）與丙型干擾素釋放試驗（IGRA）等檢查。

X-pert是痰液檢查，能快速準確識別結核菌，亦能偵測抗藥性；IGRA則是血液檢查，用以確認潛伏結核感染。事實上，在臺灣這兩種檢查已執行多年，要說最時尚的，應屬「雲端都治」。

關懷員以行動載具搭配app軟體，視訊親睹患者服藥。

總會想起二〇〇三年，SARS那年，醫學系四年級的我，戴起N95口罩走進醫院，進行問題導向學習分組討論。一日，同學的直屬學長上電視了。是悲傷的。當年住院醫師的他，替一位婦人插管而染疫，數日後病逝，年廿八歲。就在那年，加拿大小說家瑪格麗特．愛特伍（Margaret Atwood）出版了《末世男女》（*Oryx and Crake*），講述一個充斥基因改造的時代，變種病毒終成人類滅絕的劫難。

彷彿此後就是病毒的年代，廿一世紀以病毒編年。除了每年報到的流感病毒，每隔幾年，人類就得多識株病毒：二〇〇九年H1N1、二〇一二年MERS、二〇一五年茲卡、二〇一九年COVID–19、二〇二二年猴痘，有的激起大波濤，有的盪起小漣漪。新的登場，舊的撤退。就算同種病毒，也能突變再突變，alpha、beta、gamma、delta、omicron變異株一直來，疫苗就要失效了。於是傳染病的新聞常是病毒，它能新能變，喧噪一時復又銷聲匿跡。最後，恆常的依舊是：某日公務機響，檢驗科捎來訊息，某某病患痰液細菌培養：結核桿菌。心中不免一愣：你還在啊！原來，結核是深水暗伏，源遠流長。

結核到底存在地球多久？考古學家發現，石器時代人類胸椎有典型結核病變，推測可能七千多年前便存在；而埃及的木乃伊亦被發現結核破壞痕跡。至於文字記載，古希臘醫學之父希波克拉底（Hippocrates）便已描述。因為夠久夠老，結核在文學作品中得以亙古，可以今昔呼應。許多藝術家也疑似罹患結核，西方的蕭邦、拜倫、卡夫卡，東方的魯迅、鍾理和等。

它曾是那樣唯美、善感又如仙般地讓人病著。《紅樓夢》的林黛玉、《茶花女》的瑪格麗特都疑似。蘇珊．桑塔格在《疾病的隱喻》中這樣形容結核：「它加速了生命，照亮了生命，使生命超凡脫俗。」但當抗生素被發明，文學中的結核漸漸不再是一則浪漫的隱喻，而是殘痛的真實。今日，發熱、咳血、胸痛、體重下降，不會單一地以為就是肺結核，還得考慮肺腺癌？肺氣腫併感染？支氣管擴張症？非典型肺炎？免疫不全併肺部伺機性感染？畢竟這是一個高齡、公衛進步，卻也充斥空汙、致癌物，以及愛滋登場的年代。

回歸定義，傳染病是指病原體，從一個傳染源，透過傳播入侵人體而致使發病。其中病原體大致分為病毒、細菌、寄生蟲與黴菌。有趣的是，還有「跨界」的病原體，比方造成恙蟲病的立克次體，歸屬細菌卻有病毒性格，可過瓷濾器，且在動物細胞內繁殖；而結核與痲瘋，其病原體均為分枝桿菌，歸屬細菌卻能在培養皿形成狀似黴菌的菌落。此外，還有個特性：長得慢。臨床上細菌培養報告出爐時，往往是送檢後一個月，甚至兩個月後的事了。

這慢，也許更有久行的能耐。不逞一時絢爛，只講天荒地老、海枯石爛。除了結核，痲瘋出現在文學作品中的頻率也不遑多讓。痲瘋是漢生病（Hansen's disease）的俗稱，不同的是，它不像結核有很長一段時間被當作藝術家的病。它不曾唯美過，早在舊約聖經裡，指涉的就是不潔。患者皮膚失去知覺，出現斑塊結節，眼失明鼻塌陷，五官變形，四肢潰爛。從這樣貌便不難想像，當時痲瘋患者被社會排斥、羞辱的隔絕景況。

古蒙仁〈痲瘋病患的朋友阿鳳〉，寫的是臺灣的痲瘋故事。主角島阿鳳是泰雅族人，獻身護理照顧痲瘋病患，甚至為取得病患信任，不戴手套，不戴口罩，徒手清理傷口。雖然不是什麼醫療史上的大發明大發現，卻是醫病間的大躍進。同理、接納，不再誤解，原來早先人們便懂得這道理，並且實踐。

今日，漢生病在臺灣已少見，每年新發生病例約為十例。如此稀少，多少醫師能有臨床實務經驗呢？因為從事部分移工體檢，每隔幾年，我得接受漢生病診斷繼續教育。記得授課的皮膚科教授說，若只看皮膚外觀，即使專科醫師，也很難診斷漢生病，往往得透過問診與組織病理來確認。

如果要在文學作品中找一場轟轟烈烈的傳染病，或許可看阿爾貝・卡繆（Albert Camus）的《瘟疫》（*La Peste*）與讓・吉奧諾（Jean Giono）的《屋頂上的騎兵》（*The Horseman on the Roof*）。前者為鼠疫桿菌，後者為霍亂弧菌，病原體均是細菌，與現今病毒當道很不一樣。即使是小說，卻刻記時代，封存人類當時的恐懼。或許這是傳染病留給人類的一道疤痕，是時代的印記：那是一個公衛怎樣的年代？醫療進展如何？人們怎麼解釋疾病的發生？病識感如何？如何對策？

一九四八年後，臺灣已無鼠疫病例報告，但它未消失，至今南美、非洲仍有案例；至於霍亂，近期南亞、中亞、西亞等地均有疫情傳出，臺灣則是每年有零星散發案例。而不復見、僅能從文獻去想像的，大概就是天花。這是第一個自地球根除的病毒，一九五五年起臺灣就未有新案，一九八〇年世界衛生組織宣布天花自地球上消失。於是閱讀到文學作品中的傳染病，有時會是特殊的時空感受，即使這傳染病未曾消失，也會訝異先人已懂得防疫的道理，楊逵的劇本《撲滅天狗熱》便是。雖意在貶諷迎合皇民運動的放貸者李天狗，卻勾勒出當時登革熱的公衛面貌。

有時，文學就成了傳染病的老地圖，有古人的地理輪廓，島嶼誤作大陸，更多的是留白的空地。總喜歡端詳老地圖的小街小路，這是化外演變為城區的起步。文明開始滋長，讓人著迷的，終究是過程。

過去臺灣推動結核病十年減半政策，並盼達成世界衛生組織二〇三五年終結結核的目標。如果真滅絕，二〇三五年後的人們，有日開卷讀到結核，會不會像當今的我們，展冊讀到天花呢？

參考書目

古蒙仁，〈痲瘋病患的朋友阿鳳〉，《中央日報》，一九九二年四月二十四日，第十八版。

阿爾貝・卡繆（Albert Camus）著，吳心怡譯，《瘟疫》（臺北：大塊，二〇二一）。

彭小妍，《楊逵全集第一卷・戲劇卷（上）》（臺北：國立文化資產保存研究中心籌備處，一九九八），頁五七－一〇七。

瑪格麗特・愛特伍（Margaret Atwood）著，韋清琦、袁霞譯，《末世男女》（臺北：天培，二〇〇四）。

蘇珊・桑塔格（Susan Sontang）著，程巍譯，《疾病的隱喻》（臺北：麥田，二〇一二）。

讓・吉奧諾（Jean Giono）著，林志芸譯，《屋頂上的騎兵》（臺北：皇冠，一九九五）。

延伸閱讀

張劍光、陳榮霞、王錦，《流行病史話：人類抗疫全紀錄》（臺北：遠流，二〇〇五）。

張鴻仁，《關鍵戰疫：臺灣傳染病的故事》（臺北：大家健康雜誌，二〇一八）。

麥克・奧德史東（Michael B. A. Oldstone）著，羅文慈譯，《打不完的病毒戰爭》（臺北：新新聞文化，二〇〇〇）。

憂鬱來襲，書寫自療

文明的外邊

臺灣文學的「癲狂」史

廖淑芳

年幼時在老家鄉里，有時會看見一些披頭散髮的女人，身上穿戴花花綠綠披披掛掛的衣服，遊盪於街路，雖然難免也有好奇的小孩子尾隨其後，模仿她們來取樂，但我們大部分人是敬而遠之的，因為隨意逗弄她們，她們有時會來追你。大人們會說「彼个查某真可憐，起痟啊！」但後面又緊跟一句「毋通偎去喔」來警告我們。我們自然多是遠離，因為她們是瘋子——痟ㄟ。奇怪的是，長大後臺灣的街道已經極少見到這樣的「瘋子」；更奇怪的是，印象中所有的「瘋子」都不只是「痟ㄟ」，而且都是「痟查某」。

讀過傅柯《古典時代瘋狂史》（或譯《瘋癲與文明》）的人應該就了解，傅柯注意到現代知識如何藉由文明與瘋癲的區隔，把非理性放到文明外邊，讓它成為一種沉默，並稱為瘋癲。而現代醫療史也將瘋癲從早期的放逐他去、「到後來的」拘禁隔離，甚而有了精神病院的誕生，瘋癲成為徹底的反常與錯誤。二〇一四年起，過去那些表現出妄想、幻覺的「精神分裂症」，已經正式被正名為「思覺失調症」，但我們對癲狂的了解仍然太少。按照傅柯的意見，瘋癲看似被現代理性征服，卻在文學藝術上保住它們最後的淨土。瘋癲其實是一種強大的生命力和靈魂煥發出來真實力量，書寫癲狂就是也是一種自由與解放的追尋之路。

✦ 她的瘋狂，來自於他造成的創傷

從臺灣文學的發展來看，日治時期小說中就充滿了追求自由與解放的瘋女人。楊守愚〈瘋女〉以兩則短幅描寫呈現了傳統婚姻觀念施加在女性身上的暴力與創傷，明明訂婚後就發現男方其實是個吃喝嫖賭樣樣都來的混蛋，卻礙於禮教束縛，離婚不成還被當作是她沖犯了瘋女鬼，最後她好似真的瘋了，手拿火叉，披頭散髮赤裸奔跑於屋脊，她的瘋狂其實是創傷的外溢效應，然而創傷是不被允許的，她的創傷被視為恥辱，最終被指稱為瘋狂。這種性別權力的不平等，在傳統封建社會，造成了層出不窮的悲劇。

但就算時間來到戰後，李昂名作《殺夫》依然呈現了一個長期在身體與精神雙重暴力下、終於導致癲狂殺夫的悲劇故事。丈夫陳江水不但長期對女主角林市加以性虐待、暴力威脅、甚至斷絕食物供給。小說以中元鬼節相應的冤孽與鬼魅民俗意象，驚悚又充滿說服力地展示給我們，殺夫當下的女主角林市，不再是沉默無告的自己，而是心神喪失的精神病患，更是解放的主體。陳江水曾經逼她親眼目睹他殺豬的血腥，如今她幻化成正在殺豬的丈夫陳江水，將陳江水當豬來殺。林市的悲劇建立在女性不僅身體受控，被當作洩欲的工具，連精神也受傳統倫理價值所拘束，比如鄰居阿罔官認為她做愛時不應呼喊，卻無視於她實際面對的是性虐待的巨痛。因此權力的不對等，不僅來自兩性之間，更來自如緊箍咒般抓著我們不放的價值系統與主導話語，使人們禁錮於這種精神性的困頓與扭曲。

✦他的瘋魔，來自於國族認同的焦慮

而主導價值與話語最高的展現來自國族價值，日治時期臺灣小說中就可以看到一些糾結扭曲終成瘋魔的例子如何投映出國族認同的問題性。龍瑛宗〈植有木瓜樹的小鎮〉中林杏南的長子，應該是第一個讓人難以忘懷的形象。帶著病的他曾以「個人的力量雖然微弱，但在可能的範圍內，非改善生活、正確地活下去不可」來勸；主角陳有三，甚至寫下「我願一邊描畫著人間充滿幸福的美姿，一邊走向冰冷的地下而長眠」這種烏托邦夢景的句子；但最終陳有三在公園的入口處看到的林杏南的長子，卻已是一個衣服破裂、頭髮蓬亂、眼睛失神、手掌帶泥，嘴中唸唸有詞跪向天空祈禱膜拜，不知在招喚什麼的瘋子了。小說以林杏南長子最終的瘋狂，寫出臺灣人永遠不可能與日本人平起平坐的集體敗北意識。另外，張文環〈父親的要求〉中，曾是臺灣青年陳有義左翼思想啟蒙者的同鄉人「阿貴」，原本出身富裕，在日本也參加了反對日本政府的左翼組織，最後卻因為順從「父親的要求」，返鄉做個「小市民」，出現思想轉向後的矛盾焦慮，也終致精神失常。

其次，吳濁流《亞細亞的孤兒》中雖然保留了主角胡太明最後究竟是不是瘋了的開放可能，但從他與日本女子久子、臺灣女同事瑞娥和中國妻子淑春的情愛關係中，便可以看出他在日本、臺灣、中國間，認同的糾結與與痛苦。這些出身臺灣的年輕知識分子，正是殖民地臺灣國體的化身，他們的瘋狂，正隱喻著臺灣國體無以掙脫禁閉的困頓與扭曲。

另外，陳映真〈鄉村的教師〉一作中臺灣光復後一年從南方戰地回來的鄉村教師吳錦翔，他吃人肉的事蹟在鄉村傳開後，小說如此描述：

他的虛弱不住地增加著。南方的記憶；袍澤的血和屍體，以及心肌的叮叮咚咚的聲音，不住地在他的幻覺中盤旋起來，而且越來越尖銳了。不及一個月，他就變得瘦削而且蒼白了。再過了不到一個半月的時光，根福嫂發現她的兒子竟死在床上。左右伸張的瘦手下，都流著一大灘的血。割破靜脈的傷口，倒是十分乾淨的。白色而有些透明的，那種切得不規則的肌肉，有些像新鮮的旗魚肉。眼睛張著。門牙緊緊地咬著下嘴唇，襯著錯雜的鬍髭、頭髮和眉毛。無血液的白蠟一般的臉上，都顯著一種不可思議的深深懷疑的顏色。

表面看來這裡面只有死亡，然而他的幻覺中出現的南方的記憶，那些袍澤的血和屍體，正是他的癲狂的證明及他自殺的理由。這些癲狂書寫的背後，是另一種形式的臺灣創傷敘事。百年至今，臺灣面臨的國族認同問題並不因殖民地時代已然過去，和民主的進展得到解決，這些問題只是以不同的面貌困擾著今天的青年，更是臺灣人集體面對的命運。如此，在艱難的時刻，再一次出現這樣的書寫，也不足為奇。

✦愛欲與無愛，促成現代性的暴力與死亡

擴大來看，這種精神性的困頓與扭曲，更全面地展現在現代人因「愛欲之罪」衍生的嗔痴夢想，顛倒成魔。那種無法抑扼的嫉妒或痴狂，因為過度燃燒終於引出熊熊大火。歐陽子的〈魔女〉便描繪了一位瘋魔於愛情的母親如何為了得到隱藏心中多年所愛，明明知道愛人並不可取，卻仍

欺瞞、甚至跪求女兒成全的過程。小說以母親身分凸顯出反倫理的前衛性，卻也提醒我們愛欲燃燒而成的瘋魔。其次，施叔青許多作品都具有這類愛欲的瘋狂，其第一篇小說〈壁虎〉中寫的便是愛欲中的嫉妒，迷戀大哥的敘述者將有魅力的大嫂形容為「壁虎般的女人」，說她眼睛中熾燒著一種「渴求什麼似的飢餓」，一回目睹大哥大嫂擁睡於床上，更抓起桌上剪刀，「拋向那賤惡的所在」。這種帶有亂倫情欲的刻畫，寫出了精神性癲狂的結果，往往同時帶來破壞性的暴力與死亡。

二十世紀五、六〇年代的臺灣現代派小說中，便出現不少以狂與死為主題的癲狂書寫。但這類型書寫經常只寫出這些病徵的驚悚性，而缺少對這些病徵背後病理的深刻關照，如今看來特別顯得扭曲與怪異，這自然與冷戰年代尤其戰後戒嚴時期臺灣的壓抑氛圍有關。其中，七等生〈精神病患〉卻是一篇相對於「欲的逾越」，反向探討「愛的匱乏」的佳作。小說以一位有意從事寫作的主角賴哲森被判定具有精神疾病開始，一方面在與精神醫師的懇談下回顧過往，另方面則與童年友伴阿蓮重新相遇並相戀結婚。回顧的部分我們看到賴哲森過去曾居住過一個馬東小鎮，他在那裡任教於一所充滿偽假道德、僵化禮教的學校，又愛上一個已婚女人，小說充滿繁複的現代性糾結，及其個人追尋的無以定向。而馬東小鎮正是小說中「匱乏於愛」的環境象徵，也意指他所存活的年代正是一個「無愛世紀」，充斥讓人窒息的封閉道德。由於馬東小鎮的遭遇及發現自身有著與生俱來梅毒的命運，致使賴哲森雖然以不斷地性愛愉悅阿蓮，最終卻勒死了她。賴哲森最後的殺妻告白說明了，這位精神病患的殺妻暴力，正是無能突破此一冷漠無愛，理性掛帥世紀的終極病徵。

✦廢到極致，以淫猥寫瘋狂

當時間來到解嚴後，政治有了較大的進展，各種屬於國族、性別、階級的問題遂可以有更深入的鑽探，而書寫手法從早期較單純的鄉土寫實或現代意識流，發展為虛幻的很真實的魔幻寫實，癲狂書寫藉由這些手法往往也能挖掘生命固著的幽靈，在意識與前意識的介面，逼顯人物狂暴內在的現實根源。駱以軍〈降生十二星座〉中後來自殺的主角小學同學鄭憶英，應是那些讓主角癲狂於電動遊戲道路十六或快打旋風，混淆了現實與虛幻、蹲踞在主角內心深處的恐懼之源，也是這篇足以被列入臺灣版「瘋癲書寫」的理由。童年的主角每天恐懼著難以捉摸的鄭憶英不知何時會對他予以「制裁」，她既是如此強悍，後來又為何自殺？人要如何進入他人之心？「鄭憶英」不僅作為主角生命記憶中揮之不去的恐怖力量，也藉由這篇臺灣現代文學的癲狂書寫提出了「人要如何進入他人之心」的世紀之謎。

如此，這些不知伊於胡底的對他者的難以掌握，及對自身欲望的無以排遣，逼出了一篇臺灣小說寫精神病患的癲瘋（巔峰）之作——舞鶴〈悲傷〉。〈悲傷〉以一個小標題「我心深處剖開馬路」開頭，將淡水以都市計畫為名大幅破壞開挖馬路的故事，象徵臺灣的城鎮變遷與歷史滄桑。然而，小說貌似要展開對鄉土被商業資本與發展主義碾壓破碎的批判或指控，實則不斷透過「你」、「我」兩位精神異常者放誕誇張到幾近華麗壯觀的異色淫猥，將所有山川景物「身體化」「性別化」與「權力化」，於是淡水媽祖與落鼻祖師香火興衰的變換及淡水基隆的歷史變遷，也都染上「性交」和「下蛋」等性／別意象的異樣色澤。而臺灣山水不僅成為在「你」眼中「巒壁肉褶」的意象投映，最後「你」的死亡甚至是以臺灣南部充滿荒涼美感泥沼地的「月世界」為背景，「你」整個人以「倒插泥沼中，全身挺直用一根枯枝幹撐著」的姿勢，象徵自我與土地的「交合」。令讀者為山水的變調失落傷悼的同時，又不禁為全文將身體與山川相互為喻、全面性欲化的滑稽誇張感到無比荒唐。

「淡水」作為一鄉土空間，與小說中「你」被關在其中的「烏魚柵」，及「你」「我」相遇的「精神寮」，既被描寫為在節節敗退的權力關係中蛻化為「失勢」「廢頹」的空間地域，卻又在充滿性寓言的極度廢頹中盈滿流動蕩漾的生命能量。小說透過深入兩位精神異常者的內裡，既架構出一個不斷前進的追尋主題，檢討現代化發展中自然與人文精神的失落，卻又透過性的笑謔與隱喻，將意義增生繁衍的可能自我消解。這因而是個建構又解構，充滿迂迴的自省與強烈批判的精神寓言。而故事最後，「我」以看守「廁所」作為營生的工作，並把看守的小木桌換了方位面對著廣大的群眾。舞鶴也像在自況「作家」的位置在現代社會，簡直有如「排泄物收集所」。

如此以「淫猥」寫癲狂，大概可以算作臺灣文學癲狂書寫的極致了。癲狂書寫到最後，其實不再是對人性欲望深淵的逼視，或對無愛導致暴力的批判，而是對文明盡頭，人類無能面對及處理的所有問題——那些成為了垃圾渣滓的排泄物或廢棄物的無言，除了滑稽誇張，荒唐以對，還能找出什麼對付的方法？舞鶴的〈悲傷〉究竟是一種怎樣的悲傷？是生而為人的悲傷，是面對文明盡頭，文明的外邊，除了裝瘋賣傻，我們根本找不到方法的悲傷。

記得多年以前剛到成大臺文任教不久，我曾在當時大學部的「現代小說」課上，上了舞鶴這篇〈悲傷〉。這門課通常要求同學先預習作品，上課可能要發問。而這是一個同學彼此感情很好的班級，上課前大家喜歡先笑鬧一番再開始上課，因為開學第一週的教學規畫說明中曾告訴同學，我認為〈悲傷〉是作者舞鶴小說創作的顛峰之作，也是臺灣現代主義文學中絕世少有的珠玉。所以同學對要上那篇作品應該是頗有期待的。但那天我一踏進教室，班上就瀰漫一種詭異曖昧的氛圍，看我要開始上課了，有一位平時就喜歡帶頭開玩笑的同學馬上開口：「老師。看不懂〈悲傷〉，我們很悲傷。」她這句話讓班上炸開一陣爆笑，大家東扭西扭了好一會兒，氣氛才恢復為平常較為歡樂的模樣，終於可以上課了。其實我知道她要說的隱性話語是「老師，究竟是太悲傷了還是太色了，妳確定要教嗎？」說起來，太色了倒不是問題；而是我如何從那種荒唐淫猥的情色文字中，帶出小說中主角之一面對夕日紅圓、那滔滔大海的深摯崇盼，與反過來面對的醜惡現實，人類欲望終究無能為力之「廢」，廢到極致只能有如那精神病患的主角之二，以奔放橫逸的性交震得原來被養在舊式洗澡鉛桶裡的烏龜都掉出桶外滿地亂爬。

如何既能帶出對鄉土巨大的失落與矛盾，又能表述反向的自嘲風格？教和讀那樣一篇作品，顯然是需要不僅老師裝瘋賣傻，甚至所有學生都要跟著「起痟」才能進入的經驗！我希望。但當我唸著小說中那些讀時笑到出淚，唸起來害羞答答，教課時卻——癲狂廢頹得太滿又太巨大了——絕對無法到位的窘境。我真心感受到，即使我能走到了文明與瘋狂的邊界，我仍然站在文明世界的這一邊。要進入到文明的外邊，碰觸那樣的瘋癲情境，不但太困難，簡直不可能。是不是在沉默中領會也許更好？因為這樣，後來我再也沒上第二次了。

參考書目

七等生，《七等生全集2》（臺北：遠景，二〇〇三）。

吳濁流，《亞細亞的孤兒》（臺北：遠景，一九九三）。

李昂，《殺夫》（臺北：聯經，一九八九）。

施叔青，《那些不毛的日子》（臺北：洪範，一九八八）。

張文環，〈父親的要求〉，陳萬益主編，陳千武譯，《張文環全集卷一》（臺中：中縣文化，二〇〇二）。

陳映真，《陳映真小說集1》（臺北：人間，二〇〇三）。

楊守愚，《台灣作家全集——楊守愚集》（臺北：前衛，一九九四）。

舞鶴，《悲傷》（臺北：麥田，二〇一九）。

歐陽子，〈魔女〉，林瑞明、陳萬益主編，《台灣作家全集——歐陽子集》（臺北：前衛，一九九三）。

駱以軍，《降生十二星座》（新北：印刻，二〇〇五）。

龍瑛宗，〈植有木瓜樹的小鎮〉，張恆豪編，《台灣作家全集——龍瑛宗集》（臺北：前衛，一九九〇）。

延伸閱讀

米歇爾．傅柯（Michel Foucault）著，林志明譯，《古典時代瘋狂史》（臺北：時報，二〇一六）。

米歇爾．傅柯（Michel Foucault）著，劉北成、楊遠嬰譯，《瘋癲與文明：理性時代的瘋癲史》（北京：三聯，二〇一九）。

詩歌作為抗抑鬱劑
談臺灣當代女詩人的憂鬱書寫與自療可能

李癸雲

✦憂鬱—詩—女人

近幾年，當筆者開始整理憂鬱與文學的關係時，竟發現臺灣現當代文學裡憂鬱書寫的系譜或因憂鬱身故的作家竟如此紛繁……，除了心驚，更產生探問的研究動機。在現代詩領域裡，筆者發現「第一屆葉紅女性詩獎」同時舉辦一場名為：「詩、病、愛、希望：憂鬱是不是一條不可抗拒的路」座談會，讓曾罹患憂鬱症的女詩人（出席這場座談會的女詩人有朵思、顏艾琳、鹿苹和江文瑜）現身說法，面對「憂鬱症真的是女性詩人的宿命嗎？」此一問題，顏艾琳回答：「我相信是！」她自言憂鬱症發作的時候是心靈的「亢奮期」，「這個時候寫出來的東西又快又好。」顏艾琳的自白指出一條「憂鬱—詩—女人」的創作鍊結，於是筆者後續試著去討論幾個詩例與書寫現象。

✦憂鬱書寫的特殊性

筆者首先觀察臺灣現代女詩人群的「憂鬱書寫」，爬梳曾罹患憂鬱症女詩人對於己身憂鬱症的看法、對於心靈憂鬱狀態的描述，進而闡釋失序文字的精神性意義、憂鬱症與書寫間的關係。其中發現憂鬱狀態時狂放不羈的靈思確實表現出更為獨特的詩歌面貌，「被火所觸」的心靈遭受熱烈情感或痛苦之火所燒灼，經歷了奔放的想像，走過幽暗的山谷，更能精確描繪出被火燒鎔而鑄刻下的各種深刻感受。例如朵思的〈憂鬱症〉表達強烈的幽暗心緒：

我以我的亢奮尋你
尋你在我自己的潛意識裏
有時我以淚洗著世界的塵垢一般
洗著黏附我本性的傷心
在加速度狂烈熾熱的慾望裏
我有著追逐青山縱身躍下或騰飛的衝動
我愛右側的睡姿出發
想像胸腔被刀刃刺穿的窟窿正淌流
潺潺玫瑰紅的酒液……

我的淚，洗著被你隔絕被整個世界拋棄的傷感

而顏艾琳在〈交換——寫給我們的憂鬱症〉一詩則與憂鬱對話：

因為你，
我還原成一片荒漠；
很原始的那種，
連單純的心事
都羞於冒出來。

……

我的工作是跟不同的人說話，
你只是不停地自言自語。
當我們都安靜的時候，
會想到：死。

憂鬱讓生命變成荒漠，死亡念頭如影隨形。憂鬱書寫裡最極端的面向就是讓人震懾的死亡意象，例如葉紅生前最後一本詩集《瀕臨崩潰的字眼感覺有風》裡漫卷可見死亡、夜晚、黑暗或廢墟等意象，而綜觀葉紅所有著作，其實在其第一本詩集《藏明之歌》裡〈憂鬱的舞步說〉即隱含此種書寫傾向：

憂鬱的舞步說
燈留下的黑應慢慢旋轉

等我的思念找到明天的溫柔
自殺在你不知荒涼的腳尖

以死亡作為一種抒情方式。至於在表現形式上，憂鬱書寫的語言則更為夢囈或夢境化，如朵思的〈夢囈抒情〉：

彷彿，我一大部分的夢境，都輪序
出現一顆顆褪盡前生的骷髏
所以，我懂得冰涼從脊髓往上爬升尋找出口的
滋味，所以，我懂得執著應該懸在何種高度
才能欲墜未墜，也懂得目光徘徊在畫樑上面
什麼時候才會沸騰……

夢囈式的語言在詩中得以自由流動，因為詩容許主體的變形、情感的誇飾，以及語言的扭曲。詩語言的意識飛舞與詩人「脫序」的視野異曲同工，兩者合而為一，成就一種獨特的「共舞」。

✦寫詩的意義

在理解憂鬱書寫的特質之後，筆者想再探索女詩人的書寫對於曾經憂鬱的心靈有何意義？書寫對於病症是否具備某種治療的作用？詩的開放場域對於一個蜿蜒陰暗的憂鬱心靈是否為出口？究竟「自療」是否可能？

朵思在〈詩作的自我詮釋〉曾正面肯定：

這是因為當一個人處在情緒低落時，往往會設法用文字來分擔他內心的悲苦、焦慮，或者自我掙扎的問題，而這種相當接近於醫學上所謂的「自我醫療」的紓解方式，如果以文字的形式來加以比較的話，最好的應該是詩

人有渴望溝通的本能，情感世界的交流有助於心靈健康。因此，不僅是寫作者，閱讀行為也有治療效果。閱讀過程裡，詩人與讀者互為主體，憂鬱書寫同時對讀者內在的情感進行召喚，使憂鬱經驗產生類比想像，不管是否曾經歷憂鬱，都能以此揣測自身潛意識的漫泛風景，閱讀過程便產生「類心理治療效應」。寫詩或許無法真正解除病症，但是寫詩與讀詩能夠理解與共享，如此便能產生抒情的力量、傾聽的共感，以及構築心靈的棲息之所。

✦詩歌作為一種「抗抑鬱劑」

然而，對於羅患憂鬱症，生前曾接受精神治療，最後卻自殺辭世的女詩人葉紅而言，雖然寫詩對她意義深遠，如其在〈迷惑的百合——葉紅自述〉中的自述：

寫作這件事，讓我心裡深藏的很多東西藉助著文字展露出來。寫作讓我自由地在意識和潛意識中穿梭；許多長期被壓抑的——有些是不熟悉的、不認識的感覺，都轟然釋放了。過去我給自己的規範太多，我擺脫了它們。……寫作以後家人說我變了，我沒辯解

寫作能改變生命，能釋放壓抑的情感，卻未能取代實際醫療，或解決精神病症的困擾，葉紅仍然走上自盡之途。自殺若是意謂對生命的反叛，葉紅卻在書寫裡隱藏「死裡逃生」的意念。她詩作裡的「死亡」，具有深刻的辯證性，她曾試圖以書寫建立另一處永生的空間。文學作為一種象徵性、想像性的事物，具有逃逸於象徵秩序或理性語言的動能，所以葉紅得以透過寫作擺脫規範，並「自由地在意識和潛意識中穿梭」，讓文學裡的「象徵」或「世界」，成為與現實世界溝通的平行空間。

葉紅已死，但不能因此宣判文學之精神療癒效益無用，不僅出於上述葉紅生前生命之改變，還必須考慮文學作品本身的生命。文學的作為療癒效用，可將關注焦點從作者轉移至讀者層面，上述的閱讀共感是一種心靈安慰，甚而，文學生命是另一種形式的詩人生命延續，讀者可以再次

超越詩人之死，回返詩人生前的死亡敘述，讓詩人心靈再次復活，具現於閱讀者的意識之中。換言之，作品的「絕響」可能是讀者的「回響」。

而最後鮮紅的一彈
能否落在你心上？
如托住一切動念
為我
托住這永世的
絕響

讀者在讀詩時，彷如已托住了詩人「鮮紅的一彈」，為詩人托住了「永生」。從這個角度而言，文學－詩語，仍然可以是一種「抗抑鬱劑」。

✦寫作療癒的例證

關於這種寫作療癒的旁證，可舉單德興對美國華裔女作家湯婷婷（Maxine Hong Kingston）的研究「對話：禪與心靈療癒」座談會紀錄為例說明。湯婷婷曾於一九九一年加州森林大火之後，無家可歸並且喪失沒有備份的手稿，從此心裡留下創傷。後來她在一九九三年成立一個退伍軍人寫作工作坊，嘗試讓越戰歸來的軍人以寫作面對戰爭的創傷以及療癒。單德興發現湯婷婷在教導他們寫作的過程中，不僅讓戰士們因寫作而能轉化或超越苦痛、得到平靜而快樂，她甚至同時治癒了自身的心結。這個稱為寫作療癒（writing therapy），或是療癒的寫作（therapy writing）的實踐，其心理意義即奠基於：讓壓抑的情感流瀉，然後以文字重新面對創傷，透過一次次組裝時篩洗，而得以淨化。

類似的治療效果也映現於葉紅身上，她曾以慕容華為筆名出版散文集《慕容絮語》，裡頭有一段文字如此寫著：

> 寫作，恒定是為著閱讀的人嗎？我的喃喃自語，是否已到了該要蛻變的時刻？您的探詢是一種支持。我不知道自己將懷抱著什麼樣的快樂，日日在文字的積木中尋覓，並因之起舞。

葉紅寫作的快樂來自文字的重新排列、自我的重新定位。

✦「自療」與「癒人」

若進一步追問「自療」之後，詩歌還可以達成「癒人」嗎？我們或許可以觀察徐珮芬的書寫案例。筆者近期嘗試探問曾坦露憂鬱病症的徐珮芬之暗黑系寫作為何如此受到讀者的歡迎？如何可能達成自癒癒人？首先，筆者認為徐珮芬毫不遮掩的揭露黑暗心理，讓負面情緒浮出，再加以處理，具有自我治療之效。因為書寫能排解內在情緒，並將混亂的情感線頭在文字裡排列、重整，無形中讓原本難以言說的壓力有了出口。面對內在的混亂和憂鬱並非易事，但若詩人能堅強的直視內在真正的自己，那麼取得自我理解之後，便可自我對話。在〈怪物〉這首詩裡，「你」和「我」的對話，不僅是正常人與怪物的對話，也是創作主體內在的對話。

你不會問我為何總在深夜不睡
如果你的每個黃昏
都跟隨著死神

你不會好奇我為什麼落後人群
如果你知道惡魔
藏起了我的鞋

沒有東西能再讓你感到恐怖
只要你看過自己
哭不出來的臉

還有比這更難過的事情嗎

想起你也熱愛過生活
想起你曾經不是隻怪物

「曾經不是隻怪物」暗示著現在是「怪物」，當以文字來自我描繪時，即是理解的開始，內在對話雖暗示著分裂也透露著溝通，鬱結心緒得以疏通。

其次，由於這些暴露內在傷痛的詩行飽含真實情感的力量，得以深深感動讀者。徐珮芬曾經自白：

畢竟我最一開始拿起筆寫字，是為了拔除自己靈魂中那些深刺入骨的利刃。當初真沒想到在治療自己心病的過程中，會得到回聲，有時是信件，有時是訊息。同一座城市裡，素未謀面的陌生人們告訴我：我把他們心中的『悲傷』給寫出來了。

她大部分的詩作是發表在網路上，用語如尖刃，情感強烈，袒露內在，真實不掩飾，有效又快速的吸引讀者目光，痛者同感其痛，不痛者也能同理。其三，其滿溢絕望與憂鬱的暗黑系詩作風格，不斷重複傷痛，很弔詭的，不是加深傷痛，而是淡化，因為持續進行整理與理解。因而徐珮芬的詩集《在黑洞中我看見自己的眼睛》即使暗黑無光，卻在一次次勇敢的面對「黑洞」之後，那些無以名狀、懾人心魂的心理狀態，被文字一招一式的對打拆解，一點一滴的化入日常生活。

最後，筆者認為，文學是一種情感共享的傳播平臺，在寫作與閱讀的過程中，「陪伴」亦是重要的因素。如同徐珮芬〈我會陪你一起活下去〉的最後一節：

直到你想通
生命就是無藥可救的病
你的病就好了
在那之前
你一定要活下去
我會陪你
我們一起

詩人因有讀者，暗黑心緒有傳達出去的對象，讀者因見同感的心靈紀錄，感受彼此的存在與陪伴。有人同行、不孤單，亦可成為心靈支撐的力量。

✦我的病由我來訴說

從朵思、葉紅、顏艾琳到新生代的徐珮芬，女詩人們面對憂鬱低潮，以詩筆揭露或對抗，都是一種自我賦義。唯有「我的病由我來訴說」，方能去除疾病的隱喻式的汙名化或想像，更甚者，真實深刻的心靈圖景，就是文學深度溝通的潛在藥效。

參考書目

朵思，〈詩作的自我詮釋〉，《創世紀詩雜誌》第九五、九六期合刊（一九九三年十二月），頁九四。

朵思，〈憂鬱症〉，莫渝編，《朵思集》（臺南：國立臺灣文學館，二〇〇八），頁二七。

朵思，《心痕索驥》（臺北：創世紀，一九九四），頁二二。

徐佩芬，《在黑洞中我看見自己的眼睛》（臺北：啟明，二〇一六）。

徐佩芬，《還是要有傢俱才能活得不悲傷》（臺北：秀威，二〇一五）。

徐珮芬，《夜行性動物》（臺北：啟明，二〇一九）。

凱．傑米森（Kay Redfield Jamison）著，王雅茵、易之新譯，《瘋狂天才——藝術家的躁鬱之心》（臺北：心靈工坊，二〇〇二）。

單德興、楊蓓對談，邱惠敏整理，法鼓大學籌備處人生學院主辦，「對話：禪與心靈療癒」座談會（二〇〇九年四月三日）。

葉紅，〈迷惑的百合——葉紅自述〉，《文訊》第二二八期（二〇〇四年十月），頁一一七。

葉紅，《慕容絮語》（臺北：河童，二〇〇一），頁一〇二。

葉紅，《藏明之歌》（新北：鴻泰，一九九五）。

葉紅，《瀕臨崩潰的字眼感覺有風》（臺北：河童，二〇〇〇）。

顏艾琳，《她方》（臺北：聯經，二〇〇四），頁七一—七三。

參考資料

徐佩芬，〈有時候我覺得是文學選擇了我：一個偏執寫字狂的告白〉，「Vocus」，https://vocus.cc/article/5a121c94eccaed97b4026f2d

延伸閱讀

李癸雲，〈文學作為精神療癒之實踐——以臺灣女詩人葉紅為研究對象〉，《清華學報》新四四卷第二期（二〇一四年六月），頁二五五—二八二。

李癸雲，〈自癒．癒人——論台灣新世代女詩人徐珮芬的暗黑系書寫〉，《當代詩學》第十四期（二〇二〇年三月），頁四—三一。

李癸雲，〈我的病由我來賦義——談台灣當代女詩人的憂鬱書寫與自療可能〉，《文訊》第四二五期（二〇二一年三月），頁三六—三九。
李癸雲，〈蜿蜒幽暗裡的火炬：探索台灣當代女詩人的憂鬱書寫〉，《台灣文學研究學報》第十一期（二〇一〇年十月），頁一三九—一七三。
周志建，《故事的療癒力量：敘事、隱喻、自由書寫》（臺北：心靈工坊，二〇一二）。

書寫，用以抵禦內心冰火風暴

臺灣作家筆下的躁與鬱

李欣倫

在臺灣文學館於二〇二三年的「寫字療疾——臺灣文學中的疾與療」主題展的沉浸式體驗區中，選擇了葉青、許佑生和廖梅璇筆下的憂鬱症，讓觀者能充分感受鬱症發作時的體感：放大、縮小、顫抖、雜訊、斷片、疾行、破碎的字句交錯，紅黑間雜，佐以忽大忽小的聲響，予人大規模的、壓倒性的欺身之感，周身被強壓包裹，無法透氣，幾近窒息。這是憂鬱症患者的體感，也是他們的聲音，許佑生描述憂鬱症發作最終曲，只剩慘叫、悶吼、嚎啼，形容發出尖嚎的自己，恐被鄰居懷疑有狼人出沒；廖梅璇也形容精神病患者常被視為獸類，並以希臘神話中半人半牛的怪物，形容病者在他人眼中的形貌。

✦烈焰與幽藍的體感

對不少旁觀他人苦痛的人來說，憂鬱症就是想太多，念頭黑暗，缺乏運動，似乎這僅是蒼白精緻的病症，由於缺乏認知，便延伸無數隱喻、標籤及汙名。然而他們並不知道，憂鬱症發作起來可是驚天烈地，兇猛殘暴。許佑生形容，先是持續性的頭痛，從後腦勺開始，疼起來，「好像那兒插進了兩把刀」，若用手刀切表皮下的筋，則帶動整片後腦勺的劇痛，「彷彿打保齡球撞個全倒，我還依稀聽得見瓶子哐啷倒的聲音」：

接著，我便會覺得腦子裡發燒，一股熱氣從鼻子冒出，連眼窩的壓力也升高，眼珠子有些脹痛。

然後最可怕的主角登場了，經過頭痛、灼熱、眼壓提高這些釋放乾冰似的舞台效果，憂鬱症的猙獰症狀終於挑大樑出場。

這是《晚安，憂鬱——我在藍色風暴中》中，憂鬱症發作時的描摹，深深地銘刻於肉體，留下痛苦的痕跡。許佑生以各種譬喻形容憂鬱症，例如「一顆漂浮的寂寞星球，周而復始繞著圈子」形容患者失序的腦袋，然而一點都不淒美浪漫，發作起來「兇暴激烈，幾乎摧毀一切生機」。他又以「像透了那些被絞肉機攪出來的碎肉條」細緻形容，當身體燃起焦灼不安，他搓揉雙手，彷彿揮趕千萬隻螞蟻，接著緊摳膝蓋，用力耙動，「好像欲把體內火山一般的岩漿地表耙出一個空隙」，讓熱燙的岩漿流出，紓解高壓。如小說家洛心在與精神科醫師阿布的對談中，表示憂鬱症是會痛的，雖然找不到身體準確的痛點，但「會痛到讓人企圖撞牆或割傷自己，想透過身體的痛減輕精神上的痛」。

從許佑生這篇〈絞肉機裡的腦子〉中所使用的動詞——搓、揉、摳、耙，繼之以腳踹、彈跳，最終在地上打滾，發出野獸般的嚎叫，可看出作者跟憂鬱症搏鬥的過程，那是身體抵抗的全面啟

「寫字療疾—臺灣文學中的疾與療」特展照片，拍攝於腦內囈語區。
圖片提供：國立臺灣文學館

動。透過細緻描摹，讀者得以窺視憂鬱症的高溫熱能：地獄之火，撕天烈地之焰，如同葉青在〈當我們討論憂鬱〉詩中，以「紅色的」、「身體的」形容憂鬱症。憂鬱症也常令人聯想到冰藍色，許佑生遂以繪畫具體化憂鬱症患者的腦袋，那是幽冷的藍，綴以白色螺旋雲團和輕飄雲絮，呼應了凱．傑米森（Kay Redfield Jamison）在《躁鬱之心》中對憂鬱症患者大腦的斷層影像：寒冷而停滯的深藍。烈焰和幽藍，也是許佑生觀看梵谷的畫作中，從那鬼魅燐光般的、青藍色糾纏的漂流線條中，所讀出的求救訊息。

✦死亡誘惑，以及抵抗誘惑

憂鬱症發作時，許佑生最終僅能以狼人般的嚎叫舒緩內心壓力，古嘉則寫失眠夜晚、響徹腦袋的頭暈聲，尖銳如貝斯演奏的「大黃蜂的飛行」，「糾結的腸與扭擰的胃」攻擊喉嚨，焦慮到最高點。古嘉將罹患躁鬱症的歷程寫成《十三樓的窗口》，十三樓是萬芳醫院急性精神科病房的所在，書中描述住院的經歷、憂鬱症病友的生命故事，也回首成長背景，寫與母親的緊綳關係，間接強化了自己的恐慌焦慮，坦率地寫下自己對主治醫師的移情作用，以及DTR認知治療對自己的效用。由於古嘉就讀特教系，涉獵諸多心理學書籍，文中不時引用專業資料說明病情，又能從醫療術語和疾病定義中，以說故事之筆游離出來，真摯動人。〈致袁哲生〉寫二〇〇四年得知袁哲生自殺時，正好古嘉初次住進急性精神科病房，看完整版報紙報導，忍不住趴在護理站前的桌上大哭，哀悼死了一個小說家的同時，也發願幫助更多病友走出陰霾。

不過，對躁鬱症和憂鬱症病友來說，死亡始終存在著強烈誘惑，除了袁哲生之外，二〇〇四年於《野葡萄文學誌》撰寫「憂鬱症報告」專欄的黃宜君，於二〇〇五年自縊。黃宜君詳細刻畫深陷憂鬱症的身心之痛，服用抗憂鬱症藥劑、自殘和洗胃的過程，論者唐毓麗認為閱讀「憂鬱症報告」，「就像打開了一座『憂鬱症』迷宮」，讀者對此「有了解碼的途徑，也將讀者拉進生命與審美價值不斷改造的動態過程。」提到對憂鬱症患者而言，和他人相處是艱難的，黃宜君在〈憂鬱症報告之二：社交障礙〉中，描述了發病期間的社交障礙，在友人閒聊文學、藝術的聚會中，擔憂自己出醜，但愈是努力克制，還是無法克制自己的音量，「吐字的速度越來越快，大聲張揚並且連續不斷地開啟新的、令人尷尬無所適從的話題」。不僅如此，打理生活起居，擺平細瑣日常，光想到就呼吸困難，於是起床、刷牙、更衣、出門皆是艱鉅任務，即使上班後能幹練完成工作，回到家又得過上無法吃睡的人生。難度最高的恐怕是處理帳單，發病期只能意會到這些不過是數字組合，於是一再錯過好不容易建構起來的秩序，嚴重發病期甚至連鬧鐘、電梯樓層數字全無法意會，生活卡關，漸趨停擺。

這些尚屬溫和日常。

憂鬱症絕非浪漫藍，發起病來，可是見骨帶血。黃宜君特寫血淋淋的割腕傷口：「下刀以後腕上的肉就紅黑紅黑地翻開。以前從沒見過這麼深處的肉是長得這副模樣。」古嘉在〈割腕的誘惑〉中描述當重壓來臨，割腕竟是最有效的方法，讓自身「專注在那一點小小的皮肉之痛，看鮮血充滿生命之姿地由肌膚之泥壤冒出紅泉」，雖明知自傷無助於解決問題，但痛楚反讓她稍微喘息，後來她因擔憂自殘上癮，而自行住院接受治療。十九歲的躁鬱症女孩思瑀也有相同經驗，當她用美工刀、鑰匙、剪刀甚至指甲刀割手，不但不感覺痛，反而有舒服解脫之感，在《親愛的我，你好嗎？十九歲少女的躁鬱日記》中，她問「影子朋友」割手的時候是否會痛？

「真的好舒服！」我邊割邊流淚。「你知道嗎？」我對我的影子說：「原來我還活著，還有鮮血可以流，還有東西可以證明我的存在。」

旁人看來的自傷，對憂鬱症的病友而言卻能暫時紓解，有些人最終走向死亡，有的人仍在死線前掙扎，以搏鬥之姿，抗拒兇猛的死亡誘惑。凱・傑米森在鬱症主導時，曾買槍計畫自殺，但又屢次抵擋自傷的念頭，抗拒自己走向八樓樓梯間窗檯間，最終仍吞下一大把藥丸，所幸獲救。許佑生也曾曲背弓身，壓低重心前行，擔心一失神就衝出窗外，可見要阻擋死亡，好好活下去需要多大的意志力。許佑生寫：「我們不見得非得去死不可，但是一想到可以死，確實就有一種暫且鬆一口氣的感覺。」他以母親撫慰生病孩子來形容此種「備而不用」的死亡念頭。死亡幽靈，恆常閃現於憂鬱症、躁鬱症患者的腦海中，那也是尖銳驅力，持續誘使人們奔赴死亡。

✦我們離開，是為了回來

自陳為精神病院資深病患的廖梅璇，在〈精神病院皮下鉤沉〉描寫她曾持續而猛力地以傘尖戳一面發亮白牆，直到護士前來制止，她才驚覺越過了某條線，藉此對世界發出抗議的怒吼。她也曾在病院見過一位清秀女孩暴罵髒話，如雷鳴陣陣劈落，「在走廊迴盪如鬼嚎」；也在候診區的談話中，「旁觀他人勉力組構起零碎的語言廢五金，重現燒熔焦黑的人生經歷」，甚至聽聞已離院的女性，以重回社會的經驗，回過頭來以「你看我也可以」來「勉勵」當年共處的病友，廖梅璇以「言語霸凌」形容這種不自覺的優越感。有時，聽到候診區的耳語，「聲音一低，通常就代表某條生命從世界中消失」。精神病院充滿聲音，痛苦之聲，絕境之聲，也是求生之聲，廖梅璇寫離開病院的人恍若重獲新生，搭公車時還感謝司機，對此作者寫道：

> 我也道謝，但有時在魚貫下車之際，我忍不住想尖叫起來，裂解緻密的秩序。我想大喊：我們不是將自己倒進正常人模具就會好起來！就能重生被社會接納！我們！我們離開，是為了回來。

這段文字也在臺灣文學館沉浸式體驗區中播放，「我想大喊」數個鏤空的字層層疊加，以不可忽視的體積被強調，而「我」所吼出的是其實集體的「我們」的心聲：被接納。於是「接納」兩字佔據螢幕，構成強烈的視覺感，進而傳遞了患者不可動搖的堅決意志：「我們離開，是為了回來」。然而，我們最終要回到什麼地方？

✦ 我們是誰？陪伴病友走過生命幽谷

現在我們可以比較文明地去看待憂鬱症這件事了。我所謂的「我們」指的是媒體、政府機關、輿論、教育單位，等等。當然，一般大眾的看法不在此列。

廖梅璇的「我們」意指憂鬱症病友們，上段引文中，黃宜君在〈憂鬱症報告之十：一七〇六病房（上）〉的「我們」，則廣泛指媒體、教育等單位，在對憂鬱症有較多的認識下，能提供相對應的支持系統。不過，黃宜君表示，即使「身心醫療科」取代了「精神病院」，實際上部分民眾仍以「神經病」看待，古嘉也描述曾因憂鬱症而被旁人開玩笑或人身攻擊，身邊亦不乏類似案例。二〇一七年出版《房思琪的初戀樂園》後離世的林奕含，曾為文指出網民常將在網路上罵髒話、砍殺前女友的人視為精神病患，甚至是奧客，都會譏諷他們「該去看精神科了」，酸民們的玩笑話讓她陷入痛苦，似乎為了去除汙名，她細寫自己在病院內如何艱苦求活：拆鞋帶，不能用刀叉，院內不見任何瓷器、橡皮筋等可被聯想成助死的工具，半夜大哭大叫，護士遞來安定文，「吃藥之後等著藥效把嚎啕壓下去化成淚珠」，如果進入保護室，她形容那是「從一個人的人生所有黑夜中舀出的最黑一個夜晚」。對她而言，「病院的時光本身就是一道烏黑的空白」，因此當網友隨意說出「該去看精神科了」，這無知的暴行讓她幾乎無法羨慕他們的健康。林奕含以自身住院經歷，道出不少人對病友的想像過於扁平。

「你不要想這麼多就好了」；「你要適應這個社會」，二〇一五年盛夏確診憂鬱症的蔡嘉佳，提到身心症患者最常收到這樣的「鼓勵」，她以日記記錄下發病、治療、與精神科醫師談話及服藥過程，除了記錄起伏情緒和身心狀況，提到如何陪伴憂鬱症患者，她提供了八項建議，特別提醒陪伴者別將自己定義為單向的照顧者，因為情緒互動雙生，「安撫對方的同時，你也在療癒跟探索自己的情緒」，有時候反而是患者在照顧自己，而適時且誠實地說出陪伴的感受，會是「相互療癒的過程。」此外，傾聽也是最好的陪伴，即便擔心，也須適時放手。最後一項提醒很重要：千萬別對他們說「加油」，因為他們通常比一般人更認真，對於「好好活下去」，病友們得比一般人擁有十倍的意志力。這也是蔡嘉佳《親愛的我Oh! Dear Me：250天憂鬱症紀實》散發出來的溫柔之光，她曾陪伴陷入幽谷的朋友，當她身陷憂鬱症，朋友們也不時問候，日記中充滿友伴間的相互關懷。

✦ 土星座下，書寫用以抵抗冰火風暴

蔡嘉佳透過公開的日記陪伴患者，也陪伴他們的照顧者，她認為這是得憂鬱症的最大價值。廖梅璇在〈後玻璃時代〉表示，若將憂鬱症從生命中剝離，如同剔除矽砂中的金屬元素，或許有個一覽無遺的剔透人生，「卻失去了有色玻璃獨具的詭艷色澤。」生命中的詭艷色澤與發亮雜質，宛若憂鬱症餽贈的神祕禮物，讓患者從痛苦癥狀中指認意義，見常人所未見，體凡人所未感，如同重鬱症患者安德魯．所羅門（Andrew Solomon）在《正午惡魔》中的精闢論點：「憂鬱症患者往往把世界看得太清楚，因此失去了盲目這項天擇優勢。」

凱・傑米森在經歷過如飛越星辰、於大氣外翱翔；目睹土星及其冰環的躁和鬱之際，陷入了自我掙扎：「我的心靈飛翔所具有的張力、光彩和純然的自信，使我很難相信我真的想擺脫躁鬱症。」雖然身為醫學院精神病學教授的她也坦承，躁鬱症幾乎要了她的命，但又不免懷想身處輕微狂躁中豐沛的創造力和強烈的感受力，她總結：「我非常非常思念土星。」

在土星座下，在克莉絲蒂娃所謂的黑太陽下，憂鬱症與寫作始終關聯緊密。許佑生在〈如何以書寫面對憂鬱：創作者的自抒〉，提到早年的孤僻個性與後期的憂鬱症，「透過書寫結成了莫逆」，文末他以鏗鏘有力的筆調寫道：

在書寫之中，我是強人，我是樂觀者，我是倖存者，我是療癒者，我是前行者，我是魔法師……

參考書目

古嘉，《十三樓的窗口》（臺北：寶瓶，二〇〇五）。
安德魯．所羅門（Andrew Solomon）著，齊若蘭譯，《正午惡魔：憂鬱症的全面圖像》（新北：大家，二〇二〇）。
思瑀，《親愛的我，你好嗎？十九歲少女的躁鬱日記》（臺北：心靈工坊，二〇一一）。
唐毓麗，〈憂鬱的國度：探索黃宜君的疾病書寫〉，《身體的變異——疾病書寫的敘事研究》（臺中：晨星出版，二〇一五）。
許佑生，〈如何以書寫面對憂鬱：創作者的自抒〉，《文訊》第四二五期（二〇二一年三月），頁五〇—五二。
許佑生，《晚安，憂鬱——我在藍色風暴中》（臺北：心靈工坊，二〇〇一）。
凱．傑米森（Kay Redfield Jamison）著，李欣容譯，《躁鬱之心》（臺北：天下，一九九八）。
黃宜君，〈憂鬱症報告之二：社交障礙〉，《野葡萄文學誌》第十六期，二〇〇四年十一月，頁三九。
黃宜君，〈憂鬱症報告之十：一七〇六病房（上）〉，《野葡萄文學誌》第二十四期，二〇〇五年八月，頁一〇七。
黃宜君，〈憂鬱症報告之十一：啟示錄（上）〉，《野葡萄文學誌》二十五期，二〇〇五年九月，頁一〇七。
黃宜君，〈憂鬱症報告之五：最基本的能力〉，《野葡萄文學誌》十九期，二〇〇五年三月，頁四一。
葉青，《下輩子更加決定》（臺北：黑眼睛，二〇一一）。
董柏廷記錄整理，〈阿布×洛心：書寫憂鬱，尋找療癒可能〉，《文訊》第四二五期（二〇二一年三月），頁四六—四九。
廖梅璇，《當我參加她外公的追思禮拜》（臺北：寶瓶，二〇一七）。
蔡嘉佳，《親愛的我 Oh! Dear Me：250天憂鬱症紀實》（臺北：時報出版，二〇一六年）。

參考資料

林奕含，〈你該去看精神科了？當你這樣說的時候，想不想知道我們的世界長什麼樣子〉，網址：https://buzzorange.com/citiorange/2016/09/09/psychopathic-hospital/

延伸閱讀

克里斯德瓦（Julie Kristeva）著，林惠玲譯，《黑太陽：抑鬱症與憂鬱》（臺北：遠流，一九九八）。
李欣倫，〈幽谷展翅，塵埃開花——淺談台灣散文中的憂鬱症書寫〉，《文訊》第四二五期（二〇二一年三月），頁三一—三五。

特寫

當正常也是一種瘋狂
觀看千年憂鬱記事

王浩威

關於憂鬱，這段話可能是文字記載中最古老的了：

如果一個人（特別是一家之主）經歷了一段（長期的）不幸，（他不知道它是如何降臨到他身上的，）以至於他不斷遭受損失和剝奪（包括）大麥和白銀的損失以及奴隸和女奴的損失，還有牛、馬、羊、狗和豬，甚至在他家裡人完全死去；如果他心智經常碎裂，不斷發號施令卻沒人聽從，呼喚無人回應，原本努力實現自己的願望同時還想要照顧家人，卻在臥室裡恐懼，四肢無力；如果因為他的狀況，他對上帝和國王充滿憤怒；若常四肢無力，時而驚恐，晝夜不能眠，常作惡夢。如果他沒有足夠的食物和飲料而虛弱；如果講話時他忘記了想說的詞；……這個人，是神和女神對他的憤怒。

這些文字是記錄在一塊泥板上的，兩河文明像長鐵釘一般的楔形文字所寫成的。不過，這不是來自我們聽到楔形文字就會想到的亞述王國，而是巴比倫，而且是第一個巴比倫帝國，公元前一七九二年左右制定《漢摩拉比法典》的那位漢摩拉比國王所統治的巴比倫，而不是隔了一千年以後，在聖經《列王紀》和《耶利米書》裡所描述的那位流放猶太人並且毀滅所羅門聖殿，還要三位義人走入火堆的那位尼布甲尼撒二世（公元前六〇四—公元前五六二年）所統治的巴比倫。

許多許多年以前，我也曾經到過巴比倫古城，離伊拉克首都巴格達約上百公里只剩下基礎的平台廢墟，早已失去了當年自己任何輝煌。那一段路在整個西亞旅程中是非常荒涼的，漫長的路途，巴士行走在一望無際的漠地上。那時候巴比倫留下的泥板紀錄還沒完全解讀，歷史學家還不知道有這麼多醫學有關的紀錄，包括這一段完全符合憂鬱的描述。

關於憂鬱的描述，其實在從埃及到中國的各個古文明，都是可以看到的。我們在《詩經》就可以看到許多這樣的描述。有的同樣是為自己責任的憂心，譬如《小雅》：「憂心如酲，誰秉國成？」心中的憂悶，可以如同醉酒以後第二天的身心難受。而曹植在面對兄長曹丕的多疑，也只能以理臣子面對帝王的卑微，同樣是以「憂心如酲」來表示尊兄長如「仰瞻城闕，俯惟闕庭」，除了「長懷永慕」，同時也為他擔憂如酲。詩經裡更多有關憂鬱的則是愛情的，就像《召南・草蟲》說到了「未見君子」的女子，從「憂心忡忡」到開始惙惙而泣，最後也不得不承認了「我心傷悲」。

當然，三千年前周王朝人民傳唱的詩經也好，早詩經七八百年的巴比倫人也好，他們並不知道有憂鬱這個概念，無論這裡指的是一種情緒狀態還是一種疾病診斷。

這一切關於憂鬱的感受，從遠古時代就是人們熟悉的。巴比倫的這一段文字，很多人一定立刻聯想到約伯，這位亞伯拉罕諸教紀錄裡都出現的一位先知，包括猶太教、基督教和伊斯蘭教（阿拉伯經文裡稱他為艾優卜）。猶太教的拉比文獻中，約伯被尊為外邦人的先知。在這些不同宗教信仰的各個經文中，約伯是位正直良善的富人，在幾次巨大災難中失去了人生最珍貴的事物，包括子女、財產和健康。這樣的歷程，和那一塊泥板的描述相當類似的；而且，約伯也同樣認為這應該是神對他的「憤怒」。只是，不一樣的是，約伯不甘心停留在這樣的自憐自艾裡，而是努力想理解：如此虔誠的自己卻遭受苦難的緣由，這究竟又是怎麼回事。

巴比倫的這一塊泥板是這麼的古老，而憂鬱的存在恐怕還要更長遠，比底格里斯河和幼發拉底河這兩條古老的河流還要淵遠流長的。人類的情緒或處境一直都沒有改變，在不同的時代和不同的文化裡，關於憂鬱的這一切始終都一直存在著。唯一不同的是：人們又如何看待這一切？觀看，是一種神奇的力量。

同樣的一個存在，因為人們不同的看待，就會有了不同的意義。而這也就是約伯這個人這個故事之所以重要的緣故。許多閱讀《約伯記》的基督教朋友，往往為故事的內容有了與約伯同樣的困惑。然而也是這樣的困惑，開始有了許多神學和哲學的思考，甚至也有像榮格這樣的心理學家因此而寫了一本《答約伯》，開始思索這樣苦難的意義，甚至是惡的重要性。

然而最不幸的觀看，出現在精神病理學或精神醫學這些領域裡的憂鬱。所謂的病理，也就是相對於健康；所謂的醫學，對立面是疾病。正常或異常，這樣二分法的角度，就像希臘神話裡背後有著翅膀而頭髮全是扭動毒蛇那位美杜莎，所有被她眼睛凝視的人都會變成了石頭。而精神病理學和精神醫學就像是遭到她的眼睛所凝視過的，從一開始就石化，而形成正常和不正常這兩種二分法的僵硬狀態了。關於這一點，上個世紀六〇年代以後就已經談了太多了，至少傅柯的《瘋癲與文明》（*Madness and Civilization*）都講述的相當地清楚了。

當約伯遭遇到莫名的災難時，他可能不憂鬱嗎？巴比倫泥板上面所描述的那一種情境，有人可能不陷入沮喪的狀態嗎？

憂鬱原本就是人的基本情緒之一，很難想像一個文明如果沒有這一種情緒將會是什麼樣子。當然，大部分不嚴重的憂鬱都是文化當中能夠被接受的；但即使是嚴重的憂鬱，有時也是一種必要的存在。約伯的狀況就是如此；一個人遭到嚴重的失落也必然如此；甚至在一個人的成長過程，當要進入到一個全新的階段時，因為勢必要告別過去的生命，也會出現轉化上的憂鬱。這些年來，演化心理學家也提出來，憂鬱只是人作為動物的一種反應，這是他在本能上應該出現的正常階段，就好像熊或者其他動物在春天彷如是癲狂了一般地求偶，而憂鬱就是為這一切準備的冬眠。

憂鬱如此，瘋狂又何不如此呢？

唐．麥克林（Don McLean）一九七一年創作的《梵谷之歌》（*Vincent*），不也就這麼說了嗎？「如今我方明瞭，你嘗試對人們傾訴的是什麼（Now, I understand what you tried to say to me）／在清醒時有多麼煎熬（And how you suffered for your sanity）／你是多麼想要將其解脫……（And how you tried to set them free）」所謂的sanity（清醒），相對於被翻譯成瘋狂的insanity，有很多時候是必要的。想一想竹林七賢，他們在生活上不拘禮法而清靜無為，聚眾在竹林喝酒縱歌，一般不也就認為他們是對司馬朝廷的無力而順著自己的瘋狂而漂流嗎？

在巴比倫的這一塊泥板上，還繼續寫著應該怎麼辦的許多建議，而最開始的一句話就是：「釋放他，這樣他就不會被他的『恐懼』所戰勝了。」

也許，我們該釋放自己的這一切靈魂了！

在巴格達和阿勒坡的漫長距離之間，我們的巴士好像行駛在荒廢的大地。文明燃燒了所有的樹林，地球失去了基本應該有的綠。巴士在兩條重要道路交叉的十字路口轉彎，在一個有點破敗的休息站休息。我們喝著冷飲，美國品牌的可樂之類的。那是二十年前了，我們都不知道當時停留的那個叫敍利亞的國家，後來竟然有了伊斯蘭國毀滅性的浩劫，如今還是四分五裂的。甚至那個讓我們驚艷無比的阿勒坡，數千年不同文明累積下來的古蹟，根據新聞報導，也遭到了無法挽回的毀滅。

究竟，甚麼是瘋狂？

參考書目

米歇爾・傅柯（Michel Foucault）著，劉北成、楊遠嬰譯，《瘋癲與文明》（臺北：桂冠，一九九二）。

Don McLean, "Vincent," *American Pie* (New York: United Artists Records, 1972).

延伸閱讀

Carl Gustav Jung, *Answer to Job* (Princeton: Princeton University Press, 2010).

指認創傷，修復記憶

共震・共存

臺灣天災書寫的創痛與修復

許劍橋

在白先勇的《孽子》中，替新公園的青春鳥留下見證的攝影師郭老，向主人翁阿青這麼描述同性情慾：

> 這是你們血裡頭帶來的，……你們的血裡頭就帶著這股野勁兒，就好像這個島上的颱風地震一般。

彼時未獲認可的身分，被拿來與臺灣天災頻仍的特性對應，並傳達一種命定觀——「血裡頭帶來的」；那既指人，亦指島嶼的宿命。畢竟，臺灣位處板塊交界帶和熱帶低氣壓的行經路徑，地震、颱風繁多；一次又一次的震動擠壓、惡水狂風……，島嶼的地表似作家瓦歷斯・諾幹形容的，如一張「反覆刮除又重寫的羊皮紙」。而據內政部對天然災害傷亡的統計，以一九九九年的九二一地震為最，那一晚的地動天搖，將近兩千四百餘人的夢境被重層的瓦礫覆蓋，再無醒來；其次是二〇〇九年的莫拉克颱風，帶走約六百七十七條性命……。日常的中斷或結束，僅僅在數日、甚至一瞬之間發生。是故，天災改變、劫毀的，何止是表層的地貌？

✦ 共震：見證災難的書寫

銘刻災難斑駁跡痕的島嶼，書寫成了見證。林亨泰於九二一地震後第三天完成的〈餘震〉，全詩陷落在哀傷與茫然的震幅之中：

至今還持續著
不知道如何以語言來表現
報紙上滿滿的震災的消息
超越了悲傷的負荷而眼淚流了下來

語言再也不是語言
人的心被揉得皺皺的
在虛無當中來來往往
破壞仍然尚未到達盡頭

餘震至今還持續著
不知道如何來祈求上天
沒有任何理由就失去了的一切

彷彿本然不存在般，一切就消失了
空氣緊緊壓迫顫抖的大地
將山脈地層粗魯地撕裂
人的心有如小小螞蟻般地悲哀
破壞仍然尚未到達盡頭

詩的第一和第三段，均以「至今還持續著」作開頭，第二和第四段則皆用「破壞仍然未到達盡頭」收尾。概念相同的重複性句子，表呈地動的餘波一再盪漾。持續顫抖的大地，讓生活裂出陰影，匿伏著惘惘的威脅，無法預測，不能提防，詩人遂連用數個否定句：「不知道如何以語言來表現」、「不知道如何來祈求上天」……，透顯人的渺小、無力。能夠明確掌握的，僅有「報紙上滿滿的震災的消息」，但內容又「超越了悲傷的負荷而眼淚流了下來」。所以，地震粗魯撕扯的，除了山脈地層，還有幽深的「人的心」：「人的心被揉得皺皺的」。面對震後殘破的家園，以及不知何時方能停歇的餘震，哀傷、恐懼只能持續，成為人心裡難以終結的餘震。

人心和大地的共震，在羊子喬的詩〈台灣兮山水吆疼〉也能感受得到。詩人在九二一發生的一九九九年歲末、邁入千禧年之前，以詩註記了這場世紀交接處的天災。他勾勒地震造成的廢墟景觀：

921扭斷了臺灣島兮腸仔腸肚
路因為造山運動，變成處處斷崖
山水因為拋車輪大徙位，傳說不斷
向世紀末兮人類拚命喊吆疼

當世界將迎向新的階段，臺灣山水卻經歷浩劫，柔腸寸斷，疼到直接用母語（臺語）喊「吆疼」，傳神的反射痛楚，於世紀末留下餘震般的回聲。此情此景，「想卜用鏡頭寫歷史兮想法／剎那間消失無蹤／心肝底有山崩地裂兮悲慟！」，連鏡頭都不忍卒睹的畫面，也讓心，生出了疼痛，而詩人相對的是借助「山崩地裂」來表述。換言之，山水是人，人是山水，人與這片土地乃一體的存在，這往往要在天災之際，才能體悟到這層緊密的依附關係。

災難發生時，形成一體之感的，還包括人與人之間。跨越地域、族群、相識與否，或捐助物資、金錢，或親力協助救援。依衛生署統計，投入九二一救災的護理人員超過九千餘人，她們放下休假或手邊工作，從各地趕赴災區，不顧安危及環境惡劣，進行救護事宜。護理師護士公會針對此次事件，向護理人員徵文，結集出版為《天使心的真情》。由於救災的陽剛化深植臺灣社會，以及醫療文學向來以醫師為核心，因此以女性為主的護理群體，其書寫足以讓災難中女性隱微的角色被看見，也有助於澄清普遍的迷思。

像陳美麗護理師的〈九二一五日紀實與省思〉，寫地震隔日，「腦海裡不停盤旋著『專業人員處於亂世必有所做為』，決定前進災區，貢獻專長。文章提及，當各界的賑災物資湧向災區，固然傳達了關懷，卻也存在盲點：

有一村落在災變發生後，僅只一個奶瓶供全村幼童輪流使用，而在物資車到達後，村民們仍堅持一戶人家一個奶瓶足已，硬是將成打的奶瓶再退還給我們，因為「可能還有物資車到達不了更需要物資的村落」。

女性和嬰兒的需求，在救災物品募集時，經常被忽略，護理寫作關注到救災欠缺的性別敏感度，並記錄物資匱乏之際，災民推己及人，願意分享的悲憫良善。另外，醫學不斷的追求高科技，但災難來襲，電力、交通中止，儀器設備也就無用武之地。該文描繪護理人員如何彈性運用手邊資源，提供救治：

幾張課桌椅合併加上睡袋是最舒適的病床、豬肉攤要來的S型掛勾是最佳點滴架，一把剪刀要敲點滴瓶、要剪縫線、又要裁紙板……所有物資、人力在最克難的情境下都發揮了最大的創意與功能。

相比在醫院時的便捷，護理人員置身荒蕪的災區，就地取材協助照護，展現面對環境劇變卻靈活應對的強韌，說明了女性是救災工作中能發揮效能的資產。更重要的是，在破碎的地貌縫隙之間，共震出一道道人性的曖光。

✦共存：心靈和土地的修復

沿著字裡行間的斷層而行，得以望見災難發生時的山崩地裂、飛沙走石；救災人員在斷井頹垣中穿梭，搶救與照護災民；最後抵達災後造橋、修路等有形設施的重建……。日子走到這兒，隨著大地平復、強風遠颺，災難的一切也就到此為止了吧？可是，為什麼顏艾琳的文章，寫多年後的暗夜，依然浮出掙扎著的群像：

有人至今仍患有間斷性的失眠，害怕獨處、黑暗、血腥。有人則不敢吃肉，以免勾起救難時的驚怖畫面。有人不敢住高樓大廈、或住高處。有人不敢回到災區。有人性情變得陰鬱，總是沒有安全感。

這些受傷的靈魂，來自〈在心裡，我們懷孕著一顆石頭〉，是顏艾琳以九二一地震受命救災的國軍為對象，採訪寫作而成的散文。究其實，在九二一之前，全民幾乎沒有災難的經驗，更何況派赴災區的國軍，只是二十來歲的青年。不曾目睹血腥的場景、未曾受過救災的訓練，但災難現場的一切，遠超過他們的想像：

其實大家心裡都知道，我們現在已經不是在救人，而是在挖屍體、清理殘骸。天氣那麼熱，屍臭逐漸散溢出來，有時，我們就像動物一樣，用嗅覺去尋找一個死去的人……。

於是，有人嘔吐，有人邊挖邊流淚但不敢哭出聲，還有人喃喃自語「我在作夢我在作夢」、出現暫時性的失明……。種種症狀，都是欲逃離災難現場、抵抗死亡氛圍的心理防禦。然而，多數的青春國軍還是壓抑著，假裝自己能承受，挖著、挖著……，然後留在部隊，或者退伍。心中堆疊的壓力，沒有獲得妥善的照顧和治療，陰霾也就無法隨著災難或任務結束。救災的國軍如此，倖存的災民亦然。那些情境，來到往後的日子，依然經常從潛意識的罅隙竄出，或者根本牢牢覆住腦海，揮之不去。心靈斷層的修復，是一段處理與傷痛共存的過程，宛如赤足踩踏在一條佈滿礫石的長路上，淺淺深深，持續的刮刺著人，疼痛著。

《921之後……一位年輕精神科醫師的921經驗》的作者吳佳璇，是精神科醫師。初抵災區救災，受到地鳴的震撼，從此出現對地震「高度警覺」的反應。因為這樣的「共鳴」，讓她覺察到學術資料對災民心理的敘述，有一種失真感；她渴望的是，探索每一個「震出來的病人」，是怎麼走這條復原之路？書裡她說：「災難會對個體造成什麼樣的衝擊，其實是要還原到他／她原本的生活情境去理解」、「我們不能只注重創痛、病態的陳述；我們更應該關懷復原、重建的歷程」。吳佳璇從一九九五年日本接連發生阪神大地震和東京地鐵沙林毒氣事件，村上春樹對受害者的訪問與寫作獲得啟示，認為文學書寫，能夠深刻記錄風暴吹襲過的心靈，呈現他們的多樣性及無限可能，這能在統計數據和研究論述的說法之外，帶出不一樣的光景。

確實，從「天災」一詞解讀，因為源自於「天」，故其產生的「災」，似乎一視同仁，不因人有別。但災難社會學以社會脆弱性（Vulnerability）的角度分析，發現社會結構位置亦符應災難衝擊的程度，例如臺灣原住民的部落，多建居在更容易受到山崩、土石流等侵襲的區域，受災的風險遠比其他群體高。是故，原住民作家的災難書寫，就具有揭露土地正義的意涵。

泰雅族作家瓦歷斯．諾幹二〇一六年出版的散文集《七日讀》，當中最早的一篇寫於九二一發生的一九九九年，其餘各篇幾乎各自對應一個千禧年以來的風災。從全書聚焦災難，或由其中文章的篇名〈我與我的颱風們〉可知，對部落來說，這些複數的颱風們，一直以來都影響著他們的生活，甚至安全。而這理當是苦難鍛造的受難史，但瓦歷斯寫來，卻是過於平靜的素描天災對家園的種種破壞，家常便飯似的——此即瓦歷斯所稱的「部落災難學」：「颱風真要來襲，我跟孩子們都學會了靜靜沉默，因為，我們學會了只能靜靜忍受」。一語道出原住民的邊緣處境，以及其實是外來者讓原住民的祖居地消失，但卻是由部落承擔外來者改變環境的苦果：

> 山頂滾落的土石沖積到河谷、原有的橋墩斜埋在崩土裡、溪水以日常孱弱之姿安靜而緩慢的流動著、遠山是地震後透顯黃瘡的模樣，彷彿是，大自然在對每一位行經此地的人類發出某種幽微的啟示，只是，人們的眼睛總是朝向利益的光芒奮進追索。

瓦歷斯的文本中，大自然乃靈性的存在，會「發出某種幽微的啟示」，所以人與萬物平等，人須知所節制，不能只追索利益、逾越分際。大自然先是受害者，然後才轉為施暴者。故其行文間，不停的召喚祖靈的智慧：

> 父親說我敬重雷雨，雷雨是力量的象徵，活的靈魂才會具有力量，有力量的雷雨也是生命

的象徵。……父親會對著第一記雷雨恭敬的注視，通常讓我閃避的雷光卻讓父親朝向發出雷光的方向，敬重那雷光所發出的有力量的眼神。

父親對雷雨的「敬重」，其實就是敬畏大自然的「暗示」，當中寓含著土地和生態倫理。亦如瓦歷斯的父親對於山崩的解讀：「馬路讓森林流血，流血的森林不得不衰弱」、「土地崩落是因為太累了，我們必須讓它休息，有天它會邀請我們進來」。大自然和人類一樣，會受傷、疲倦，人類必須和自然共存，才能依賴它和獲取所需。正是因為部落經歷過一次又一次的災難，瓦歷斯體悟到人類和土地共生的重要性，而祖靈的「厚生」智慧，其實就是療癒天災的良方。

✦ 延續記憶，返回新的日常

天災無法預期，沒有定律，可能讓日常轉瞬被推翻，帶來遺憾、悲痛，但也給予人類反思的機會。阿潑《日常的中斷》，是她以記者身分深入南亞海嘯、汶川大地震、日本三一一海嘯之現場，長時間與災區人民接觸撰述而成的報告書。視線雖然落在島外，卻有一種折返的目光，和臺灣的九二一經驗對話。

阿潑在書裡指出災難有時限性，隨時間流逝，災難的公共記憶終將沖淡，從媒體版面退位，尤其是災後出生的新世代，對於過去更是無從知曉或無感。阿潑以神戶這個經歷過阪神大地震並且再站起來的城市為例，認為就整個社會來說，唯有記憶，才能讓殉難的人得到真正的安息；因為天災雖然無法遏止，但災難的經驗、防災的意識及行動，卻可以累積並且代代精進。

延續記憶，抵住災難被風化的遺忘。不過，阿潑提醒：「重建並不意味著『復原』，而是重新打造一個別於過往的環境空間，承載新的生命與記憶。」也就是，天災固然帶來毀滅，卻也能產生新的改變。例如印尼由於海嘯，原本水火不容的亞齊和雅加達當局因此解除內戰。那麼，經歷災損的島嶼，又該如何重新面對天災？或許，應該要學習瓦歷斯．諾幹的父親敬重雷電的眼神，聆聽、理解山風海雨的隱喻，以謙卑的姿態，調整自身作為。如此，天災不會是一次硬生生的斷裂，因為生活已預留足夠轉圜的韌性，可以順應大地釋放的能量，並且擁有更佳的回復能力。這或許是天災的積極意義，讓人返回療癒自我與自然關係的日常。

參考書目

瓦歷斯・諾幹，《七日讀》（新北：印刻，二〇一六）。
白先勇，《孽子》（臺北：允晨，一九九二）。
羊子喬，〈台灣兮山水咗疼〉，《羊子喬詩文集》（臺中：天空數位圖書，二〇一一），頁二六。
吳佳璇，《921之後……一位年輕精神科醫師的921經驗》（臺北：聯合文學，二〇〇〇）。
呂月榮編，《天使心的真情：九二一大地震護理人員救護紀實》（臺北：護理師護士公會，一九九九）。
林亨泰，〈餘震〉，《生命之詩：林亨泰中日文詩集》（臺北：晨星，二〇〇九），頁二〇—二三。
阿潑，《日常的中斷》（新北：八旗，二〇一八）。
顏艾琳，〈在心裡，我們懷孕著一顆石頭〉，林黛嫚編，《921文化祈福——在地的記憶・鄉土的見證》（臺北：人與書的對話，二〇〇〇），頁一四八—一五五。

延伸閱讀

女鯨詩社，《震鯨：九二一大地震二週年紀念詩專輯》（臺北：書林，二〇〇一）。
李魁賢等，《有詩同行：莫拉克風災文化重建詩集》（新北：印刻，二〇一二）。
張小虹，〈看・不見九二一：災難、創傷與視覺消費〉，《中外文學》第三十卷第八期（二〇〇二年一月），頁八三—一三一。
奧崴尼・卡勒盛（Auvinni Kadreseng）著，《消失的國度》（臺北：麥田，二〇一五）。

指認創傷

戰後臺灣小說中的戰爭記憶與情感書寫

宋玉雯

關於戰爭經驗的創作，在世界文學已有相當積累。例如：曾親歷戰事的倖存者雷馬克（Erich Maria Remarque），在經典的反戰小說《西線無戰事》（*Im Westen nichts Neues*），刻畫被大戰摧毀的一整個世代的青春和夢想，對愛國主義和英雄情懷的鼓動，發出擲地有聲的質疑；魯迅推崇為調和了「象徵印象主義與寫實主義」的安德烈耶夫（Leonid Andreyev），在以日俄戰爭為背景的作品《紅笑》（*The Red Laugh*），描繪戰地的慘烈殺戮，深入參戰士兵被擊潰的精神內裡，以怪誕的筆調，寫作戰爭孵育的恐懼和恐怖，瘋狂與憂鬱。而臺灣，複雜的歷史身世和地緣政治，不乏關於戰爭經驗的文學作品，越戰、國共內戰和太平洋戰爭，是戰後臺灣小說摸索戰爭創傷和記憶政治的常設圖景。

✦血到哪裡去了

邱剛健先生早上起來刷牙
他拿出牙刷
他擠上牙膏

他刷牙

他轉開水龍頭

水都是紅的

在越南

一個美國兵給越共砍掉頭

新聞照片：泥巴地上一個美國兵的頭

標題：血到那裏去了

——邱剛健，〈早上〉

陳映真是戰後東亞重要的思想家和活動家，也是深獲肯定的文學創作者，一定程度可說，陳映真的社會意識和對於世界霸權秩序的批判與反省，是通過一則則戰爭書寫加以表述。〈六月裡的玫瑰花〉和〈賀大哥〉為其繫獄前後的二篇作品，近寫為遠方越戰風雲籠罩的臺灣故事，通過參戰士兵的心靈風暴，輻輳出民眾史和反帝反殖的視野。

〈六月裡的玫瑰花〉中的鄉下姑娘艾蜜麗，延續母親和外祖母的養女身分，窮苦的她成為性產業的一員，與來臺度假的非裔美軍巴尼在酒吧相遇。巴尼和艾蜜麗出身相似的社會階層，祖輩是被販賣的黑奴，直到父母一代，仍在底層苦苦掙扎，參戰的巴尼嚮往立下戰功晉升軍階，贏回備受歧視的人生。而位於第一島鏈關鍵節點的臺灣，在韓戰後形成的冷戰體制和延燒的越戰期間，成為美軍後勤基地與休假中心，島內特種行業的生意興衰，高度繫於美軍在東亞的戰線調派，「娼婦經濟」所帶來的資本積累，往往是臺灣經濟奇蹟中被隱而不談的一部分，但透過吧女艾蜜麗和黑人軍曹巴尼的互動，〈六月裡的玫瑰花〉暴露了不可明言的「戰爭色情」和「貿易產值」，直視階級、性別和種族的汙名。

〈賀大哥〉與〈六月裡的玫瑰花〉的反戰底色相若，出身富裕的女大生小曹，在旅臺賀大哥的政治啟蒙下睜開了「左眼」，相對於〈六月裡的玫瑰花〉難以自抑的批判性敘述，〈賀大哥〉或可謂是持守愛與理想創造新世界的理想主義重申，亦不妨詮釋為一則小曹的成長小說。面對小曹提問：如果理想無法在當世實現，要如何獲得堅持的力量？嬉皮士賀大哥給予一個充滿人道主義情懷的回答，在「照顧自己不在你的愛受挫以後，冷淡了愛的能力」的懇摯開導中，讀者或許也與小曹一同獲得了鼓舞和堅持的解方。然而，小說做出了一個轉折：和溫柔對待艾蜜麗的巴尼相同，賀大哥參與了美萊村屠殺事件，兩則故事寫作的都是曾在越戰前線殘虐婦孺，爾後在罪咎中精神崩潰的人物——「賀大哥」(Mr. Hopper）其實是Mike H. Chalk分裂出的幻想和補償人格。透過小曹面對「啟蒙者」「戰爭罪行」過程的失落與蛻變，〈賀大哥〉彷彿演繹了魯迅的「絕望之為虛妄正與希望相同」，為絕望役使而生的希望，在辯證中仍有其力量，信與愛的實踐，得以在日常生活中艱難存續。

陳映真的創作時時回看兩岸歷史，呈現第三世界情感的矛盾糾結，那些未被真切面對的戰爭經驗，不斷重返蔓生成情感葛藤，讓人在「心結」中窒息。巴尼和賀大哥，都是犯下戰爭罪的加害者，也是被戰爭摧毀的受害者，戰爭並未因為他們遠離前線而消失，而是化為噩夢、失眠，譫妄和精神崩潰，乃至解離等各種官能症狀，構築出另一個酷烈的內心戰場。「在精神科裡住的，正都是為各種『不可能』所壓垮的人」（〈賀大哥〉），精神病是具高度社會性的一種疾病，即使從生理器質性的角度，其表現出來的樣態，如何被陳述、診斷和治療等等，都有其物質性，更有特定的時空脈絡。所謂創傷，也意味著情感的公共性如何坐落於個人層次，成為個人情感中無可解的愛恨交織，陳映真歷年小說中的「精神病書寫」，正提供了我們這樣一種理解創傷的途徑。

✦ 沒有雀鳥的天空

在失血的天空中，一隻雀鳥也沒有。相互倚靠而抖顫著的，工作過仍要工作，殺戮過終於也要被殺戮的，無辜的手啊，現在，我將你們高舉，我是多麼想——如同放掉一對傷癒的雀鳥一樣——將你們從我雙臂釋放啊！

——商禽，〈鴿子〉

通常被文學史敘述列名「軍中作家」的舒暢，實際上在三十五歲的一九六三年提早退役後才真正開展創作，其作品不僅難以歸於反共文學的隊伍，更且不時閃爍質疑家國大敘事的燐光。舒暢善寫一種「隔離－等待」的情感結構，筆下人物經常莫名落入「移動不了」的困局，隱喻著底層外省人無法返鄉的生命情境，沒有家族經濟和情感的奧援，更讓他們在孤立中動彈不得，而「一九四九」這個數字，以不同的型態，出沒他前期充滿現代主義氣息的短篇小說群落，如同一則謎題或秘語，幽微地指向國共內戰帶給普通軍民百姓的離散傷痛。

短篇小說集《院中故事》，聚焦坐落都市邊緣的軍部大雜院，共通的人物在各篇小說穿梭交會，貫穿其間的敘事者「我」，承載著作者舒暢的形跡，《院中故事》是作家替那些包括自身在內，為時間洪潮汰去、被社會遺忘，不受主流眷顧的破敗人事，所留下的存在證言。相對於集中多數故事的速寫當下，〈群魅〉召喚過去的情感記憶，突然來到大雜院的少女小影，像是一面鏡子，映照院中諸人不敢憶想的往昔，那些戰亂分離的瞬間，凝結成集體的歷史暗傷，但經由小影的中介，深埋個人內心的隱痛，在如夢似幻的魅惑場景中得以被重新回看，依稀有著紓瘀的作用。

舒暢在《那年在特約茶室》放下洗鍊的寓意寄託和象徵手法，以寫實的筆觸，摹寫戍守前線孤島兵士和特約茶室軍妓間的故事，通過副連長「我」的見聞感知，直指國共長年對峙的戰爭狀態的荒謬，之於長期捨生固守不毛之地、身心飽受煎熬的軍人，等待戰爭和等待救援弔詭地成為同義詞。書序〈另一座教堂〉談到創作的出發點，是為了對當年的夥伴和茶室姊妹表達「一份懷念與感恩」；小說中確實再現出處於戰地極限狀態，弱弱相依，相互扶持的真情實感，但並不天真地構設一個前線樂園，當廢止特約茶室的公文發下，溫暖的罅隙驟然冰封，士兵為了最後的嫌和釀成暴動，在小姐執業房內外撕滾鬥毆的狂暴，被鎮壓後行屍走肉般的空洞漠然，是同一副戰爭臉孔的不同側面，也是受創的情感表徵。

走過國共內戰的「老兵」之外，親歷太平洋戰爭的臺籍日本兵、少年工和高砂義勇隊，構築臺灣文學關於戰爭記憶的另一重鎮：陳千武的《獵女犯》、宋澤萊的〈最後一場戰爭〉，鍾肇政的

《川中島》和《戰火》，陳映真的〈鄉村的教師〉和〈忠孝公園〉，陳玉慧的《海神家族》、甘耀明的《殺鬼》和郭強生的《惑鄉之人》，以及吳明益的《睡眠的航線》和《單車失竊記》等作品，重繪了濃淡不一的臺籍兵工身影。我們或可援引創傷研究的經典《創傷與復原》（*Trauma and Recovery*）中的「復原三階段論」稍作改易，勾勒戰後臺灣小說戰爭記憶書寫在第二個千禧年之後的某種趨向甚或渴望：通過「回顧與哀悼」，探尋「重建人我社群連結」的可能性。這些作品不僅在小說技藝有了耀眼進展，族群、性／別和國族等身分認同政治議題，也在其中獲得多維度的呈現。

✦ 一些南方的消息

我底死，我忘記帶了回來
埋設在南洋島嶼的那唯一的我底死啊
我想總有一天，一定會像信鴿那樣
帶回一些南方的消息飛來——

——陳千武，〈信鴿〉

作者陳玉慧自述為「混合式的自傳體」的《海神家族》，是一個以沖繩女性三和綾子為起點的家族故事。時間幅度跨越七十年，從一九三〇年代到二〇〇〇年後，寫三代女兒的無父歲月，不同階段渡海移民複雜交織的族群身世，在噤聲諱言的政治受難秘密中的苦澀記憶。敘事的卷軸相應著臺灣的歷史事件：霧社事件、皇民化運動、二二八、白色恐怖、臺獨運動、解嚴後開放大陸探親等，個人的家族回溯，疊影著臺灣的島嶼境遇，而媽祖信仰位居故事要津，海神媽祖和部將千里眼、順風耳組構文本的重要隱喻，戰爭，則是諸人物系列憂鬱敘事的源頭。

懷抱「飛行的夢」接受徵召的志願兵林正男，從印尼叢林的戰場返家後，在妻女眼中變了一個人，經常心神不寧，無法獨處，他不喜密閉空間，幾乎只吃剩菜剩飯，常常洗澡，夜裡在噩夢中驚叫呻吟，歸鄉半年除了外出走路，接連數月在後院挖掘防空地洞，即使戰爭已經結束。心理創傷概念進入公眾意識和臨床治療的過程，與第一次世界大戰至越戰之後戰爭精神官能症研究的知識建構，以及一九六〇年代以來的反戰運動息息相關，「創傷後壓力症候群」（PTSD）在一九八〇年代列入正式診斷，越戰退伍軍人是有力的推動者。林正男行為的變化，正是PTSD的典型表現，而未及平復戰爭創傷的他，二二八後某日外出時被抓捕，就此失蹤。

吳明益的《睡眠的航線》主要綰合兩條敘事線索，主角分別是活在戰爭時期的少年工三郎和戰後出生、不曾經歷過戰爭的「我」，而「我」，其實就是三郎之子。突然出現的睡眠規律延遲異常狀態，讓「我」通過夢境進入父親少年時期的戰爭體驗，因此我們大致可將這部小說讀為戰後世代的兒子「我」，如何通過睡眠的航道，航向父親絕口不提的戰爭記憶。但不僅於此。小說中面對戰爭和世人祈求只能無言觀視莫可奈何的菩薩，被偶然當成床腳長年載負不解重擔的烏龜，以及中華商場的起落興衰等敘述架設，都說明了創作者的力求新變，誠如評論家邱貴芬在書序中的提醒：「『歷史記憶』書寫不必然拘泥於身分認同的格局」，而「或可與大敘述提出的重要議題展開繁複的對話」。

《睡眠的航線》中的老年三郎，在久居營生的中華商場拆除日不知去向，而《單車失竊記》以三郎最後停在中山堂的一輛幸福牌腳踏車為引，開展這部〈後記：無法好好哀悼的時代〉中謂「涉及二戰戰史、臺灣史、臺灣的單車發展史、動物園史、蝴蝶工藝史等等」的長篇巨構。在〈銀輪之月〉和〈緬北森林〉的章節，主動響應徵召的鄒族人巴蘇亞，在緬甸叢林的絕望戰役存活下來，但倖存的他在「心裡頭從來沒有離開過那個緬甸的雨季」；動物同樣無法豁免於戰爭的創傷，〈靈薄獄〉寫大象如何終身為戰爭的恐怖所魘，在碎裂的夢境中受永不熄滅的戰火折磨。林旺不再僅是市民記憶中象徵快樂的動物明星，也是輾轉緬甸、廣州到臺灣的「退役戰象」阿妹，林旺／阿妹晚年愈熾的暴躁和失控，是戰爭記憶不斷復返的痛苦表現。通過閱讀，我們得以參與林旺／阿妹的歷史見證，而前述陳玉慧和吳明益小說中一個個不知所終的父親，更共同指向了失落的歷史腳蹤，人物追尋與哀悼的過程，實際上是重拾歷史記憶的旅程。

戰後的臺灣小說坐落於複雜的歷史地景，關於戰爭記憶與情感書寫開展出繁複面貌，本文僅順時間之流，擇選有限作品加以介紹，旨在由是揭櫫個人苦痛的社會性意義。指認創傷，讓個人的苦痛進入公共視野，進而讓戰爭經驗匯入我們的記憶，成為反戰的歷史資源，是創傷書寫介入現實的一種積極路徑。文學是最深遠的和平教育，如何發揮文本再現的力量，讓民眾透過閱讀探知創傷從何而來，補白歷史記憶的空缺，那麼或許才可能息兵止戰，帶來真正的救贖。

參考書目

安德烈耶夫（Leonid Andreyev）著，靳戈譯，《安德烈耶夫中短篇小説集》（南京：譯林，二〇〇〇）。
吳明益，《單車失竊記》（臺北：麥田，二〇一五）。
吳明益，《睡眠的航線》（臺北：二魚，二〇〇七）。
茱蒂絲．赫曼（Judith Herman）著，施宏達、陳文琪、向淑容譯，《創傷與復原（30週年紀念版）：性侵、家暴和政治暴力倖存者的絕望及重生》（新北：左岸，二〇二三）。
商禽，《商禽詩全集》（新北：印刻，二〇〇九）。
莫渝編，《台灣詩人選集 8 陳千武集》（臺南：國立臺灣文學館，二〇〇八）。
陳玉慧，《海神家族》（新北：印刻，二〇〇四）。
陳映真，《上班族的一日》（臺北：洪範，二〇〇一）。
舒暢，《那年在特約茶室》（臺北：九歌，二〇〇八）。
舒暢，《院中故事》（臺北：九歌，二〇〇八）。
雷馬克（Erich Maria Remarque）著，顏徽玲譯，《西線無戰事（80週年紀念版）》（臺北：好讀，二〇一九）。
羅卡編，《美與狂：邱剛健的戲劇．詩．電影》（香港：三聯，二〇一五）。

延伸閱讀

大江健三郎著，陳言譯，《沖繩札記》（臺北：聯經，二〇〇九）。
甘耀明，《殺鬼》（臺北：寶瓶，二〇〇九）。
宋澤萊，《等待燈籠花開時》（臺北：前衛，一九八八）。
李永平，《雨雪霏霏》（臺北：麥田，二〇一三）。
張英珉，《櫻》（臺北：九歌，二〇二一）。
郭強生，《惑鄉之人》（臺北：聯合文學，二〇一二）。
陳力航，《零下六十八度：二戰後臺灣人的西伯利亞戰俘經驗》（臺北：前衛，二〇二一）。
陳千武，《獵女犯——臺灣特別志願兵的回憶》（臺北：大塊，二〇二三）。

陳映真，《我的弟弟康雄》（臺北：洪範，二〇〇一）。
陳映真，《忠孝公園》（臺北：洪範，二〇〇一）。
斯維拉娜・亞歷塞維奇（Svetlana Alexievich）著，呂寧思譯，《戰爭沒有女人的臉》（臺北：貓頭鷹，二〇一六）。
鍾肇政，《川中島》（臺北：蘭亭，一九八五）。
鍾肇政，《戰火》（臺北：蘭亭，一九八五）。
蘇碩斌、江昺崙、吳嘉浤等，《終戰的那一天：臺灣戰爭世代的故事》（新北：衛城，二〇一七）。

記憶與失語
白色恐怖的傷痕如何言說？

朱嘉漢

✦ 歷史創傷書寫的不可能

創傷是不會言說，且不可言明的。毋寧說，創傷是言說的反面，創傷不言說，創傷不予言說。於是，我們有時會冀望於言語，有朝一日將傷痛說出，以供記憶為誌，足以撫平傷痛，自此不忘。

關於歷史創傷書寫，皆無法天真的認定，相信書寫本身的積極意義。無論是將真相揭穿、將過往以回憶的方式道出、或成為一種對於書寫者或相關人物的安慰，甚至換取我們意識到傷害本身並記取教訓——這一切的冀望，可能都並非是書寫能允諾的。往往是相反的，藉由書寫，我們可能知曉，書寫能抵達之處，不僅企及不到創傷本身（包括加害者、受害者與其背後的脈絡），遑論撫慰。

歷史創傷的書寫，真正指向的，是其不可能之處：記憶的不可能、撫慰的不可能。當然，正義與公道亦不可能。

那麼，歷史傷痕的書寫，或是具體而言，臺灣文學中，關於白色恐怖記憶的書寫，只能在一種控訴（且不會得到該有的回應）的框架之下，徒勞的打撈記憶殘骸，注定得不到真正的認識？

那麼，書寫的意義究竟在哪？

✦ 歷史創傷書寫的艱難本身即是價值

二〇二三年三月三日，於國家人權館，作家陳列的作品《殘骸書》新書發表會別具意義。這個地方與建築的舊跡，過去曾是作為政治犯的他所囚之地。國家人權館成立後，陳列以為期一年的駐館作家的身分重返舊地。

我們或許會以為，那會像是《白鯨記》的以實瑪利所敘述，人類渺小無力地面對著巨大的怪物「Moby Dick」，即使最終失敗與覆滅，但至少可以「只有我一人逃脫，前來報信給您」那樣地，以一個倖存者的聲音，將整個經過成為一個宏大的故事展現。然而，倖存或許是有，但往往呈現的，既不是帶回白鯨或關於白鯨的故事，而是那艘覆滅的船的殘骸，是為唯一可靠的見證。

如陳列先生所言，關於當時的情況，最深刻的總是在審判、入獄的那一天，其餘反覆的日子，監禁生活真正的日子，卻是不復記憶。

然而，當我們閱讀陳列的《躊躇之歌》與《殘骸書》，見證那份見證的平靜，不妥協於時間與權力要我們低頭的沉默，一字一句留下的文字，不會輕易地認為這是徒然的。正是因為白色恐怖的書寫如此艱難，文字的指涉，就不會只是表面所能表述的那些。不輕易認為文字能夠呈現出一切，反倒是文學作品能夠為我們勾勒出的空間。

書寫的嘗試，不是為了記得什麼，或僅僅單純傳達當中的情感。更多的時候，是一種形式上的摸索，講述不可能述說、無法被記錄、不可能同感的事物，究竟有怎樣的方式能夠保存，碎片也好，間接的見證也罷，文學的可貴之處，在於其形式。當許多的人事物已經無可追究之際，卻能透過結構性的相對永久，將某些記憶與情感，壓縮再壓縮，寄往將來的讀者去解讀。

解讀也許是艱難的，我們可能會看見，白色恐怖在文學作品當中的「魅影」。它經常以迂迴的方式讓讀者意識到，或者像密碼一般編排，或是以瀕臨瘋狂、瓦解的語法風格展現，而不是單純的展現為非黑即白的二元對立的形式。

白色恐怖的恐怖之處，可能在於其無所不在，不僅是藉由戒嚴體制，以跟監、告密、逮捕、禁言等方式掐著我們的意識，而是在我們內心當中的恐懼，鑽進我們的感受力、想像力，在我們的日常生活的陰影裡，在我們的夢裡，在我們潛意識裡。

所以，問題來了，白色恐怖與其造成的歷史創傷若是主題，它的範圍有多大呢？

✦ 文學作品的形式指向的歷史認知方式

如果此刻，當我們正要開始透過文學去理解臺灣有過的白色恐怖時代，以及當中的心靈樣貌，建議可以先從國家人權館與春山出版社合作的《讓過去成為此刻：臺灣白色恐怖小說選》與《靈魂與灰燼：臺灣白色恐怖散文選》開始。

這兩套書由臺灣兩位當代極具代表性的小說家童偉格與胡淑雯主編。這兩套書的價值，不僅在於提供讀者一個認識的框架，更在於當中包含著問題意識：關於白色恐怖的書寫，究竟能提供我們怎樣的認識。

換句話說，這兩套書的誕生，不是一種塵埃落定的整理工作，而是一種回應，將長期的沉默、遺忘、不成言語的哀號，以作品的呈現，轉化成一種叩問，拋向了讀者。

這回應不僅僅是針對某個議題、某段過去、某種文學史的重整需求，而是純粹且堅定的回應「應然的此刻」。回應，是因為此刻必須回應，必須在此刻回應。猶如童偉格在序的結尾所引的策蘭詩句：「是時候了。」

一段歷史的意義不是不變的，認識歷史，不是任其復歸無聲，而是如何鍛鍊自己的想像力，去看見不可見，聽見不可聞，指認出不存在的存在。

讀者的任務既然是認識，就必須善用我們的後見之明，也包括我們因為距離而無法得知或共感的一切。

短篇小說，因其體裁，形式更易辨認。我們可以在小說集中的〈黑衣先生傳〉、〈男女關係正常化〉、〈李秋乾覆C.T.情書〉當中，看見權力的遮蔽能力，了解「看不見」本身是一種外在的壓迫力量運作；或〈告密者〉、〈玉米田之死〉看見「祕密」本身的運作機制如暗影與伏流。或是以風格化的小說語言來展示，如施明正、舞鶴，甚至郭松棻——是怎樣的原因，讓心靈在怎樣的狀態下，以這樣的語言來「告白」。

形式（Form），是一種力量的形塑。必然能從形式當中，辨認出力量的痕跡，如同我們觀看著風蝕或海蝕的地景——是的，還有時間本身的作用，形式的完成，包含了時間。無論困難與否，閱讀作品中的歷史，並非只是背景脈絡與其具體展現的史實，還應意識到，風格形式中，保留了或許連作者都未必能完全說明的心靈結構。而心靈本身是有歷史的。

以另一個角度來說，每位作者在書寫之時，除了面對「寫什麼」，也必然會面對「怎麼寫」。後者將我們導向形式，甚至決定動筆之際，已經是在處理某種形式。選擇怎樣的創作體裁，長或短，虛構或非虛構，敘事的方式等。

回過頭來，若仔細觀察這兩套書的編選與呈現方式，並非以作品的發表年代，或是書寫指涉的時代來安排。哪些篇章被選入，又被安排在哪一冊的主題，都相當需要讀者主動去思索。意思是，這兩套白色恐怖的選集，並不是以「既成事實」的樣貌呈現，而是成為我們當代需要去面對的問題。

文學並非是現實的再現，毋寧說，文學乃是讓我們擴充對於現實的想像，讓我們不再受限於不被允許思考或感知的現實壓力下，貧乏的想像。換句話說，正因為文學能對現實提出不同的想像方式，使得我們突破了某種視野，將意識的維度拉開，虛構出另一種眼光去「看見」現實。

✦延遲的書寫，禁錮與流亡

歷史的傷痕，當中的歷史不只是因為過去造成傷害，而是這個傷痕帶有歷史。我們必須敏感於此。

舉例而言，二〇二二年，有了紀錄片《台灣男子葉石濤》。透過這份紀錄，我們可以回頭思索此紀錄片挪用的葉石濤本人所撰寫的小說篇名《台灣男子簡阿淘》。先看看時間：這本書出版於一九九六年，小說的主人翁的背景時代，從開篇的〈夜襲〉指向了二二八事件，到〈紅鞋子〉裡因為配合語言政策借書，卻拿到了左派書籍因而入獄；或光從篇名就能明白的〈鹿窟哀歌〉、〈鐵檻裡的慕情〉的白色恐怖在五六零年代的時期。

我們應該問，這些自傳性的小說，勾勒出一名臺灣知識分子的苦難與掙扎，尤其五六零年代的歷史記憶，為什麼直到解嚴之後才能陸續刊出與出版？答案當然容易，因為戒嚴時期無法書寫白色恐怖經驗。我們可以做的，是不讓簡單的答案到此為止，而是去想像那份空白。這個時代，本身就是不可言說、恐懼言說的當下。試問，在這種暴力之下，記憶如何可能，又如何艱難？

葉石濤本身的例子極具代表性：日治時期的天才作家，戰後需要進行語言的轉換的艱難（文學語言的使用又比日常用語更為困難）；臺灣菁英大量的失去，僅存的人只能在極小的空間堅持；臺灣本省籍作家的發表空間極小；本非研究者出身的作家，因為使命感而分神書寫《台灣文學史綱》……換言之，《台灣男子簡阿淘》的延遲，書寫與時代之間的空白，除了戒嚴本身的直接迫害（如入獄與監視），也有許多間接的形式。不過若我們仔細去想，以上種種的因素，其實也是白色恐怖的範圍。

另一種延遲，我們可以在聶華苓的例子中看到。聶華苓生平的傳奇性自不待言，從中國逃到臺灣，再因為《自由中國》的雷震被捕案，逃到了美國，卻因此創立了愛荷華的寫作計畫，成為「國際」的聲音。聶華苓的聲音，與葉石濤相對。若葉石濤象徵的是一種本省人的禁錮，以個人的意志頑抗維持內心的記憶。那聶華苓的流放，就是一種流離失所中，迂迴的勾勒出流亡者的共同經驗。

《桑青與桃紅》從一開頭就展示了精神分裂，桑青，桃紅，本是一個人的不同名字。小說的形式是桃紅寫給美國移民官的信，加以桑青的日記組合而成。而桃紅這敘事者所呈現的桑青，恰是一個中國文人的離散軌跡。小說允諾了一種書寫的可能：經驗與故事的主體（桑青），與敘事的主體（桃紅），可以如此的分裂。但這恰好促動了我們的思考：為什麼，是在面對美國的移民官的書信中，需要以不同的人格與聲音，才可能把故事道出？

同樣的問題我們也可以問。這本書的出版，本身就是種流浪。起初在臺灣連載被腰斬，只能於香港等海外出版。一九九〇年以英文版獲得美國國家書卷獎，但一直到了一九九七年，才在臺灣面世。

在閱讀白色恐怖的創作時，如果同時需要認識作者創作的背景，甚至是出版史。我們會發現，一本書能走到我們眼前，其實經過重重的關卡與「力場」（當然，也可以是「立場」）。其中的聲音，永遠不是只代表作者一個人，而是歷史本身的軌跡。

✦ 後來的書寫，想像的靠近

如今，在言論自由與出版自由的情況下，以白色恐怖為主題的創作，變容易了嗎？某種程度的阻力消失是有的，甚至會被鼓勵，迫切的感覺需要去書寫。不過問題在於我們如何想像？

也許閱讀此文的讀者們可以自問：二二八事件與白色恐怖，與我們有關嗎？

於我何干？是個想像力的問題。那個空白，往往是阻止我們想像的空白。認為二二八或白色恐怖的歷史與我無關，某種程度來說，是剝奪了想像的結果，並讓我們面對歷史卻裹足不前。

所以，對於創作書寫者而言，如何想像，並給予讀者能夠想像的空間很重要。書寫的對象與如何書寫的問題，其實包含著創作者嚴肅的歷史思索。

胡淑雯的《太陽的血是黑的》，處理了畸零人、邊緣者的聲音，只能發著不似人的聲音的存在。正是因為作者對創傷的邊界如此敏銳，撕開傷口但保持著創作者的共感，才會讓我們看見政治犯所面臨的創傷後瘋狂、自甘沉默與遺忘時，感到怵目驚心。然而，刻意的遺忘或不提，並非是走過傷痛的方法。小說家以自己的方式，描述了這些「不能言說」之痛。

或我在書寫家族的白色恐怖歷史《裡面的裡面》，試圖去捕捉的，是那「抹除痕跡的痕跡」，那份遺忘中所埋藏的線索，可能需要怎樣的破譯，才能在表裡的翻轉之中，可以走到更深之處。遺忘，也可能是一種提醒我們不要遺忘的形式。

文學允諾我們的另一個面向，則是可以注意到平凡人。賴香吟的《白色畫像》以看似樸素，卻極為細膩貼身描寫普通人的生活。如果不經反思，我們可能覺得經歷那時代的無災無難者，理論上不曾被威脅或傷害過。但若仔細考察，其實每個人的記憶與感受中，都暗藏著某種陰影，那種擦身而過的恐怖，有時更令人無奈。

或許我們可以看向更年輕的世代，張嘉祥的《夜官巡場》，不僅是小說，也是同名的專輯，透過歌曲與ＭＶ多重演繹，是新的記憶傳遞嘗試。將地方野史與信仰，以鄉土文學般的小人物，將二二八事件道出。

至少，這些作品的嘗試，讓我們知曉。

✦直到每個傷口都有名字，都能說話

或許，我們可以稍微回答上頭所拋出的，關於白色恐怖文學的範圍，究竟有多廣的問題。當我們上自國家機器、監視與懲戒體制、意識形態，下至個人的自由剝奪與監禁、言論的管制（與自我管制）、肉體的施虐與規訓、創傷的造成，都以殊異的文學，以不同的聲音道出（甚至，連沉默都可以展現不同的樣貌）。白色恐怖彷彿是特殊時代，只發生在某些家庭的不幸，在文學的特殊聚焦中——以一個特殊的角色、曲折的情節、風格化的敘事聲音——產生出某種普同性。從這普同性回望，我們又可以發現，將個體的特殊經驗拓展與深掘後，白色恐怖關乎的是我們島上每一個家庭、每一個個體。

我們期望，每一個傷口，都能找到適合的方式發聲。因此，也勿遺忘華語之外的創作嘗試。例如胡長松以臺語文創作的《槍聲》，或黃靈芝在戰後能堅持以日語寫作。或許我們可以等待，以原住民族語創作的作品。這條路雖然艱難，但我們知道，任何一道傷口，只能用自己的聲音出聲。

於是我們努力聽，努力記憶，因為麻木到最後，是連自己都會忘記，原來自己有發出聲音的權利。

參考書目

朱嘉漢，《裡面的裡面》（臺北：時報，二〇二〇）。
阮文雅編譯，《黃靈芝小說選》（新北：遠景，二〇二〇）。
胡長松，《槍聲》（臺北：前衛，二〇〇五）。
張嘉祥，《夜官巡場》（臺北：九歌，二〇二二）。
陳列，《殘骸書》（新北：印刻，二〇二三）。
陳列，《躊躇之歌》（新北：印刻，二〇一三）。
童偉格、胡淑雯主編，《讓過去成為此刻：臺灣白色恐怖小說選》（臺北：春山，二〇二〇）。
童偉格、胡淑雯主編，《靈魂與灰燼：臺灣白色恐怖散文選》（臺北：春山，二〇二一）。
葉石濤，《台灣男子簡阿淘》（臺北：草根，一九九六）。
賴香吟，《白色畫像》（新北：印刻，二〇二二）。
聶華苓，《桑青與桃紅》（臺北：漢藝色研，一九八八）。

延伸閱讀

呂蒼一、林易澄、胡淑雯、陳宗延、楊美紅、羅毓嘉，《無法送達的遺書：記那些在恐怖年代失落的人》（新北：衛城，二〇一五）。
陳翠蓮，《重構二二八：戰後美中體制、中國統治模式與臺灣》（新北：衛城，二〇一七）。
黃崇凱，《文藝春秋》（新北：衛城，二〇一七）。
臺灣民間真相與和解促進會，《記憶與遺忘的鬥爭：臺灣轉型正義階段報告書》（新北：衛城，二〇一五）。
鄭南榕基金會，《名單之外：你也是受害者之一？》（桃園：逗點，二〇一七）。

險地孤生

來自勞動體制邊緣的傷與殤

李雪莉

體制是必要之惡。它保障，也施加約束；它是秩序，也是枷鎖。一旦跌落體制之外，面對的盡是野蠻生長的險地。

過去這些年，在從事調查報導的田野時，我有機會深入臺灣既有體制的邊緣，認識在這塊島嶼上各式的童工、少年工、外籍移工與學工，一群又一群不被看見的隱形勞動者們。

對體制，隱形勞動者們是充滿戒心的。如果受訪者放心，時間允許，我會靜靜地嵌入勞動者工作的場域，除了讓他們感到自在，也是意識到對他們這些每天睜開眼就得顧及溫飽的人來說，時間是如此寶貴。靜待他們喘息的片刻，配合他們勞動的節奏，不反客為主，才能讓他們放心地向採訪者敞開。

二十多年的採訪經驗告訴我，沒有任何人能完全同理另一個人。把自己「放入別人的鞋」是如此奢侈與艱難。於是，不管是一個下午、一天還是三天，多次零碎往返田野，沒有捷徑，就是把視野拉得更長更深，有機會再多一點貼近他們的勞動狀態與生命情境。

還記得雲林那位十六歲少女，老練地穿蚵殼、剝蚵。蚵串是一鐵車的數量，剝蚵時得用工刀，手腕靈巧使力地挖出一個個肥嫩的蚵仔。被剖刀割傷是再常見不過的事，女孩的阿嬤手掌背被舊的傷口疊加得特別厚實。因父母離異或在外工作，隔代教養是村子裡的常態，而眼前的孩子貼心，擔心阿嬤久坐的腰痛和手腕隧道症，總是下了課就主動做阿嬤的替手。

少女的勞動日常，並非特例，只要進到偏遠鄉鎮、山岳海濱後，一個「非常態」的勞動世界就會展開：那是體制內的人們難以想像的世界，一個由童工、青少年、逃逸移工撐起勞動主力的地下經濟體系。

高鐵飆速經過雲林、嘉義、臺南，來到農業大縣，若未停下車程與腳步，進到田園阡陌裡交錯的田埂，人們永遠無法得知，平日吃的青江菜、辣椒、油菜、山苦瓜、彩椒，是由一群未成年人扛起了施肥、噴灑農藥的作業。

代噴農藥的工作通常在凌晨四點多開始，少年們先是開著噴藥車進到農戶家，確認地點和面積、調配和備藥，接著揹起長管，趁太陽升起高掛之前進田施作，三個年輕人一組，共同拉起兩百多公尺的管子，穿著雨鞋熟門熟路地穿梭在田裡，在一甲又一甲的農田上灑藥。

我曾試著做他們的工作，但完全是一個「災難」。沒有大樹遮陽，人在田邊不到兩個小時，就被烈陽與厚重白濛的農藥暈到噁心不適。反觀少年農藥手們，膚色被曬得黑亮，未戴口罩，身上沒有防護，噴藥後就在柏油路旁沖洗農藥罐，五顏六色的藥水汩汩流淌。

我看了難受地問：「曾經中毒嗎？中毒怎麼解？」

這些年紀還只是大孩子的少年說：「有時推著繩索，邊推邊吐，如果全身灼熱，想吐、昏睡，就會大口喝牛奶、下工後到診所吊點滴解毒。」

這是一個極度諷刺的對比。當都市裡的消費者擔心蔬果上殘留著農藥，但代噴農藥的少年們吸進的劑量，卻是遠遠超標。然而，少年工沒有固定雇主，沒有農民職災保險，生病自行吸收的情況，沒什麼人正視和關心。

✦ 那些青春的勞動面容

少年勞動者還不只是擔任農藥手，他／她們工作的類目五花八門：從農場或工廠裡擔任搬運或包裝工、搬運金紙、水泥工或裝潢助理、零件廠或銑床廠的黑手工，到夜市叫賣者、洗頭小妹、按摩小妹，涵蓋了基層的農業與藍領工作。

問起他／她們早早進入勞動體系，養活自己的主因，讓聽者覺得敬重。他們之中，有不少是為了脫離有狀況的原生家庭，有不少想幫助貧困的家人，也有些是在學校得不到成就想賺錢自我證明。不論什麼原因，經常得犧牲學業半工半讀，或乾脆就此中輟。

我於二〇一八年出版的《廢墟少年》一書，其中有很大一部分就在描述臺灣童工、少年工的度日狀態。那像是一個多數人無法理解，揠苗助長的勞動生命，從身體尚未發育完整時，就用一種不利於身體健全生長的方式消耗自己。

不管是外表或內在，那樣的身心耗損是驚人的。

我當年遇到的噴農藥少年，他們個個未滿十八歲就開始噴農藥，三、四年後，看起來卻「臭老」（tshàu-lāu）了：下巴掛著銀白色的鬍渣，為了提神總是喝著汽泡糖飲或藥酒，長久下來，嘴裡是色素沉澱的檳榔垢，身材也快速變樣。當時和我合作的攝影林佑恩，在後來以導演身份跟進這群少

在雲嘉南地區，代噴農藥的工作是由大量少年工為主力，他們經常沒有著任何防護地接觸著化學農藥。

圖片提供：報導者　攝影：余志偉

年，拍攝了紀錄片《度日》，片中他捕捉到一個場景：田裡的阿婆看到少年們時說，「你實在看袂出來才二十爾爾！」

他們走上一條和父姪輩同樣的工作路徑，哪裡有工哪裡去：「做塗水」(thôo-tsuí，水泥工)、農藥代噴、鋪PU跑道、搬蒜頭，隨工作季節而游牧，例如上山採茶、摘高麗菜。他們的父親或叔伯五十多歲早逝，最常見的疾病是長工時後的中風、搬運重物造成的骨骼變型、長期接觸毒化物質及藥酒癮出現的肝硬化。他們承襲了階級，也承接了上一輩的生活方式和身體狀況，很少被人肯定，低自尊，心情經常低落。

✦剝削者的多重面貌：溫暖、輕忽、偽裝、詭詐

許多人認為少年工與童工是微乎其微的個案。但長年來的田野與調查，卻發現這是座龐大的冰山，人們只觸碰其中一角，無視其問題之龐大。

我在採訪教育部國教署、勞動部等主管機關時，他們的回應多半是「臺灣沒有童工」、「學生都在學校裡就學」。事實上，如果從勞保局勾稽的資料會發現，每年的每個時刻，勞動市場上至少都有三萬名左右的少年工和童工，這還不包括未投保，難以計算的黑數。

這群勞動者經常被各種理由扣薪，職災的比例也是其他年齡層的兩到三倍。僱用童工（十五歲到十六歲）或少年工（十六歲到十八歲）需要有法定代理人的同意書，雇主要附上工作計劃，縣市勞動局處必須出動環境檢查，但真相總是更為殘酷，違法的雇主、缺失的勞檢，各種漠視與

刻意疏忽，助長了童工和少年工短期職災、長期積累的職業病。

那不只是工「傷」，也是工「殤」。

殤，指的是未成年而夭折，長不成大人者。我看到的少年工過了幾年，有的人死於工地，有的長大成年，但始終在最底層被剝削的勞動市場裡循環。

那種殤不只是身體的傷，也是難以長成飽滿健壯、淪喪了希望的另一種「殤」。因為地下經濟的工作特質，勞動者被拋在法律保障之外，新的科技或新知也進不到這樣的場域改善其工作環境，勞動者也難有成長的機會，只能原地打轉。

明明有這麼多提早被抽空的青春，卻不被社會重視，為什麼？

臺灣人均所得已達三萬四千多美元，有高度教育水平，有十二年國教，我們的既定想像是未成年者都在學習或實習的路上。但這些邊緣的個體，與既有體制幾乎是各自行走的平行宇宙。

那麼，僱用他們的人呢，難道是刻意創造一種不對等的工作環境嗎？

有幾次，我訪問到少年少女的雇主，他們通常會給人一種「好人形象」，總是強調自己給予孩子打工的機會，和孩子的長輩是村子鎮上的好鄰居，刻意凸顯自己的溫暖和受雇者的可憐。例如十七歲的芳芳（化名），她的父親在芳芳高中時吸毒早逝，芳芳平日下課和寒暑假都會到鮮蝦冷凍工廠工作。

我在冷凍工廠採訪時，老闆告訴我的故事版本是：「芳芳爸爸吸毒死掉，很可憐，我們是老鄰居了，她來這裡打工，我給她不錯的時薪，也是幫忙照顧這個孩子。」

記者當然不能聽片面之詞，我私下加了芳芳的ＬＩＮＥ，離開後再跟芳芳約採訪，我還記得

《血淚漁場》一書赤裸地描寫透過「境外聘僱」方式來臺的印尼漁工，年輕的他們在進入臺灣到上船離岸之前，經歷的陌生以及與外在世界的各種隔離。
圖片提供：報導者　攝影：林佑恩

她用簡訊告訴我：「我的時薪才一百元，比想像低很多，而且出貨時，常加班到晚上十點。」

雇主受訪時小心謹慎，他們深怕違反《勞基法》——不得雇用未滿十五歲的少年，並對十五歲至十六歲的童工、十六歲到十八歲的少年工的工時與工作內容有相關規範。雇主會模糊化工作者的年齡，如果被舉報，他們會說是少年謊報年齡，自己一點也不知情。儘管不是所有僱用少年工的雇主都是壞人，有時少年苦求工作，一方有工可用，一方亟需金錢，雙方確實各取所需，但忽略法令的責任，總是有錢有權的雇主更大。大家僥倖以為工作不會有意外，厄運不會降臨。

✦逃脫的移工大軍：與其受剝削，不如充滿風險的自由

在少年工與童工之外，有一群同樣在底層，支撐臺灣重要勞動力市場的，是臺灣的移工大軍。臺灣引進移工超過三十年，已有接近七十三萬的移工大軍（約五十一萬的廠工與漁工、二十二萬社福移工）。這些移工撐起臺灣人已多年不想搶進的3K或強力的勞動環境。

《血淚漁場》赤裸地描寫了以「境外聘僱」方式，被僱用到臺灣遠洋漁船上勞動漁工的悲慘工作處境：

> 最大的空間給魚艙、冷凍艙……狹窄的生活空間，到生活和工作規範，都烙印著階級：幹部吃鮮魚，漁工吃魚餌，漁工較難喝到新鮮的水……拖鞋、衛生紙、奶粉需要另外購買；衝突打架被扣薪，漁獲不佳或手腳不俐落，還可能遭幹部體罰。

在臺灣鮪延繩釣船上，外籍漁工每天必須工作二十小時，先是十小時的放線、兩小時的休息，接著是十小時的收線，再接著兩小時的休息。漁況好時，他們有可能整天不能睡覺；他們甚至得在沒有攜帶氧氣瓶的情況下，潛水至海面下，清理船的螺旋槳。

這群不受《勞基法》保障、薪水極低的漁工，一上船，就坐兩年的海牢，在惡劣的勞動環境下，曾有不少冒著被凍死的風險跳海，或一到岸上便逃跑的人。也有成了海上喋血案裡，殺人或被殺的主角。

在媒體與NGO團體強力監督下，二〇一七年立法院訂定《境外僱用非我國籍船員許可及管理辦法》，此法上路後，境外聘僱漁工的薪資從三百美元，調升到保障每月至少四百五十美元，二〇二二年更進一步調高至五百五十美元；但對境外聘僱漁工的勞動權益保障層級和密度，仍不若境內聘僱漁工，無法適用《勞動基準法》和《就業服務法》。

對漁工的系統性剝削，近年因媒體和NGO組織的監督，確實促成了船方與業主的改變，但船上的工傷，曾讓臺灣遠洋漁業漂亮的漁撈實績，成為名符其實的血淚漁場，甚至說我們喝下的是「血淚魚湯」也不為過。

對勞動者來說，剝削體系的自我改良當然很好，但有些等不到系統快速改善的，他們也展現了自己有限的自主性，就是逃離。

過去數年，有個正在快速發生的勞動巨變現象：移工從遠洋漁船下船，或是離開繁重的家庭

失聯移工人數在短短幾年間已累積到八萬三千人。我們在中央山脈的一座山頭上看到大量的失聯移工身影，移工家庭在這裡成家和育兒，帶著孩子在山裡扎根。

圖片提供：報導者　攝影：楊子磊

看護工作，以及待遇不好的工廠，成為逃逸移工。

逃逸勞工人數在短短幾年間已累積到八萬三千人，其中越南失聯移工在過去兩年間就從二萬二千人，增加三萬人，來到五萬二千人。廠工、看護工、漁工的失聯情況都在加劇。

二〇二二年，我和同事們深入中央山脈，我們抵達的那座山頭，就估計有三千名左右的失聯移工，多數國籍是印尼與越南，少部分是泰國。

漫長的中央山脈上，翻過幾個不同的山頭，高海拔的蔬果產區裡，移工家庭在這裡成家和育兒，帶著孩子在山裡扎根。

我們遇到二十歲出頭時來到臺灣，如今三十歲，在山上育養一女的「黃金爸」，他就曾在基隆萬里擔任漁工，認識了基隆當看護工的「黃金媽」。十年前，兩人聽說山上有更好的工作機會，一起逃到中部山區。

以合法身分工作不好嗎？黃金爸則說，漁船工作不分日夜，一天常睡不到二小時，還動輒遭船長辱罵；黃金媽的雇主則是不尊重她的信仰，明知她是穆斯林，還給她吃豬肉。

來臺十一年，長達十年在山上，他們管理著三座山頭大片的水蜜桃園，果樹種在陡峭山坡地，工作吃重又危險，但在這裡六名移工一同幫忙植栽管理，雖然不輕鬆，但仍比山下的日子好太多，早上六點半開始工作，有一小時的午休，五點下班，工時很固定。而山上日薪一千三百元，遠超過漁工與看護工低於兩萬元的薪水，在這裡和雇主的關係也比較對等。

只是選擇逃跑的移工，選擇了一條有自由但風險更高的道路，他們等同脫離所有臺灣的法律與醫療保障。

我們在山上看到失聯移工一旦懷孕，害怕被通報遣返於是產檢不充分，生產時必須花數千元包計程車下山；我們遇到八歲的揚揚（化名），揚揚第一次離開他成長的高山，是四歲那年不慎從一家人居住的工寮二樓跌落，摔斷腿，緊急送醫在臺北動完手術後，再帶回山上，目前鋼釘還留在小腿裡。

失聯的移工有自己處理風險的方式。他們在山上騎著打檔車、掛著買來的假車牌、罩著防曬面罩，如果遇到警察臨檢就會調頭走別的道路，若有移民署人員上山查緝無證移工，他們的LINE群組就會互相通報，山頭上的工寮群就全面熄燈。不論幾歲的孩子最敏感的英文單字都是police（警察）。

因為交通不便、沒有健保，面對工傷或有其他醫療需求，他們也發展出一套互助系統。互助社群是這樣運作的，會員月繳三百元，一旦有人在工作骨折、有人生病、有人被捕遣返，會員們會陪同或協助下山就醫，並補貼醫藥費，有時會彼此現金周轉。四十人左右的會員以互助會來組成支持網絡。他們為會員購買防風外套，上面LOGO的設計，是兩隻交握的手與開展的金色翅膀，繡著他們所在的地名與The Big Family（大家庭）幾字。衣袖上，還有印尼與中華民國國旗緊緊相依，有著與當地依存的情感。

派出所的員警與山上移工也不總是對立的，他們知道高山農業如果沒有失聯移工，根本無法運作；但移民署專勤隊會定期查緝非法移工，在陡峭山坡和複雜的地形上緝捕和逃跑，對雙方也是高度風險。

二〇二二年金馬獎最佳紀錄片《九槍》，是導演蔡崇隆花了多年時間，重建失聯的越南籍青年移工阮國非的悲傷故事。二〇一七年的八月三十一日，於新竹縣鳳山溪畔，手無寸鐵的阮國非被拘捕的警察連開九槍，延誤送醫而後死亡。

這是失聯移工揹負的傷亡風險。當人們愈是活在風險裡，就更可能鋌而走險。

以越南失聯移工為例，他們經常被聘僱從事危險的盜伐工作。《報導者》記者張子午採訪發現，目前關在臺灣監獄的越南移工中，約三分之一都是因《森林法》入獄，盜伐現場越南移工已漸漸取代過往原住民的身影，他們流竄中高海拔山林，遇上警察緝捕，會不顧一切跳崖和衝撞。

移工從嚴重被剝削的體系，到現在因資訊較為流通、社群網絡更密切，使得他們有機會自由來去、選擇非法路徑在風險中生活。

不論是童工、少年工，或是失聯移工，這些被拋到勞動體制邊緣的人們對工作和生活也曾有美好的想像。若體制內人們能一起完善既有的法規，捍衛所有個體的勞動尊嚴，也許能減少邊緣者賠上自己健康和性命，減少勞動者的「傷」與「殤」。

參考書目

李雪莉、蔣宜婷、鄭涵文、林佑恩，《血淚漁場：跨國直擊台灣遠洋漁業真相》（臺北：行人文化，二〇一七）。

李雪莉、簡永達，《廢墟少年》（新北：衛城，二〇一八）。

參考資料

李雪莉、曹馥年、陳德倫、詹婉如、藍婉甄、楊子磊，〈異域生養——上萬名移工父母與他們孩子的崎嶇路〉專題報導，「報導者」（二〇二二年九月），網址：https://www.twreporter.org/topics/migrant-workers-giving-birth-in-taiwan

張子午，〈浮屍案背後：前仆後繼的越南偷渡潮有多少？他們如何橫跨黑水溝？〉，「報導者」（二〇二三年五月），網址：https://www.twreporter.org/a/data-reporter-vietnamese-smuggling-route

曹馥年，〈隱藏的全家福——從山區、加工區到社區，數萬移工父母的生子冒險〉，「報導者」（二〇二二年九月），網址：https://www.twreporter.org/a/migrant-workers-giving-birth-in-taiwan

曹馥年等，〈中央山脈裡，那些扎了根的移工家庭〉，「報導者」（二〇二二年九月），網址：https://www.twreporter.org/a/migrant-workers-families-in-central-mountain-range

陳德倫，〈痛苦之後，行動就是你們的事了——蔡崇隆《九槍》用紀錄片扣下扳機〉，「報導者」（二〇二二年十一月），網址：https://www.twreporter.org/a/2022-taipei-golden-horse-film-festival-and-miles-to-go-before-i-sleep

延伸閱讀

李雪莉，〈「歹命」其實是一種社會結構——從《廢墟少年》到《度日》看見的新底層生命〉，「報導者」（二〇二一年十月），網址：https://www.twreporter.org/a/opinion-documentary-in-their-teens

李雪莉、楊智強、何柏均、嚴文廷、楊子磊，〈綁債．黑工．留學陷阱——失控的高教技職國際招生〉調查報導，「報導者」（二〇二二年一月），網址：https://www.twreporter.org/topics/technological-and-vocational-college-foreign-students-become-cheap-labors

李雪莉、楊智強、何柏均、嚴文廷、楊子磊，《報導者事件簿001：留學黑工》（臺北：蓋亞，二〇二二）。

林佑恩，《度日》，第五十八屆金馬獎最佳紀錄片（二〇二〇）。

張子午，〈夏夜裡的那聲槍響——原住民獵人誤殺移工山老鼠，案件背面的多重隱憂〉，「報導者」（二〇二三年二月），網址：https://www.twreporter.org/a/illegal-logging-vietnamese-migrant-workers-shot-by-indigenous-hunter

張子午，〈藏在部落邊緣的工寮——越南移工盜伐產業鏈，對檢警和原民生態的挑戰〉，「報導者」（二〇二三年二月），網址：https://www.twreporter.org/a/illegal-logging-vietnamese-migrant-workers-xinyi-township

張子午、林慧貞，《報導者事件簿002：神木下的罪行》（臺北：蓋亞，二〇二三）。

特寫

創傷的幽靈

如何看見與對待創傷經驗

阿布

我們都活在同一個世界裡。美好的世界，醜陋的世界，光與影，正面與反面。至少在臺灣，大部分的人都生活在光明裡。在那裡不需要擔心自己、與所愛的人的人身安全，安穩的日子會理所當然的持續下去。

但在地球上許多地方，在那些電視裡國際新聞偶然一瞥的角落，這樣的平凡卻是奢求。戰爭、暴力、災難。這些遙遠的名詞，在那裡可能就是人們的日常生活。即使不是那麼遠的地方，在我們的周遭，你或許也曾看過這樣的報導：性侵、家暴、虐待與霸凌。甚至在並不太久遠的年代以前，歷史還看得見國家機器輾過人民身上的痕跡。

這些畫面短暫的出現在眾人的視野裡。然後攝影機被關掉了，記者離開，旁觀的人群散去；但對那些受到傷害的人們來說，暴力還在。暴力在生活裡，日復一日，創傷是生活裂開來的口子，你丟了一顆石頭進去，許久聽不見回音。

美國《精神疾病診斷準則手冊（DSM）》把創傷描述為「實際、或已威脅到要造成死亡、重大傷害或性暴力的事件」，實務上常見於戰爭、酷刑、重大災難或是犯罪事件。遭逢創傷事件顯而易見會影響個體的心理健康，但這樣的關聯在越戰之後才在科學界引起廣泛的關注（當然美國軍方握有的資源也是重要的推力），並在一九八〇年出版的DSM第三版中，創傷後壓力疾患（post-traumatic stress disorder）正式成為一項精神疾患。

時間過去，但創傷的幽靈一直沒有離開。他潛伏在生活裡，在窗簾後面，在床底下，在街頭轉角伺機而動，一點點線索就能召喚他們（侵入性症狀，intrusion symptoms）。或許是光，或許是聲音，或許是當初誰說過的什麼話。負面情緒是一頭狡猾的獸，無論何時何地，都能從裂縫裡伸出觸手，將你抓回創傷的場景。在那裡的痛是真的，在那裡血還沒有凝固，透著鹹味，沿著現實與回憶的交界處流下來。

因此許多人轉身不看（avoidance）。因為太痛了，世界從此被分為與創傷有關，以及與創傷無關的兩個部分。你試著假裝一切如常，與創傷有關的事物，伴隨著那些記憶、情感、思緒，都被收進盒子裡，鎖上一個古老的銅鎖。那個銅鎖握在手裡沉甸甸的，彷彿是心的本身。

因為要繼續生活，你挖了個深深的洞，將盒子埋在裡面，彷彿一部分的自己也同時被埋葬了。你開始懷疑是不是自己做錯了什麼，你覺得周遭的一切是冷酷而絕望的，你把一部分的感覺神經切掉，你從此不再相信神，或報應，或其他更高的力量，否則怎麼會允許這一切發生，而加害者卻沒有受到任何懲罰？因此你變得暴躁、易怒，感受不到幸福；白日你用更多新的血去嘗試為舊的傷口止血，而在夜裡時常驚醒，彷彿那隻狡猾的獸仍然在黑暗中盯著你。

近年來學界將PTSD的概念拓展得更廣，構築了所謂的複雜性創傷後壓力疾患（complex PTSD）。相較於PTSD的症狀偶然被觸發時才會出現，創傷的幽靈在複雜性創傷後壓力疾患的個案裡纏身得更緊、作祟得更頻繁，即使正常生活時也會出沒。受苦於慢性創傷的人像是養著一個不會好的傷口，暗地裡持續發炎，從那裡侵蝕著日常生活，侵蝕著人與人之間的信任。

人遇到壓力時與動物沒兩樣，最原始的本能不過是戰（fight），是逃（flight），或是僵（freeze）。長期的壓力，經由腦部區域（如杏仁核）的活化，透過交感神經與壓力荷爾蒙影響人體運作。一項關於童年期負面經驗的研究發現，當一個孩子遭受不當對待，成年後除了心理疾患或物質濫用風險增加，連糖尿病、心臟病、肺病、中風與癌症的風險也隨之上升。因此那些看不見的傷不只出現在心裡，也確確實實的反應在身體上。

但我有時候會想，當我們嘗試用量表、腦影像學、神經傳導物質或是藥物療效，去捕捉創傷幽靈的時候，是不是另一方面也離它的本質越來越遠了呢？幽靈是沒有實體的，它是一種敘事，一種理解自身的方式，一種被經驗塑造的世界觀。當時創傷的海嘯摧毀了人原本立足的世界，海水退去之後，蒸騰的霧氣產生了幽靈。面對幽靈，我們只能不斷的陳述，陳述，用語言勉強捕捉到它模糊的影子，並且在述說的過程中，慢慢改寫這個世界的樣貌。

目前多數精神醫學、心理學的研究聚焦在創傷對個體造成的影響，無論是生理上，或是心理上。創傷相關疾患彷彿成為一個屬於個人的、單純的腦部疾患，治療和診斷只是個體的事，個體傷癒之後問題就解決了。但大多數的研究者卻若有若無的迴避一個重要議題：究竟是誰，在什麼樣的狀況下，造成了創傷呢？創傷之後，這世界讓仍然不停地發生戰爭、性侵、刑求、暴力犯罪；為什麼我們的社會沒有能力預防下一次的創傷事件？

或許這個問題需要政治學或是社會學者來接棒討論。可能有人會這麼認為：醫學研究是客觀的，而追究創傷的責任是主觀的。研究者應該把心力放在實驗室那些可操縱的變項裡，公平、正義、責任這樣的字眼在學術領域裡彷彿髒話，當一個研究者使用這些字，好像就玷汙了學者的身分似的。

但臨床工作者卻無法迴避這樣的問題。「為什麼施暴的人繼續過著多采多姿的日子，而我什麼都沒做，卻必須吃那麼多的藥，過這種悲慘的人生？」診間裡，個案泣不成聲的說。我無法回答。即使我知道創傷相關的知識，也熟悉診斷與治療，但在這個問題上，我與他一樣蒼白且無力。

感受到那種無能為力，或許才是同理的開始。只是這種壓倒性的絕望太過強大，像是海嘯，沖毀我們生活中的幸福假象，讓人本能地想轉身就逃。因為治療者也會害怕。但治療者的轉身太輕易了，我們可以躲在名為「中立客觀」的高樓上，用一種超然的態度說，都已經過去這麼久了，你為什麼還不放下呢？

放下就沒事了。事情都過去了。就這樣吧，大家日後還要見面，不要把場面搞得那麼難看。或許這是一個聰明的做法，但至少對我來說，這不是一個我會喜歡的做法。為了任何現實層面的理由而不去面對真相，對受害者彷彿是再一次的棄置。就算時間遠了，證據失落了，無法在制度層面究責，但至少要有人認真陪著受害者經歷這一切。在這個時候，認真遠比聰明更加重要。在治療室裡，即使海嘯無從迴避，治療者也會儘量留在個案身旁，甚至轉過身來，面對它。即使撲面而來的海嘯並不是真的發生，但面對它的絕望是真的；即使當初被撕裂的肉體在現實中已經癒合了，但留下來的恐懼是真的。

即使很痛很痛，很怕很怕，治療者也不能逃避。就算什麼都不能做，光是留在那裡，就已經是一種戰鬥。

參考書目

American Psychiatric Association, *The Diagnostic and Statistical Manual of Mental Disorders* (Philadelphia: American Psychiatric Association, 2022).

延伸閱讀

貝塞爾・范德寇（Bessel van der Kolk）著，劉思潔譯，《心靈的傷，身體會記住》（新北：大家出版，二〇一七）。

Marylene Cloitre et al., eds., "Complex post-traumatic stress disorder," *The Lancet* 400, no.10345 (July 2022):60–72.

Vincent J. Felitti et al., eds., "Relationship of childhood abuse and household dysfunction to many of the leading causes of death in adults. The Adverse Childhood Experiences (ACE) Study," *American journal of preventive medicine* 14, no.4 (May 1998):245-258.

慢病緩療，與病共存

與病共存

臺灣當代（乳）癌症散文的多重時間性

陳佩甄

在思考「癌症散文」作品之於臺灣當代文學的意義時，我先在腦中搜尋了臺灣文學的疾病書寫系譜，在我有限觀察裡，經常被討論的類型是「小說」、「詩作」分析，且大多是以第三人稱視角再現「疾病」、強調其「隱喻」的作品。小說與詩作中的疾病類型，身體與精神的殘疾都有；研究則揭示這些疾病在不同歷史時期如何彰顯社會病態、文化內涵、個人倫理。同時，近年在非小說文類以外，亦有廣義「癌症書寫」或「護理散文」，亦多偏向生命故事、醫療制度、社會觀念的梳理。如傳播研究學者紀慧君於二〇二〇年與二〇二一年分別從罹癌的「醫者」與「病者」角度分析疾病敘事，探究形塑病患病痛經驗的社會文化脈絡。一九九〇年代最知名的「抗癌小鬥士」周大觀即曾在〈治癌醫師〉觀照治癌醫師（與父親）的情感狀態與自身病情的連帶；亦有〈治療〉一文從病者眼中看到，常見的癌症療法有如刺客與魔鬼，而父母的陪伴之愛如何抵抗「治療」的恐懼與苦痛。

這些創作與論述累積，呈現的是「疾病」充滿「隱喻」與「社會性」的歷史時間，我則在當代癌症散文作品中，讀到「揭露」與「內在性」構築的多重時間性。如吳妮民於《私房藥》中提及，學醫者在理性學習癌症的知識時反而有了「癌症恐懼症候群」。因為理解癌症的罹患率、而對身上的大小毛病心生恐懼，自省也揭露了醫者的內在狀態。《私房藥》書末也記錄了作者阿嬤罹患淋巴癌後離世的經驗。「阿嬤的淋巴癌，在腹內形成大大小小的淋巴結腫，壓住她的下肢靜脈，且擴散侵穿了她的胃壁。」對比於「惡意疾病自阿嬤的軀體爬出，悄悄地佔據了母與父居住的小公寓，數月間如藤蔓般爬過並雜生於矮櫃、餐桌、地板、書房。」疾病擴及身體與家族，帶出的則是家族內在的掙扎矛盾與秘密。

而在眾多以癌症為主題的散文作品中，我更進一步觀察到「乳癌」成為最常見的題材，也是本文接下來的討論重點。以下各節將集中分析平路的《間隙》與隱匿的《病從所願》，亦將提及游善鈞〈開始寫這篇文章〉與吳妮民的《小毛病》中關於的「乳癌」的再現與回應。這些作品皆直面作者自身罹患乳癌、近身接觸乳癌患者的經驗歷程，以及圍繞著疾病重新度量與顯現的時間性。其中，以詩見長的隱匿曾於書中直言選擇「散文」作為敘事主力，因其認為散文無法留白，而須披露。這些作品善用「散文」的個人性與抒情傾向，讓作品殊異於辯證性的疾病書寫，而偏向倖存者的疾病誌，並為疾病賦予了特定的時間性：一是罹病、治療、暫時痊癒的外在時間，二為非線性的、陰性的、哲思的內在時間。我將在以下三段以「治癒的暴力」討論疾病的外在時間，以「乳癌的多重時間性」討論乳癌散文呈現的內在時間，並提出這些散文作品對於癌症、治療、身體、情感等面向提出修復式思考，能夠將現代日常生活中被擱置的自我時間重新調撥，甚至真正地「朝向與病共存」的未來想像。

✦「治癒」的暴力

> 國民健康署最新癌症年報中顯示，女性惡性腫瘤發生率排名第1位的是乳癌，而且已經多年連續蟬聯首位。……國人由於生活型態、飲食習慣西化，近年來台灣乳癌發生率急遽上升，發生率高峰落在45～69歲婦女……平均比歐美早了大約10歲。……台灣0～1期早期乳癌發現率遠低於美國，原因主要為國內乳癌篩檢率太低導致較少早期發現乳癌。……妥善應用政府免費提供45～69歲乳房X光攝影檢查，使乳癌無所遁形，不僅是醫師的職責也是身為女性的妳應該認識的課題。
>
> ——杜世興，《台灣女性乳癌白皮書》

上方引言中的文字對一般大眾讀者來說，想必一點也不陌生，而且被認為是成年女性應有的「常識」。衛福部國民健康署的「乳癌防治」也多著重強調乳癌是「女性癌症第一名」，並鼓勵定期檢查、以降低生命威脅。「乳癌」是「女性的」癌症，而由臺灣知名乳房外科醫師出版的乳癌衛教書籍，更冠上了「臺灣女性」乳癌白皮書這樣的標題，將議題上升到全體女性國民的層次。然而與衛福部宣導不同在於，這本書在引言直接開出病因（由於生活型態、飲食習慣西化），並不斷以「歐美」作為標準（比歐美早了大約十歲、發現率遠低於美國），更強調女性自身的責任（身為女性的妳應該……）。從這樣普遍化的認知開始，乳癌在「防治」階段的論述生產，即展現韓國文化人類學者金恩靜（音譯Kim Eunjung）於二〇一七年提出的「治癒的暴力」（curative violence）。

「治癒的暴力」指的是「治療」與「痊癒」被普遍認知為一種「好的」表現，而這會帶來象徵性與物質性的暴力。這在許多罹病患者尋找病因與治療的過程中或多或少都面臨過，也可能從朋友、家人、醫者、他人的態度中深刻體驗過。如平路在《間隙》中提及，「告知近親發現腫瘤時，這位近親沒隔一秒，手機中立即反應是：我之前就告訴過你，你作息方式有問題。」這樣無心、卻又傷人心的言語，正是奠基在「治癒的暴力」：你有責任讓自己不生病、病了也要努力好起來。平路寫道：「大多數狀況下，罹患重症的人居於弱勢。病了，彷彿做錯什麼事，別人的『指正』，只能夠默默聽著。」隱匿遇到名醫嚴肅地對他說：「你，必須面對傷口，必須每天察看它，不能逃避。」轉院換了親切的女醫生則更進一步表示：「你要關心你的傷口，給它灌輸正向的意念，甚至要每天溫柔地對它說話。」這些善意的建言，或將「傷口」人性化的修辭，實則更加強化「治癒」的正向與不可避免。

誠然，對於任何經歷過殘疾、慢性病、急性病症、重大疾病的人來說，「被治癒」是一種強大的想望，因為每個人都想要感覺良好；而面對讓我們不適的系統，與之對抗，則會讓我們更加不適。但事實上「健康和完整」，對許多人來說是難以掌握的；反倒是這種治癒的渴望明確、且通行無阻。對此，平路清楚明白的寫下：「正因為以為快樂是目的，才種下許多不快樂的源由。」且更進一步批判思考到：

貼文中呈現的幸福快樂？修圖軟體所合成的幸福快樂？其實，都是別人眼中的幸福快樂。想想看，這個框架其實無趣、僵硬，也缺乏想像力，而這個媚俗的框架更關係著我們社會怎麼定義孤單的人、失志的人、罹病的人，也關係著淪落於框架之外的人，為什麼害怕被貼上標籤，成為所謂的「異類」。

這段文字十分有洞見地指出了，「患者」成為「異類」並非因為「疾病」本身，而是「框架」，已故美國作家、《我在底層的生活》的作者芭芭拉．艾倫瑞克（Barbara Ehrenreich），則更直指這些框架的運作。艾倫瑞克於二〇〇〇年被診斷罹患乳癌後，隔年將其對於疾病的反思與觀察經歷寫成〈歡迎來到癌症樂園〉一文，批判乳癌的「粉紅商機」；乳癌基金會與製造致癌物的大企業製造大量粉紅商品，來粉飾疾病。之後於二〇〇九年出版的《失控的正向思考》首章即探討乳癌的文化建構與「常態化」論述，將乳癌視為正常的生命週期症狀，網路專欄也不斷強調患者要開朗樂觀、積極面對這種疾病，似乎罹患乳癌是一件「OK的事情」。對艾倫瑞克來說，「不OK」的當然不是「罹患乳癌」這件事，而是圍繞這個疾病所生產出來的消費性以及過度正向的論述。

平路對於「快樂」的省思非常貼近金恩靜（Kim Eunjung）對於「治癒」的質疑，她自省「幸福快樂的標準，屬於這類罐頭程式。想想看，怎麼樣才是幸福快樂，哪有既定的標準？……病過，我告訴自己，就眼前這樣，這樣就是好的」（頁二七、二八）。需要特別指出的是，平路並不是在否定「快樂」與「治癒」，而是不將「治癒」所允諾的「快樂」與「未來」視為現在生活、社會規劃的準則，生活的準則，就是「現在」。雖然「活在當下」是許多人都曾聽過、有過的念頭，但現代社會中的「線性時間觀」強力定義著人們對自己的生活與未來的想像：過去即是倒退未來則是進步，談戀愛接著結婚然後生小孩，生病就要想辦法治療並痊癒，就如「治癒」的理所當然與未來性會帶來暴力。而「現在」這個時間性（temporality）或許就是平路書名與書中的核心題旨：間隙。

✦乳癌的多重時間性

平路提出的「間隙」作為一種時間觀，正是打亂了線性邏輯，提出一種複數、多重的時間性，這在本文討論的作品中，分別呈現為「暫停」、「重置」、「非線性」三種時序與內涵。游善鈞因妻子罹患乳癌而有了〈開始寫這篇文章〉，吳妮民的〈流沙圖〉以「開始時，怎麼發現的呢？」記錄患者的記憶刺點；平路在二〇一九年下半年經歷兩個癌症確診（肺腺癌與乳癌）、接受了兩次手術，隱匿則在二〇一三年罹患乳癌、後經歷一次復發。這些作者近身、親身經驗乳癌後寫下的散文作品，凸顯了乳癌的多重時間性。

乳癌手術後的治療以數年起跳，年度的、半年的術後追蹤檢查、每三個月的長期處方箋、每個月拿藥、每天吃藥，時間感就圍繞著疾病重新度量。但這些屬於疾病的「外在時間」，帶來的是罹病者人生與身體內在時間的「暫停」。如游善鈞寫到妻子提出「生孩子的計劃，可能要延後了。」因為「在我和妻的計劃之中，三十歲，是準備迎接新生命的前一年，癌症，並不應該出現。」這樣的暫停中斷，就如平路與隱匿分別寫道：

> 時間斷裂開來，懍然於衝擊肉身的巨大力量。

接著進入醫療程序，與正常運轉的世界……彷彿拉起一道簾幕。明天、下個月、明年、後年，不敢想下去。「到時候我在哪裡？」心中存著問號，很難把日後的計畫視為理所當然，因為不確定身體狀況怎麼樣。

這樣的被迫中斷，莫非藏著珍貴的禮物？

——平路，《間隙》

因為病，我們群聚於此，像是進入一種永恆。在苦澀和痛楚中，一束光從窗口進來，穿過無盡的長廊，照亮了我們，燃燒了我們，讓我們突然想起，那些被拋棄在外的事物。此刻，它們的珍貴性變得可疑，連帶的也讓我們懷疑起此時此刻，呆坐在這裡的我，我，是真實的嗎？

——隱匿，《病從所願》

透過「外在時間」的打亂，兩位作者在討論「罹癌原因」時都自覺地檢視起自己的性格，罹病倒是帶來了心理的（而非身體的）療癒之路。隱匿將佛教的「業從所願」（心願夠強大得以改變累世業障）轉換進書名，也經常引用尼采對於生病與健康此二元對立思維的批判（「生病是健康的契機」），更認為生病的癥結不是做「錯」了什麼，而是叔本華式的「自願」。平路在罹病前後都讓身心思考趨向禪思與靜坐，罹病後經常提到的是叔本華對於（幸福快樂的）因果的哲思。佛禪、哲學是「暫停」的思維機制，帶來心靈的縫合與重整。

而透過上面的「暫停」，兩位作者進一步思索的共同主題則是「習慣」與「親緣」。隱匿「重視精神、忽略肉體」的慣習，更一夜之間改變「無奶不歡」的飲食習慣；平路也驚訝於丟開原本數十年的習慣可以這麼容易，「原來它不是我的部分，說改就可以改。」但這些改變與重置倒也不完全是為了「癒病」，而是對於鬆開「我執」的一種體悟。這些身體性的慣習，也帶來對於「關係」中的慣性與積習的省悟，但這同時也是「乳癌」經常被賦予的一種社會認知：會罹患乳癌，與「親密關係」的破損有關。

德籍醫師 Dr.Ryke Geerd Hamer 指出，有幾種癌症和心理情緒密切相關。比如與甲狀腺癌相對應的情緒是：個性急躁，常有力不從心之感。至於乳癌呢，居然左右邊還有不同，那報導是這麼寫的：「左邊乳房：與親人（小孩、家庭、母親）的衝突。右邊乳房：與夥伴（配偶）或其他人的衝突。」——我是右邊。

——隱匿，《病從所願》

一位罹癌的朋友告訴我，她感覺到外界狐疑的眼光，還有人意有所指，悄悄問她的婚姻是否另有隱情……朋友聽過的講法是：「罹患乳癌的女人，都是沒有丈夫愛的女人。」

——平路，《間隙》

對於這些坊間流傳著的、乳癌的成因之一可能來自親密關係的破損或缺憾，平路不同意「愛的缺失」之說，隱匿亦與「母愛過剩」之言絕交，但他們依舊認為疾病與自身的歷史息息相關。兩人無獨有偶地都仔細回顧起人生遭遇與「伴侶」和「母親」的關係。我不可避免地注意到其中被凸顯的「陰性時間」，那是來自於「乳癌」的陰性化特質（但請注意，男性一樣會罹患此癌症），更可在兩位作者經常提及引用的人物（也罹患過乳癌的蘇珊・桑塔格、西西、佐野洋子、樹木希林、塩田千春）中看到單一性別傾向。但兩位作者並非在「陰性化」（桑塔格式的批判）自身的疾病，而是贖回被懸置已久的陰性時間。

當我讀到平路透過疾病思索「喜歡的樣子」，在疾病重新定義的時間中、重新看待創作與閱讀的間隙，或隱匿在自己的傷口看見不可勝收之「美」——第一次手術長長的疤痕如問號（因此她將之取名「小問」與之好好相處），復發後第二次手術則在問號旁邊加了「刪除線」——或全乳切除後的平坦甚至內凹的區塊甚至成了貓咪最愛窩著的地方，也因自己的悲傷讓共處的生命也共病。這些片段的「陰性」在於將正反融合涵納，而非自外於主流的時間（工作、家庭、再生產），更凸顯的是生命中非線性與循環的歷史時間。

✦朝向與病共存

《間隙》與《病從所願》在承認有治癒的暴力、疾病偏執的前提下，提供了更深層的思考與感受。如平路在閱讀《好走》這部作品後說到：

以切近患者的語言來說，罹患過重症的人都盼望著有療癒的可能。至於什麼是『療癒』？什麼是英文裡的healing？《好走》由healing的字根找源頭，意思是恢復完整的過程。《好走》書中定義的「療癒」，就是恢復每個人原有的完整性，「心智與心靈在圓滿漫溢的時刻復歸平衡的現象」。

隱匿在投身思考病因、治療與人生經歷的偏執閱讀後，更深化了這些舉動的意義：

在罹病之後反省過去種種，並在其中找到啟示與意義，這是人之常情，甚至可說是天賦人權。就算最後證實，癌真的只是單純病因，與環境或性格無關，那也不妨礙我們在其中找尋意義。

重點是，疾病的意義應該由病人自身來思索與挖掘，那就像是對病前總總的重新整理，若由他人來強加於病人頭上——比如斷言是因為祖先造孽或者因未生育而罹病——那就是對病人的二次傷害，不僅是白目而已，更是極為卑劣的行為。

創作者們透過自身省思提醒，揭開治癒的暴力與虛假承諾時，直面治療的詞彙、精神和時間邏輯，以召喚多個視野，不僅是未來的，也是現在的。就如同平路對於「間隙」與當下的掌握，隱匿寫下〈時間之病〉：

平常的時候
我把每一天
都放在未來
……
病的時候
我知道每一天
都是今天

由這樣的時間性重構，兩部散文作品示範了文學具有的修復功能：不著力於對疾病的對抗，而是強調病者的內在經驗，贖回被擱置的陰性時間、人生時刻、以及親密關係。甚至是真正的，與病共存。

參考書目

平路，《間隙》（臺北：時報，二〇二〇）。

隱匿，《病從所願：我知道病是怎麼來的》（臺北：聯合文學，二〇二二）。

吳妮民，《私房藥》（臺北：聯合文學，二〇一二）。

吳妮民，《小毛病》（臺北：有鹿，二〇二一）。

杜世興，《台灣女性乳癌白皮書》（臺北：時報，二〇二二）。

周大觀，《我還有一隻腳》（臺北：遠流，一九九七）。

紀慧君，〈受傷的醫者：罹癌醫師的疾病書寫研究〉，《中華傳播學刊》第三八卷（二〇二〇年十二月），頁一七九—二一四。

紀慧君，〈癌症病患的自我敘事分析〉，《南華社會科學論叢》第九期（二〇二一年一月），頁六三—九〇。

游善鈞，〈開始寫這篇文章〉，第三十五屆時報文學獎—散文組評審獎作品（二〇一二）。

芭芭拉．艾倫瑞克（Barbara Ehrenreich）著，高紫文譯，《失控的正向思考：我們是否失去了悲觀的權利？（新版）》（新北：左岸文化，二〇二〇）。

Barbara Ehrenreich, "Welcome to Cancerland: A mammogram leads to a cult of pink kitsch," *Harper's Magazine*, 303 November 2001, 43-53.

Eunjung Kim, *Curative Violence: Rehabilitating Disability, Gender, and Sexuality in Modern Korea* (Durham: Duke University Press, 2017)

延伸閱讀

王幸華，《日治時代疾病書寫研究：以短篇小說為主要分析範疇（1920-1945）》（臺中：東海大學中國文學研究所博士論文，二〇一六）。

李欣倫，《戰後臺灣疾病書寫研究》（臺北：大安，二〇〇四）。

林佩珊，《詩體與病體：臺灣現代詩疾病書寫研究 1990～》（臺中：中興大學臺灣文學研究所碩士論文，二〇一〇）。

唐毓麗，《罪與罰：臺灣戰後疾病書寫研究》（臺中：東海大學中國文學研究所博士論文，二〇〇六）。

陳佩甄，〈疾病的「時間性」：《間隙》與《病從所願》的修復性書寫〉，「Openbook 閱讀誌」，網址：https://www.openbook.org.tw/article/p-66076

黃勝群，《臺灣護理散文研究：以趙可式、林月鳳、胡月娟、洪彩鑾為例》（新竹：國立清華大學台灣文學研究所碩士論文，二〇一八）。

慢老，久病，故事多

當慢性病進入疾病書寫

栩栩

慢性病（chronic disease）一字，字源為希臘字根chron-，表時間，其出處進一步可追溯至古希臘神話裡掌管時間之神Cronus。中外對照，不難察覺對慢性病的描繪中普遍存在著一道時間之軸：時間既為病症緩慢膠結固著的基礎，其好轉與惡化，往往也與時間息息相關。

拜醫療科技進步所賜，如今，人類平均壽命（life expectancy）較五十年前大幅上升，這多出來的時間，顯然得自與疾病的拔河——許多從前被視為傳染病、絕症的疾病因治癒率提升而紛紛回歸慢性病之列。比起五十年前，慢性病的範疇更寬廣了：與慢性病相對、坐落在光譜另一端的急症，時不時與慢性病互有穿插融匯：當慢性病逐漸失控，旋即爆發為一次急症，而急症也會轉型為需長期追蹤控制的慢性病。甚至，不同慢性病之間彼此聯手，交會作用，謂之共病（comorbidity）。攤開每年十大死因，慢性病連年穩居一半以上席次，隨之而來在心理面、經濟面、社會面造成的巨大衝擊，不禁引發我們重新思索這究竟是科技勝利的新頁，抑或反而揭開了意想不到的苦難一章？

「死亡之門成千上萬，由人自行。」約翰．韋伯斯特（John Webster）的名言放諸今日仍然不假，只是，死亡之門變窄了，彷彿也變得更遙不可及。換言之，死亡越來越少借著戲劇化的轉折現身，它恆常以慢性病之姿陪伴在你我身側，更細緻而全面地滲透人的日常與一切感知。

✦從戰勝到共生，從非我到我

人如何描述疾病，經常反過來形塑了人對疾病的認知。最常見也最直覺的劃分法莫過於以此身為界，在我之外，又或在我之內。在我之外，就有了除之而後快的可能——從軍事術語挪用隱喻，在疾病敘事中，早已司空見慣。軍事化修辭使人與疾病自然而然互為對立，然而，當疾病的內涵發生變化以後，語言亦隨之轉向，從戰勝到共生，固然反映了健康管理策略的調整，同時也等同承認疾病之為我的一部分。

這個新的、生病的我，首先，將迎來一連串現實的變動。黃柏軒《腎友川柳》以新手腎友之姿記錄洗腎人生，〈瘻管〉：

「你的瘻管已經成熟了。」醫生說
聽起來像某種水果
掉落在熱帶的沙灘

新的血管，新的作息與飲食原則，身體是經驗世界的起點，當疾病介入，世界的暗面於焉向我們展現。黃柏軒寫體內尿毒累積與電解質不平衡引發皮膚搔癢，需服藥止癢，〈止癢藥〉：

吃了止癢的藥

連其他的感覺都減少了
好像活在清醒夢裡

須注意水份攝取，〈最高享樂〉：

限水之後
連喝水
都變成享受

也睡不好，〈幸福感〉：

吃了新藥
睡到中午
微微的幸福感

自嘲與自娛交織，時而笑著笑著就哭了，時而又使人破涕為笑。診斷與治療或能暫時緩解肉體苦，然而，對於修復患者因病而斷裂的自我認同，恐怕無能為力。詩人林彧中年中風後體力受限，練書法以復健，〈餘不一〉：

而右手逐漸甦醒的我
也寫下：餘不一
那也只是說：
就這樣囉，多談無益

此之不說，其一是病中辛酸不足為外人道；其二，恐怕是誠不能也。《一棵樹》所收詩作量體偏短小，以少取勝，應與中風後行動不便不無關連。詩人的沉默，遠勝千言萬語。病中減少酬酢，家與醫院兩點一線，風景如此單調，一切似乎都圍繞著病轉動開展；而慢性病的「慢」，讓時間感從此失準，黃柏軒〈潛水鐘〉：

整個人
被塞在這個身體裡
動彈不得
一輩子

慢不是福音。慢之消耗，慢之無限期，幾乎使人面目全非。唯有認識到「慢」實乃疾病事件中的一環，我們才可能真正觸及慢性病的本質。慢作為疾病的主調，難免反覆，難免牽連甚廣——值得注意的是，慢也會讓人不自覺落入輕忽、延宕或推諉的陷阱之中。是以，從病而生的種種受苦經驗，便時常混和為一團龐大而不容易具體言說的感受。

疾病在肉身上切割出複雜的風景，而治療乃至復原過程中帶來的不適，亦絲毫不亞於疾病本身。林彧〈失眠。一條根〉：

> 痠麻在作亂，從筋骨
> 深處，發作起來，夢都震裂

起初以為痠麻是中風的併發症，但事實不然，那竟是知覺徐徐復甦的表現。

無獨有偶，宋尚緯在《再也沒有蒜苗佐烏魚子了》分享求醫甘苦談，病苦、治療苦和復原之苦重重疊合，界線極其模糊。自序中寫道：「中醫的治療過程其實是很反人類直覺的。」西醫尚能將健康量化為諸多指數，中醫全靠親身摸索，難就難在，症狀與起因未必總是以點對點的形式出現——遑論共病讓其間機轉與作用益發錯綜——重新聆聽身體，學習如何使用這個有病的新身體，於焉成為慢性病患無可迴避的課題。書中中醫師看似料事如神，其實高度仰賴患者反饋，醫病攜手共學，各有功課與領會。

生理的疼痛或失能畢竟肉眼可見，心理上的不確定感則難以取信於人。學者 Merle H. Mishel 會以疾病不確定感理論解釋之：當患者遭遇疾病刺激時，對疾病隱含的診斷、治療、住院及預後產生歸納與認知，並試圖建構其意義。假若過程受阻，不確定感就會出現。對照宋尚緯筆下一個又一個問號——對疾病、治療（方向與成效）甚至自我所衍生的疑惑——醫學和文學在此雙軌並行，共同勾勒出慢性病患充斥著失控和懷疑的日常風景。

甚至，慢性病也會轉而成為道德上的汙點。慢性病發展趨於漸進，於是更強調預防與控制的重要性，當疾病惡化，患者本人自然變為眾矢之的。你的病不只是你的病——健康是一種責任，個體的盡責與失職都會被迫攤開在大眾面前，供任何人放大檢視。

是以，從戰勝到共生，就表面而言，像是退而求其次的不得不，但其中所蘊含的主權讓渡：從非我到我，從舊我到新我，毋寧可視為人作為疾病主體所跨出的一大步。站穩了，接著才有餘力回望過去，重新爬梳因果；又或像隱匿《病從所願》，由己身經歷出發，鼓舞病友。說來輕巧，這一路實際上多有搖擺與拮抗，肉身屢屢因拉鋸而碎成無數碎片，而後又再次黏合，化作更強壯的新我。

我已非我——然而，箇中轉折有其連續性與意義，新我與舊我，終於接通了彼此。

疾病使人孤獨，也使人越發強韌。黃柏軒和宋尚緯藉著黑色幽默化病痛為力量；林彧將目光移至窗外草木，四季更迭，草木一歲一枯榮，受自然生命力感染，亦偶作奮發語：「崎嶇詩路引領，我要拄筆登頂」(〈晨起〉)。豪情依稀不減。此外，還有飽嚐幼年型類風濕性關節炎之苦的杏林子，《生之歌》出版已久，卻依然溫暖，光亮，安慰無數仍在死蔭幽谷中跋涉的患者。

儘管如此，過度闡揚生命鬥士的偉光正，未必百利而無一害。其他患者可能因而倍感壓力，閃躲，擠軋，漂向更邊緣的位置。醫師伊莉莎白・庫伯勒－羅絲（Elisabeth Kubler-Ross）提出的悲傷五階段——否認、憤怒、討價還價、沮喪、接受——固為人之常情，然而，我們也必須謹記，人如何經歷疾病各有其獨特且個人的感受，人的選擇，也各有其背景脈絡。疾病敘事就像疾病本身一樣，千人千面，當它不符合外界想像和期待時，最起碼，也應當獲得同等的尊重。

所以不只要開口，還非得大聲不可，因為事涉主體——疾病鎔鑄出面貌各異的新我，然而，自始至終，我才是敘事的重心。疾病書寫，乃是病體之我的再發聲。

✦自我管理與照顧資本

新自由主義影響所及，照護重責由國家、醫療專業團隊逐步往個人傾斜，個人儼然成為慢性病控制成敗的關鍵。「自己的身體自己顧」，類似口號不只召喚責任感，還企圖激發幽微的羞恥心。

平心而論，將自我管理應用在慢性病照護上不但行之有年，其成效也廣獲實證研究支持。然而，管理實務上涉及一整套嚴密的疾病監控知識與技術，其紛繁瑣碎，在宋尚緯文中可見一斑。意願很重要，但徒有意願，未必就保證了成果。此外，訴諸自我管理，是否為了淡化資本主義社會下的結構不公所導致的健康不平等呢？健康照護與醫療保健作為基本人權，分布從不均質。當一個人生病了，他所能得到的照護資源，主要取決於原本其所處的城鄉空間、社經地位與社會網絡。而慢性病的疾病特質，無形中則令事態益發失衡。

老病殘窮，環環緊密相扣。健康不是那麼理所當然的事。而照護恐怕也不若我們既定印象中的扁平，在《受傷的醫者》一書中，卡洛琳．艾爾頓（Caroline Elton）提醒我們照顧資本的重要性：

一個人執行情緒性工作的能力，也就是照顧其他受苦的人，完全取決於那個人自己所接收到的照顧品質。就好比一個人去照顧其他人的潛能，是以他自己過去和目前所累積的照顧資本（caring capital）形式為基礎。如果一個人覺得沒有受到照顧，在情感上已經消耗殆盡，要去承擔另一個人的苦難，就會有情感承擔上的困難。他們在提供照顧上也會有困難。

這段話適用於所有照顧者——當然，也包括那些自己照顧自己的人。

按卡洛琳．艾爾頓所言，人人互為鄰人，對他者而言，我們都扮演了廣義的照顧者角色。而照顧之艱難，不正因為它不只涵蓋醫療與日常，也必須顧及心理健康嗎？因此，放自己一馬，實屬必要：被下了忌口令的宋尚緯偶爾一享口腹之樂，黃柏軒對麥當勞由衷感恩讚嘆，乃至於隱匿堅持拖著病體照料愛貓，其間利弊得失，旁人不能代為計算。與其高舉自我管理的大旗，動輒施加情緒勒索道德審查，不如少點苛責，多點同理。

✦針尖上的照顧者

當自我照顧不足以抗衡疾病帶來的衝擊，就是照顧者（caregiver）登場的時機了。

說來或許令人難以置信，不過，從踏入醫院的第一刻起，出院準備就已經同步啟動了。出院後，照顧重責一般交託給機構、家事移工或家庭成員，以有償或無償形式，持續運轉著。

醫學進步，扭轉的豈止是一病一人而已。只是，患者訴苦道痛，無論以臨床抑或書寫的觀點切入，皆被視為天經地義，反觀照顧者，來回奔波於日常、工作與無止境照護支持之間，蠟燭多頭燒，卻時常身陷失聲窘境。

還好有文學。文學不僅讓疾病之我被凝視，得安慰，也一併照見了被疾病漩渦捲入的我們。李欣倫〈接下來發生的事〉寫女兒意外遭燙傷，她身兼母職和主要照顧者，自責又愧悔，恨不能以身相代；視角調轉，零雨《女兒》以女兒身分回望母親晚年，成日與褥瘡、潰瘍和大小感染為伍，病體堆疊，在悲泣和惡臭之外，隱約浮現一道如河流般綿延貫穿一代代人的親族血脈。

位置左右了視角與情感，而疾病別也招來不同的考驗。廖瞇《滌這個不正常的人》自揭家有繭居族，同在屋簷下，繭裡繭外各自表述。弟弟像是住在家裡的外（星）人。照顧絕不只是一種單向而充滿溫柔的勞動，照顧者和被照顧者之間，時時湧現衝突與撕裂，也存在著理解之不能，共情之極限。江佩津《卸殼》陪伴癌母抗癌，生命乍看彷彿擱淺，但癌症也讓軌跡逐漸疏遠的母女再度有了交集。直到母親不在了，她的付出還沒結束，江佩津轉而扣問自殺者遺族如何調適，如何重建日常——留下來的人，收拾好殘局，日子總要過下去。照顧者遭遇的種種壓力既貼身又尖銳，假如將照護者比喻為天使，想必也是針尖上的天使，一步一踉蹌，搖搖欲墜。

近年來，照顧者的自我照護議題逐漸搬上了檯面。助人之餘，照顧者也亟需支持、理解和喘息，利他和愛自己之間的平衡永遠處於動態之中，不斷修正，不斷尋求更多對話。

還好有文學。在醫學不能及不可治癒的角落裡，文學堅守一旁，默默陪伴——看似消極無益，卻與美國醫師特魯多（Edward Trudeau）的墓誌銘：「To cure sometimes, to relieve often, and to comfort always.（有時治癒，常常幫助，總是安慰。）」不謀而合。我們永遠不會孤身一人，因為文學還在場，代替我們記錄、質問與哀悼。文學陪伴我們，而話又說回來，人們最需要的往往也只是陪伴。

參考書目

卡洛琳・艾爾頓（Caroline Elton）著，林麗雪譯，《受傷的醫者》（新北：木馬，二〇二〇）。
江佩津，《卸殼》（臺北：大塊，二〇二〇）。
宋尚緯，《再也沒有蒜苗佐烏魚子了》（臺北：啟明，二〇二二）。
李欣倫，《以我為器》（新北：木馬，二〇一七）。
杏林子，《生之歌》（臺北：九歌，一九九五）。
林彧，《一棵樹》（新北：印刻，二〇一九）。
林耀盛，〈逆向呈現與過度呈現之間：慢性病患者的身心受苦經驗〉，《生死學研究》第九期（二〇〇九年一月）頁一—四三。
高夫曼（Erving Goffman）著，曾凡慈譯，《汙名：管理受損身分的筆記》（臺灣：群學，二〇一〇）。
許爾文・努蘭（Sherwin B. Nuland）著，楊慕華、崔宏立譯，《死亡的臉》（臺北：時報，二〇一九）。
黃柏軒，《腎友川柳》（臺北：愛文社，二〇二一）。
零雨，《女兒》（新北：印刻，二〇二二）。
廖瞇，《滌這個不正常的人》（臺北：遠流，二〇二〇）。
隱匿，《病從所願》（臺北：聯合文學，二〇二二）。
蘇珊・桑塔格（Susan Sontag）著，程巍譯，《疾病的隱喻》（臺北：麥田，二〇一二）。
Elisabeth Kubler-Ross, *On Death and Dying* (London: Routledge, 1969).
Merle H. Mishel, "Uncertainty in illness," *Journal of Nursing Scholarship* 20, no.4 (December 1988):225-232.

延伸閱讀

Barbara Ehrenreich.（2018）*Natural Causes: An Epidemic of Wellness, the Certainty of Dying, and Our Illusion of Control.* England: Granta Books.
安瑪莉・摩爾（Annemarie Mol）著，吳嘉苓、陳嘉新、黃于玲、謝新誼、蕭昭君譯，《照護的邏輯》（新北：左岸，二〇一八）。
江佩津，《修復事典》（臺北：大塊，二〇二二）。
芭芭拉・艾倫瑞克（Barbara Ehrenreich）著，葉品岑譯，《老到可以死》（新北：左岸，二〇二〇）。
蔡篤堅編著，《人文、醫學與疾病敘事》（臺北：記憶工程，二〇〇七）。

生病如果是一趟自助旅行

三位臺灣作家的痊癒路上

陳宗暉

✦陪你一段的旅伴

我也有慢性病，身患自體免疫疾病。失序的免疫系統陸續侵犯自身的器官，漫漫十餘年，時壞時好，慢慢地削弱意志力再重建意志力。我時常在想，如果可以把生病與求診的歷程當成一趟自助旅行，扛著過重的背包，獨自登山。旅行沒有盡頭，只有假山頭；痊癒沒有止境，只有間隙。痊癒是漫長的旅行，時而有伴，多半仍是踽踽獨行。

有些慢性疾病至今仍是束手無策，醫師與病人都在力求與疾病和平共處。疾病亦敵亦友，病人要做的不是增強免疫力，而是要平衡免疫力。但或許沒有完美的「平衡」，進退之間仍須取捨。平衡是自己的身體感受說的算，還是健檢數字說了算？必須隨時接受變化，變化才是常態。

即使是同一種病在不同人的身上也會發生不同的反應。生病是自助旅行，自助人助，途中遭遇各種積習與文化的互相照應。當疾病不得不成為一種寫作素材，病到覺悟，利用空檔回來報平安，久病戀世，寫作的病人其實是在提供另一種看待世界的方式。越是悲觀越是樂觀，越是哀傷越是歡樂。那麼遙遠那麼痛苦所結出來的果實，其實都是痛苦後的溫柔，憤怒後的說笑。人的強韌程度，取決於逆境病痛虛弱時。

病佐生活。那是只有病中才能看見的世界。那是只有病中才能遇見的人。那是只有生病才能體會到的健康狀態。那是只有生病才能完整的生命；有些物事與感覺再也沒有了，然而也因為失去而有了新的開啟——儘管是後見之明，儘管是倖存者偏差。新的身體感與新的時間感，以及病途路上巧遇的旅伴。本文想分享的是，在疾與療之間，同為慢性病人的我們，如何因為閱讀與寫作而互相療癒。

✦ 如果多給你三年：杏林子的輪椅形象

十二歲那年罹患類風濕關節炎，全身關節逐一損壞的杏林子，一生創作多部作品鼓舞讀者，是課本作家亦是知名病人。杏林子寫作勵志小品，無非是想提醒讀者，罕見的慢性病一旦控制得宜，也可與之共處。自稱「一時好不了卻也一時死不了的慢性病人」，深知自己對於廣大讀者的影響力，在關節受損的情況下，每一篇手稿可謂字字痛苦，笑中帶淚。病人的樂觀開朗，都是痛苦灌溉而來。首先必須安慰並振作自己，才有勉勵他人的可能。

杏林子的輪椅形象深植人心，然而，二十三歲的那一年，歷經兩次矯正手術，曾經有過三年的時間可以離開輪椅、行動自如。失而復得，得而復失。宿疾復發的雙重打擊，遠比初病時還要難受，「從來沒有一個醫生告訴我，類風濕只會暫時緩解，隨時都有復發的可能。」與病相隨，直到十多年後的三十五歲那一年，《生之歌》才自印出版。三年，是短還是長？如果只給你三年。如果再多給你三年。

離開輪椅的這三年，開展後續投入社會運動的契機，進而爭取身心障礙者的福利。當時不知道只有三年可以自由行動的杏林子，盡情遊歷，這也促使她後來創立伊甸基金會時，樂於舉辦山海營隊：中橫健行、攀登玉山、墾丁潛水，讓身障者也能適度親近山海。「直到今日，我仍是愛瘋愛鬧，只要體力許可，逮到機會總不忘遊山玩水。儘管坐著輪椅，關節痛得不能動彈，依然走南闖北。」

病後五十週年出版《俠風長流》，是回憶錄，也更廣泛地記錄了一生自立與自尊的歷程，除了闡述心聲，亦為弱勢發聲。〈三年密約〉自述與周而復始的疾病共處的艱難，一生總在面臨失去與復健的杏林子，想以三年為期，如果三年內無法痊癒，就要「用自己的手結束這個殘破不堪的生命」。不停續約的三年密約，除了歸功於宗教信仰的支持，其實也是因為自助而人助。病中人，常常只能以小幅度的時間單位，緩慢將虛弱的生命向前推進。想起離開輪椅的那三年，支撐後來由輪椅推動的三年又三年。

生命中的三年，決定一生。「只要關節疼痛不超過巨痛，大致不會影響我的日常作息。我已自病抽離，病是病，我是我，兩不相涉。」適度抽離，也是面對病痛的方式。「這也是為什麼重病在身，仍能做許多事的原因。」

從前醫生對她的鼓勵，如今由她轉述給病友：「沒有退步，便是進步；沒有大痛，就是不痛。」免疫疾病如此，生活中的瓶頸有時亦是如此。「經常聽到有人對我說：『我一想到你的病，我這點小毛病算什麼！』」儘管病痛無法比較，但這亦是疾病書寫帶給讀者除了勵志以外的感受：歷劫歸來的作者寫下的血淚字句，引發讀者的慶幸並自覺僥倖。

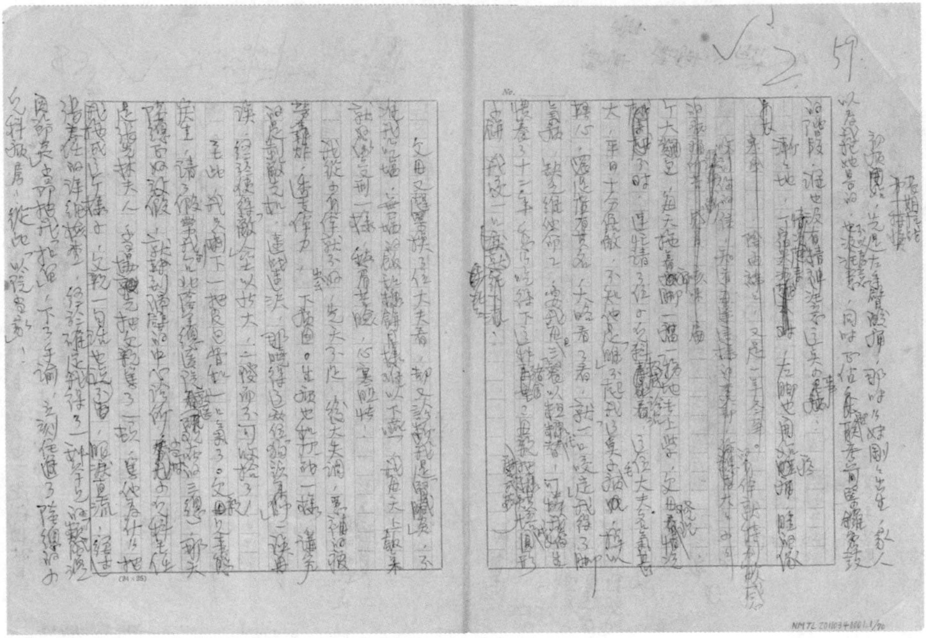

《杏林小記》記錄劉俠面對類風濕關節炎的病痛與醫療之過程，此手稿呈現出劉俠即便雙手不便，仍然持續寫作的意志。

圖片提供：國立臺灣文學館

「我奮發，我寫作，只為了證明自己不是一個廢物。」昔日因病而來的挫折與自卑，在此透過作品暢銷與社會認可，化為自立與自尊。創辦伊甸基金會，同時也開辦職訓班，協助身障者在工作中建立自信。除此之外，臺北捷運建造時，起初並無規劃無障礙空間，亦是伊甸向市府陳情，無障礙環境才逐漸受到重視。

伊甸基金會或許就是杏林子的兒女吧，病房相聚，「伊甸的孩子在我床前唱『生日快樂』，並且湊分子買了一百朵粉紅色的玫瑰花送我，希望我長命百歲。」人世情分，延年益壽。病榻之中依然「愛瘋愛鬧」的杏林子，「母親一見女兒如此瘋瘋癲癲，剛好一點就不安分，只有歎息不已。其實他們不知道，我這人之所以一直不容易死掉，其原因就在此。」每一次的自認不死，其實就是再續三年。充分把握每一次的好轉，病人有一天即使不在，街頭上的輪椅精神常在。

✦讓雞胸肉好吃的方法：宋尚緯的口腹之獄

類風濕疾病的蔓延，讓杏林子漸失行動自主，甚至，「連吃一口心愛的牛肉乾的權利也被剝奪了，因為咬不動。」

咬不動牛肉乾與被迫不能吃牛肉乾是不同的悲情。疾病如果是放縱的苦果與受刑，宋尚緯《再也沒有蒜苗佐烏魚子了》的厭世、無奈感，反而帶來以痛鎮痛的能量。因為不快樂，更顯得快樂難得。因為禁食與偷吃，更顯食物的美味。所謂的「再也沒有」，除了珍重往昔，其實也有打開未來、另闢蹊徑的可能。

此書的內容，「從一開始就不是為了出版而寫」，只是發表在社群媒體上，「寫起來很好笑，但當下完全笑不出來」，這是求診的病人與中醫師的對話錄，亦是病人透過中醫的邏輯，與自己的身心（包括各種器官與情緒）重新認識。「沒有生病、沒有受傷，我們很難意識到身體的存在。」曾經，想吃就吃，是最療癒的事。「雖然每一次吃了之後大多都是後悔的，有段時間甚至吃完我就直接還給世界，但我還是願意為了那片刻的愉快犧牲一切。」

此時快樂的代價。醫生的每一句評價，都像是身體釋放的抗議：「你就是一失口成千古恨。」不是上吐下瀉，就是卡住，「這些就是你吃進去那些很快樂的東西。」生病才知道快樂竟然高速導向痛苦，「你現在就是動氣必吐，吃錯必拉。」生病才知道，如果這真的是排毒法則，那我應該就會逐漸通往乾淨清爽。吐後之所以感到舒服，是因為吐的時候太難受了。口腹之獄，通往療癒。

「養生」在書中帶來的試煉猶如「雞胸肉真的很難吃」。而那些養生法則，其實也有科學根據，「我所有醫生（跨科別與中西醫）共同的醫囑：不要生氣。」為什麼呢？「因為你生氣會擠更多血塊出來啊。」所謂的「用生命在生氣」，是發炎的、流血的憤怒。透過醫師的針砭，感受到體內長久積累的憤怒未消：「整個結住了啊，我針下不去就知道需要打開。」

需要打開，但什麼才是打開的正確方式？按照中醫的邏輯，覺得左邊有問題，但其實是右邊在緊。「眼睛狀況越好，看得越不清楚」。身體在恢復的時候，中醫的說法總是「違反人類直覺」。雞胸肉好不好吃見仁見智，但有沒有讓雞胸肉更好吃的方法？如果整趟痊癒的路上都是一種排毒，什麼才能讓受苦的病人相信總有一天霧散雲開？其實這些氣結與關節的損傷，都是對應著人生的整體結構。

長期的慢性發炎，宋尚緯自述：「幾乎整年我的身體都處在疼痛的狀態」，通過《再也沒有蒜苗佐烏魚子了》的當下受苦，重讀詩集《共生》與《鎮痛》，詩能達成的「互相拯救」更加強效。作者與讀者之間，甚至，過去的作者與未來的作者自己，其實也是在互相拯救。

互相打氣，有時〈說話〉：「寫些字給我像在太空／每個筆畫都是氧氣」，寫字療疾，每個字都是飽滿的深呼吸。《共生》裡的最後一首詩〈哪有這麼多莎莉好救〉：

將每天都當做最後一天
即使世界只剩下唯一的莎莉
也要認真面對每一個難解的關卡
因為哪有這麼多莎莉好救
哪有這麼多人願意來救

自我拯救，絕望中的奮力一搏。

在缺口中寫詩，在病痛中寫詩，尋找傷痛對應的穴位，這就是他的「悲傷與沉默的圖鑑」，寫詩如下針，自癒且癒人。雨季來的時候，詩像傘，但有時候，其實更令人安慰的陪伴方式是：「像你一樣，我也忘了帶傘／但誰都有忘了帶傘的日子／誰都有忘記帶傘的資格」。與慢性病的共處如果就像「修行」，首要步驟也許就是深呼吸，放輕鬆。忘記帶傘沒關係，不正確也沒關係。

如果有人這樣說，不就是在幫你撐起傘。

如果有一天宋尚緯遇見黃柏軒。宋問：「你還好嗎？」黃答：「爛透了唷。」儘管如此，黃還是告訴宋，「限水之後／連喝水／都變成享受」，以及：「迷上在洗腎時叫 Uber Eats／躺著看劇吃垃圾食物／當懶鬼也不心疼的時間」，而且，「看了五六個醫生／沒有一個醫生／看起來健康」。

✦不必正確的病人，說笑的病人：黃柏軒最快樂的一年

喜劇果然都是痛苦與悲慘所釀成的嗎？黃柏軒「平常有在練太極、氣功，不菸不酒，還學了一堆身體開發技巧」，如此「養生」，卻在三十八歲那一年，被驗出末期腎衰竭，開始洗腎。《腎友川柳》的宗旨便是：「我來說些悲慘的事，讓你開心開心吧」。

沒有盡頭的
東西最可怕不是嗎
所以病來了

——黃柏軒，〈盡頭〉

洗腎沒有盡頭，生命因此像是來到盡頭，然而，正是因為「盡頭」的出現，讓時間更顯迫近而珍貴。「現在只要告訴自己『不一定有明天』，心裡突然就有了一股力量，能立刻去做事。」生

病以後更振作，洗腎以後，才開始「跟自己約會」。沒有盡頭，但卻有了靠岸。所有公認「正確」的，都是暫時的，隨時都有可能換位。

「每一天可能是最後一天／每一秒可能是最後一秒／對我來說／對你也是。」疾病令人警醒。「『有一天我死了你就會想念我了。』／老媽第282772次這樣說的時候／我終於可以回『誰先死不知道。』了」

這本詩集的起源，如後記所述，是和母親大吵之後意外誕生。病痛之中難以寫作，盛怒之中不能寫作，但如果稍微拉開距離與時間，病痛與憤怒其實也刺激並拓寬了情感幅度。憤而離家，「失眠／可以早點去醫院／搶號碼牌」，「好久沒有看見日出／在往醫院的路上」，如此「坦白又清晰的詩」，是痛苦後的溫柔，憤怒後的說笑。「忘了自己身為病人的痛苦，像是用第三人稱視角報導著一個熟悉的朋友眼中的世界。」儘管「過年期間能說上幾句話的／只有切掉一顆腎的三伯／和肋骨骨折的大伯母」，寫這些詩也是希望能讓人感到不孤單。無論健康或生病，其實都有相似的苦惱。

忘了自己生病，會感到快樂。忘了自己生病有時也會因此虛擲光陰。誰都不能說自己沒病，誰也不知道意外何時造訪。慢性病纏身，過度的許願其實也是殘忍，因為願望通常不容易實現。只要好好度過平常的一日，就是最快樂的一天。收錄在《腎友川柳》的最後那幾首詩，清淡卻有強韌感，可以好好看葉子、看雲，可以遇見晴天，都是幸運與福氣，就像每一次的平安出院。「此刻的微小事物／皆是未來的根源父母／在當下卻無法認出」；即使是現在看起來很糟糕的事，未必通往衰敗。

國立臺灣文學館「寫字療疾」特展，展區裡的《腎友川柳》，被黃柏軒喻為「書展限定咒術版」，手寫題字：「願汝此生不受任何願望傷害」。疫情過後，眾人皆明白，「日常」竟是一種難得，平常心亦是劫後餘生最安穩的狀態。疾病倒也不是徹底消散，而是被好好接住了。展示書的另一側，還有一句：「I'm not ok and it's okay.」「你還好嗎？」即使是回答「爛透了唷！」，反而能在病態的缺口中找到一個心曠神怡的出口。

黃柏軒在特展開幕典禮分享病後的體悟，得知生命隨時都有可能結束、各種能力隨時會被剝奪，更懂得把握現有的一切；拓展內在空間、學會獨處，深感病後的這一年，反而才剛開始活，或許這反而是人生中最快樂的一年。

✦ 生病不是你的錯

搭乘臺北捷運，經常會選擇最後一節車廂。空間較為寬敞，可以容納自行車、輪椅，當我感到身心俱疲、充滿障礙的時候，會想倚靠在無障礙空間的那個角落。看見輪椅標誌，這是杏林子的輪椅精神，想起除了《灌籃高手》，井上雄彥還有另一部以輪椅籃球員的奮進為主題的《REAL》，障礙更多，熱血更多。轉頭看見車廂展示的公車捷運詩文，是黃柏軒的新作〈腎友日記〉節錄：「新生活始於／你明白無法回到過去了／那一刻開始」、「快樂始於／從你明白不快樂可以結束／那一刻開始」、「幸福始於／從你明白你只是雨中的淚水／那一刻開始」。新快樂，新幸福，這是病後展開的新人生。輔具未必只能填補缺漏，也可以是一種新長出來的器官，開啟新感官。

今年春天，因為免疫系統進攻腎臟，我也不得不接受腎臟切片檢查。術後躺在病床上以砂袋加壓傷口八小時，接著再繼續平躺十六小時。才知道平躺竟是如此煎熬，才知道看似平坦的細砂也可以變成粗礪的礁岩，緊咬腰側。躺床的二十四小時，難以入眠。真的有「感同身受」這種事嗎？不過，所有的相伴都是真的。

杏林子即使睡不著，也不吃安眠藥。睡不著的時候，回想快樂的事。想起小時候住在西門町附近，爸爸有時會向醫生請假，帶她去看電影，又或者，爸爸也會包下一輛人力三輪車，全家一起悠緩兜風，「我懷念的不止是三輪車，還有那段悠閒的歲月，悠閒的心。」

慢性病的散漫悠長，讓人進入另一種人生，讓病人覺得還沒生病的那段日子是另一段回不去的童年。生病是失去，生病也是成長。

承受當下、懷抱過去、迎向遠方。住在北投時期，杏林子最喜歡在晚上去看火車。「看著燈火輝煌的火車在原野奔馳，心中有種朦朧、說也說不清的思緒，彷彿它能把我們帶到天涯海角。」重拾行走能力的那三年，在傷殘服務中心遇見小孩對她說：「劉老師，以前我沒生病的時候，可以跑得很快很快唷！」回憶總是能夠一起跑到最遠的地方。

病中經常神遊，病中總是多愁善感。宋尚緯和朋友一起吃飯，偷吃了一口烤魚，他說：「不誇張，我居然流淚了」。《再也沒有蒜苗佐烏魚子》書中搭配多幅模擬作者本人的Q版人物插圖，經常處於流汗、流淚、垂涎三尺的病中修練狀態。書中難得的「快樂」，都是在被食物感動的時刻：「感覺像是大恐龍在我內心亂撞」。還有另一種休眠的恐龍，發生在夢見生魚片的時候。「夢裡我一邊吃一邊疑惑我為什麼可以吃生魚片」，隔頁搭配的插圖：睡夢中的小男孩，眼角有一滴淚；我想起自己也曾經夢見還可以盡情跑步游泳，可以不必被限制的時候。悵然若失，悵然若得。黃柏軒〈幸福感〉：「吃了新藥／睡到中午／微微的幸福感」。天亮了，你睡了嗎？

吃藥有時會讓時間錯亂交疊，睡覺其實也是修復。在《免疫解碼》讀到：「要維持免疫系統正常運作，睡眠和運動扮演關鍵角色，部分原因是要防止腎上腺系統過度刺激。」書中引述一段醫師的說法：「你應該去睡覺，睡到不再疲倦。睡眠是最容易調節的藥物。」

有時失眠，有時睡眠不足。雖然一夜飽眠不容易，回憶或許可以催眠，詩可以助眠。想起《鎮痛》中的〈睡吧，睡吧——給受傷的人〉：

你說你要睡了
要進入夢裡
我只希望你睡吧
睡吧，因為溫柔不是你的錯
受傷不是你的錯

生病不是你的錯。可以好好睡覺，就是療癒。

參考書目

宋尚緯，《共生》（臺北：啟明，二〇一六）。
宋尚緯，《再也沒有蒜苗佐烏魚子了》（臺北：啟明，二〇二二）。
宋尚緯，《鎮痛》（臺北：啟明，二〇一六）。
杏林子，《生之歌》（臺北：九歌，二〇〇八）。
杏林子，《杏林小品》（臺北：九歌，一九七九）。
杏林子，《俠風長流：杏林子生命之歌》（臺北：九歌，二〇〇四）。
麥特・瑞克托（Matt Richtel）著，潘昱均譯，《免疫解碼》（新北：奇光，二〇二〇）。
黃柏軒，《腎友川柳》（臺北：愛文社，二〇二一）。

延伸閱讀

井上雄彥著，何宜叡譯，《REAL》（臺北：尖端，二〇〇六）。
辛達塔・穆克吉（Siddhartha Mukherjee）著，鄧子衿譯，《重新認識醫學法則：病房裡的意外發現》（臺北：天下，二〇一六）。
許爾文・努蘭（Sherwin B. Nuland）著，冬耳、劉維人、黎湛平譯，《生命的臉》（臺北：時報，二〇一九）。

特寫

時間的命題

慢性病與癌症

吳妮民

✦ 慢性病

快與慢，是相對的。

流星是快的，恆星是慢的；累積是耗時的，毀滅是瞬間的；狂喜總是短暫的，痛苦總是久遠的。

疾病亦復如是。隨病程的長久，病情的屬性，醫學中有些疾病，和來勢迅猛的急性病不同，被歸為「慢性病」。什麼是慢？美國國家慢性病預防和健康推廣中心（National Center for Chronic Disease Prevention and Health Promotion, NCCDPHP）將慢性病廣泛地定義為：病況一年以上，需要持續醫療照護且／或限制了生活者，幾項名列前茅的，是心臟病、糖尿病，以及癌症。在美國，每十名成人，便有六位至少罹患了一種慢性疾病。

若以此檢視臺灣每年的十大死因，則除了肺炎及事故傷害兩類，其餘八項全與慢性疾病有關。這是疾病裡的大宗，中年人身上或多或少沾附著的診斷。在診間，「你有沒有慢性病？」常是我們醫師對初診病患的開場白，它快速形塑了一個人的先天體質樣貌，並且勾勒出過去的幾十年，身體是如何地被對待。

慢者，漫漫也，時間上的無邊無際，有望不見盡頭之感，卻不代表它良善可欺。雖然，進程常是和緩的，如高血壓、腎臟病、氣喘、類風溼性關節炎；卻也可能一朝忽然控制不佳、病勢急轉，如中風、狹心症、腎衰竭、紅斑性狼瘡的肺出血。我們常常書寫在病歷上的用語「flare up」，就是這種情境的貼切形容——燃燒一觸即起，火勢熊熊，亟待撲滅。巧合的是，日文的醫學語言同樣使用漢字「再燃」描述復發，我初見之時，不僅覺得文字詩意，同時驚訝地嘆服於疾病的典型呈現，在不同文化間，竟能勾起類似的意象了。

慢性病，最堅貞，講究自律及意志，好比糖尿病與高血脂，蕁麻疹或是肝硬化，飲食需清簡，忌糖忌油忌刺激忌酒精。病患被診斷出慢性病，常接著問：「我得一輩子吃藥嗎？」這問句，隱隱透露了被束縛限制的不甘。疾患也考驗了親友的耐心，如失智、膝蓋退化、各種因素的臥床。當然，我見過有人的兒女盡心盡力，情願侍奉如初的；但久病床前無孝子，不只是準確的人性觀察，更是長期照護常面臨的情境。身為家庭醫學科醫師，無論是在診間或居家往診，總能遇見無比疲倦的照護者——那或許是種吊詭，照顧得太好，病患一躺經年，反而耗盡家屬的積蓄和時間——有外籍配偶嫁來臺灣不久，先生即中風，她拍痰翻身十載，對著我們淚悔這樁婚姻；亦曾有漸凍人婆婆雖臥床仍十分健康乾淨，被護理師誇獎還能活很久後，主責者媳婦難掩失望的表情。

在這種時候，快，是種痛快；慢，慢成拖磨。

時間，在終點還很遙遠的疾病中，彷彿為行進的生命加上了鉛塊。

✦癌

人類歷史來到現代，因公共衛生的進步、醫療技術發展，戰亂、急性病、傳染病退場，平均壽命自二十世紀初的四七．六歲（一九〇〇年美國白人）至二十一世紀初的七七．三歲（二〇〇〇年美國白人），可說翻倍；臺灣內政部最新的數據是二〇二一年簡易生命表，榜首再度由臺北女性蟬聯，平均餘命為八六．九歲——由此看來，活在這一世似乎比較划算，投胎一次，長度會是從前人的兩輩子——然而，生命延長，也意味著醫療史進入以慢性病及癌症為主的紀元了。

因病程定義，可被放在慢性病大分類下的「癌症」，冷酷凜冽，彷若萬病之王，長踞國內十大死因的榜首。最近的二〇二一年統計，該年臺灣有五萬多人死於惡性腫瘤，占總死亡人數的二十八％。數字若轉譯成實際醫療場景，那便是我的日常。輪訓時在腫瘤科，曾驚訝於流轉病患之多，每日入院施打化療的名單總是長的，翻床率高，病房恆常客滿。而後執醫業十幾年來，群眾健康檢查意識盛行，罹癌年齡亦逐漸下探。或因飲食習慣及生活方式轉換，或和霸踞城市上方的空汙有關，我親眼目睹大腸癌、乳癌、肺癌的發生率提高，和學生時期所見已不可同日而語。想像中，醫院該是更擁擠了。

對於癌，大四學習病理學，這門直觀細胞、仰賴顯微鏡的課，是我們最初的認識。始終記得，厚重的病理課本，花了超過半數篇幅在描述正常細胞與癌細胞的特徵：如果正常細胞中規中矩，那麼，癌細胞就是惡形惡狀的，顯微鏡下，它會被形容為分裂過快、細胞核濃染、核質比例過大、分化差，吃穿基底膜，擴張、僭越、侵吞，一種橫霸的態度；巨觀上亦然，內視鏡下的大腸癌，往往第一眼就教人心驚膽顫——它看來常是不規則蔓延的腫塊，張牙舞爪，表面出血潰爛，而病理切片只是證實了這直覺的恐怖印象。

現代人，終身未罹癌的，或許將會成為少數。過去讀到幾種癌病預後較佳的，老師尚且自嘲：「如果一生注定要得一種癌，那我要選甲狀腺。」後來，我們還學到了攝護腺癌也是不錯的選擇，至少，比出手無聲狠辣的胰臟癌、卵巢癌，要來得友善。

不過，罹癌率雖然提高了，隨著醫療研究的進展，有些癌症仍可預防。除了無可翻轉的基因遺傳，癌與生活方式、甚至傳染病互相交涉：臺灣的肝癌與國病B型肝炎、C型肝炎病毒帶原有關；子宮頸癌被證實由人類乳突病毒（HPV）引起；胃部幽門桿菌（Helicobacter pylori.）則會導致胃癌及消化道淋巴瘤。因而，以抗生素廓清幽門桿菌可以預防胃癌，施打HPV疫苗能降低子宮頸癌的發生，臺灣於一九八六年全面推動的新生兒B型肝炎疫苗注射，更大幅減少了B型肝炎帶原率，成功抑止肝癌的產生。

癌病的醫治，這些年也走向了精準醫療，研究基因、分子，檢驗細胞受器（receptor），從而選擇治療武器，就像是從掄刀持斧、講求肉搏的戰場，轉型成高科技的生化戰爭。

勤預防，拚治療，諸種努力，人生哪天若是抽到癌病的命運籤，說不定，贏面有機會大一些。

✦ 時間

終歸，談論疾病的時候，我們在談論的還是時間。

「五年存活率」、「平均餘命」、「臨終前臥床時間」，一切無非時間。

無論醫師或病人，面對疾病，我們說的都是：神啊，請多給我一點時間。健康自由的時間。

慢性病是病痛年月的積累，是長久以來生活方式的沉澱與刻痕。如果不能根治，至少與之共存。有人甚至轉念，將疾病視為禮物，一個整頓生活的機會，開始節食、運動，面目一新，成為更好的自己。

癌症則使人不得不正視時間。得知罹癌，第一反應往往是震驚，因它提醒死亡就在不遠處，那恐懼是對於死亡的未知，以及時間即將消逝的哀傷。克服癌症的人，某種意義上便是重獲了時間，劫後的人們慶幸，這副向天借來的眼、耳、鼻、舌、身、意啊，或許還可用得久長些。

於是，慢性病及癌症，乍看殊途，卻終究有著相似的命題——慢性病被時間定義，而癌病，重新定義了時間。

參考資料

中華民國內政部，「臺北市簡易生命表 民國110年」，中華民國內政部官方網站，https://www.moi.gov.tw/cl.aspx?n=3087

中華民國衛生福利部，「110年國人死因統計結果」，臺灣衛生福利部官方網站，https://www.mohw.gov.tw/cp-16-70314-1.html

Centers for Disease Control and Prevention, "Life expectancy at birth, at 65 years of age, and at 75 years of age, by race and sex: United States, selected years 1900–2007," https://www.cdc.gov/nchs/data/hus/2010/022.pdf

National Center for Chronic Disease Prevention and Health Promotion, "About Chronic Diseases," https://www.cdc.gov/chronicdisease/about/index.htm

延伸閱讀

西西，《哀悼乳房》（臺北：洪範，一九九二）。

吳妮民，《小毛病》（臺北：有鹿，二〇二一）。

陳宗暉，《我所去過最遠的地方》（臺北：時報，二〇二〇）。

特寫

食補．養生．人參小史

日治臺灣人參的社會生命史

蔣竹山

臺灣民眾即使不懂中醫，或多或少都吃過人參，因為它可以補元氣，調適臟腑，這也是為何臺灣在食用紅參方面在東亞有很高的比重的緣故。根據研究，從中醫學大辭典、實用中醫辭典、歷代名醫良方所收集的一萬五千二百方劑中，查出含有人參的方劑約有兩千四百方，占一五％，即每六三個處方中就有一個含有人參。

傳統中國自古以來，食物與藥物並沒有嚴格的劃分，許多平常在吃的東西，也可以作藥，它在形態上並沒有區別。不像西藥，都經過精煉，與一般食物的形態截然不同。然而，怎麼樣進補？用什麼來補？在中醫的觀念中，把人分為熱性與寒性體質，體質熱者採寒補，反之，寒者熱補。而且中醫對於各種食物及藥物的性質及味道，分為「四氣」與「五味」；並根據每個人的體質來調配補藥。一般常見的補藥有提供女人養血的「四物湯」，藥材包括：當歸、川芎、白芍、熟地；供男人補氣之用的「四君子湯」，其藥材包括：人參、茯苓、白朮、甘草。四物湯與四君子湯八味合併則成為「八珍湯」，男女通用。若再加上黃耆、肉桂則成為「十全大補湯」。

補冬時期來時，一般中藥愛用者，一提起進補藥材，大多會以人參為主藥。目前臺灣消耗的人參，大部分自韓國進口，歷來，由於韓國政府加強推銷，人參不只是臺灣人消耗最多之藥材，也逐漸推廣至世界各地。

有關人參的藥用故事，可以從日治時期以來的臺灣報刊中找到許多相關新聞。一九二六年的《臺灣日日新報》有篇文章〈科學界人參考〉是這樣介紹人參的功效：「病有萬，藥亦萬，不能以一藥治了萬病，而為人參一種，萬病俱宜，故為百藥之首。全球世界古今哲人，莫不貴之種之，中西所產非不多也。唯高麗所產，最補優貴者，以其效神功大。一斤半斤，足以當他產幾十斤之力也。」高麗參，也就是朝鮮人參。在日治時期，其知名度遠遠超過以往中國的東北人參，成為民眾認知中最為珍貴的藥材。

日治時，朝鮮的人參要進口到臺灣來，主要是透過三井物產會社這家公司專門代理。像是一九一五年的大稻埕的捷茂藥行，店裡所販售的人參，都是經由這家公司代理進口。當時從朝鮮進口而來的人參，主要會針對臺灣人的慣習客製化，所挑選的人參，無論色澤條數，都比較符合臺人的需求及嗜好。一九一六年時，每年透過三井物產所進來的人參數量，可達一萬斤左右。其價格較為低廉，已經由以往的每斤兩百三四十圓，降價至兩百二三十圓。由於朝鮮人參是貴重的滋補藥材，很受臺灣人喜愛，需求量大。但一九一六年之前，進口至臺灣的人參，多由上海或香港輾轉，以致價格較高。直到三井物產代理後，其管道可直通專賣的朝鮮總督府，故價格可以便宜到四成之多。在那時期，每年進口的朝鮮人參，總值可達八萬多圓。

有關朝鮮人參的生產概況，也是臺灣報紙刊載的重點。一九一六年九月三十日的《臺灣日日新報》就記載朝鮮北方人參，正值開花期，附近的在地居民正準備入山採參。其產地在鴨綠江上游，大約在渭流、江界及厚昌郡等地，以及慈城郡一帶的國有森林地區。其中，又以江界及厚昌郡出產的最多。由於是總督府管轄下的林場所負責，所以限制私自採參，僅對當地人小部分開放。

除了報紙會刊載朝鮮的野生人參資訊外，也會記載人工栽培的人參。一九二七年七月三十一日的《臺灣日日新報》提到朝鮮的人參栽培地點在中西部的開城一帶，占地兩百多萬坪，年採收量有三萬五千斤。栽種時宛如稻秧，需經過六個月移植。移植後一年，主要枝幹才長成；第二年，自幹左邊分出一枝支幹；第三年，會自主幹右方長出支芽；第四、五年，才會長出第四個枝條；

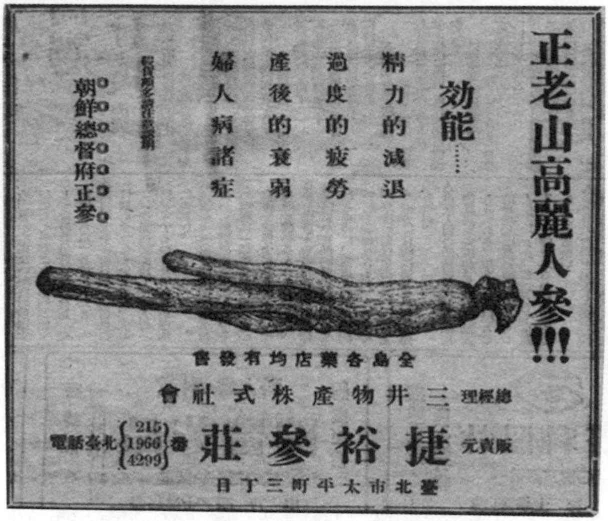

刊登在《臺灣新民報》的日治時期人參廣告，註記「朝鮮總督府正參」，顯示當時人參不得私售的情況，刊登日期為1933年11月3日。

圖片提供：國立臺灣文學館

至第六年不再分枝，人參至此才長成熟。六年養成的人參，此時需要採收，若過此時間，則會開花不會結果。人參的花多為紅色帶有點青色。人參種植過的土地，需標記休耕二十年，讓土地休養恢復。這種人參栽培方式，類似菸葉，是由民間耕種，收成後繳納給朝鮮總督府專賣局，不得私自販售。到了一九一八年，經過參政改革、病蟲害防治研究，採取了新的除蟲方法，以及土壤改良，六年人參的採收量雖然只有往年的三分之一，但總重量卻超過往年，可達四萬五千斤之多。

朝鮮人參進口至臺灣，除了做為藥材在大稻埕的中藥行及商鋪販賣外，也會以其他商品形式出現。像是當時的臺北府中街的永照堂中藥館，就會專售人參與葡萄酒合製的人參規鐵酒。而全臺唯一的臺北日本芳釀會社工場，更以朝鮮人參為藥引，搭配滋補藥材，釀造出人參益壽酒、人參延年酒。除了臺北之外，也在各地開設分店。像是嘉義北港媽祖廟前，就開設有這家株式會社的華麗西洋風專賣店，銷售成績不俗。

當時的報紙常會刊載人參效力的各種故事。例如一九二六年三月十九日的《臺灣日日新報》提到某人參商鋪的主人，夜邀友人在大稻埕怡和巷的歌妓玉雲家飲酒作樂，被友人虧說歌妓年紀輕輕，就已經生下一子，且體型較一般嬰兒大，直說是人參的功效強大緣故。

報紙也常有涉及人參的新聞社會事件。一九二六年東石郡樸子街，有位三十四歲的李茄苳，就謊稱自己是朝鮮人參出張所的主任，投宿臺南赤崁園召妓喝酒，都以記帳方式消費，三個月內共欺騙兩百六十五圓。之後又逃至臺中，以支票方式，至志水人參店購買六百圓的人參，到期後支票則無法兌現，遂引起店家提告詐欺。

除了朝鮮人參外，當時有些人參是來自中國東北的長白山人參。以一九二三年的統計，該年的南滿三港的輸出，共有二十四萬六千零二十斤，總價有四十七萬一千四百八十七兩。由於有這樣的管道，當時臺灣也常見有來自於中國的人參行商。一九二九年就曾發生過中國人參行商的殺人案。主要事件為新竹州新竹街的三十歲人參商人曾連生與二十五歲的同業股盛發，兩人至竹東郡龔有發家中賭博，將資金輸光後，遂起歹念，將龔騙至竹東的雜樹林中殺害，並奪取身上現金逃去。兩人最終被捕，被臺北地方法院求處死刑，最後判決為無期徒刑。

由於人參是貴重藥材，常引起宵小覬覦，相關竊案頻仍，與日治時期的腳踏車及相機竊案，都是報紙常見的內容。一九二九年的十月，就曾發生過臺北永樂町的陳仁福，才十九歲，就竊取乾元藥行的人參，再轉售給太平町博愛藥房的陳賜麟，先後獲得三百多圓，都拿去花費在銅床、洋廚、蚊帳及招妓上。一九三〇年的基隆蚵殼港，也發生一件人參行商黃德保及其弟黃德祥，正準備要開店時，就遭數十名醉漢闖入暴力相向，並強奪店內財物。一九三三年，更有西螺的警察，逮捕了來自中國廣西的三十三歲黃義真，這嫌犯在鄉下以花言巧語販賣假人參，詐騙金錢。被害人遍及新營、嘉義、虎尾、斗六及竹山五個地方。

日治時期臺灣人參藥材的社會生命史故事，到了一九四九年之後，大致雷同，但也因專賣制度的取消及新市場機制，延展出一些新的形態。

像是一九六〇年代時，為區分食品用及藥品用之人參，內政部規定今後食品飲料業製造之產品，不得引用「高麗人參」的名稱。內政部指出，「人參」為我國名稱，載於本草綱目藥典，其產於韓國者為「高麗參」沿用已久，如無藥效之食品飲料使用「高麗人參」之名稱，與藥品混淆不清，一般食品飲料自不宜使用「高麗人參」品名，以嚴密進行藥物食品管理。

人參的食用與進補有密切關係。臺灣人的冬令進補，從昂貴的人參、鹿茸到羊肉爐、薑母鴨，一般男子大多喜歡進補可壯陽補腎功能的補品。中醫界常提醒民眾藥補或食補時，應先弄清楚個人體質特性，否則隨便進補很可能破壞體內生理平衡，反而會有副作用。中醫認為冬令進補是一種習俗，天冷時人體虛弱畏寒，利用雞、鴨肉類配合中藥進補，其作用在補充營養，增加身體抵抗力及免疫力。需要進補的人應依據個人體質特性選擇補品。像是中年男子因工作負荷重，體力消耗大，熱性體質有腎陰虛現象者，應選擇六味地黃丸；如屬寒性體質、腎陽虛者應選擇八味地黃丸十全大補湯、補中益氣湯等熱性藥材。有一種人屬於陰陽兩虛，既怕熱又畏寒者，則該選龜鹿二仙膠最適宜。

人參除了是重要中藥材之外，更是食補良藥。中醫常說：「藥補不如食補。」也是說，與其吃補藥，不如在飲食上多注意營養。與其身體弱了再補養，不如從基本上把身體養好，可以享受健康之樂。

參考書目

蔣竹山，《人參帝國：清代人參的生產、消費與醫療》（杭州：浙江大學出版社，二〇一五）。

參考資料

《臺灣日日新報》電子版資料庫，「漢珍數位圖書」（一八九八—一九四四），網址：https://www.tbmc.com.tw/zh-tw/product/12

《聯合報》電子版資料庫，「台灣新聞智慧網」（一九五一—一九九九），網址：https://tnsw-se.infolinker.com.tw/

陪伴長者，照亮長路

照護至親，照見自我

作家的中年練習題

石曉楓

「時間」是生命永難超越的課題，短暫的肉身如何能與永恆的時間相抗衡？雖然隨著醫療技術的進步以及養生觀念逐日普遍，人類平均壽命正不斷增加中，然而青春有時、康健有時，老齡化問題嚴重已成為全球趨勢。據統計，臺灣人口老化速度在亞洲國家中僅次於日本，二〇一八年六十五歲以上人口比例已超過十四%，正式邁入高齡（aged）社會。而國發會推估，至二〇二六年臺灣將正式邁入「超高齡（super-aged）社會」，高齡人口比例則將超過二十%。

老年人口比例的提升，可能導致身體器官退化嚴重、認知功能下降，失智的可能性亦會增加等社會問題。臺灣文學作品中最全面關注老化問題者，首推簡媜於二〇一三年出版的《誰在銀閃閃的地方，等你》，書分五輯：「肉身是浪蕩的獨木舟」、「你屬於你今生的包袱」、「老人共和國」、「病，最後一項修煉」與「誰在銀閃閃的地方，等你」。前二卷由言「生」起始，後三卷及於「老病死」。在厚達四百七十八頁篇幅的內容裡，簡媜以其一貫靈活多變的風格，在書中談生死、談老病，幽默自嘲、百無禁忌，想像與現實交錯，散文與小說體並行。全書首篇〈在街頭，邂逅一位盛裝的女員外〉，開宗明義指出作者對於老齡社會的敏銳洞察：老者以及準備不夠的下一代，勢必衍生出諸多家庭及社會問題。在如是深遠的憂慮底色裡，輯一諸如〈活得像一條流浪狗〉，簡媜因社會諸多亂象而失落、而憤激；〈老，是賊〉則相當辛辣地指出老化的事實，例如將鬆垮發胖的歐巴桑體型視為「災區」，而黑髮與白髮，則猶如仲夏夜甜香黑森林與戰後枯樹惡草的荒村，二者有雲泥之別。凡此皆挾諧謔筆觸，消遣了肉身之衰敗。

二〇一七年至二〇一八年之間，則陸續有張曼娟、郭強生、鍾文音等中年單身作家，紛紛推出《我輩中人》、《我將前往的遠方》、《捨不得不見妳》，書中歷陳照護或中風臥床、或罹癌或失智父母輩之心路歷程，並感慨「我輩中人」是送終之輩、也是孤身之輩的艱難。鍾文音在為郭強生新書作序時稱彼此所擁有乃是「無繼承者的人生」，而郭強生也由照護至親的此時，預見未來自我的處境，從而體認到「進入人生下半場，不過是另一場生存戰的開始」。郭氏面對失智父親所親履的照護問題，以及鍾氏對失能母親的陪伴並非單一個案，張曼娟《我輩中人》也提到「年輕時我在醫院裡看見的多半是病人，這幾年看見的多半是老人」，顯見對老齡人口的照料，將是臺灣中壯年接下來必須面對的問題，如何療護他者與處理自我情緒？作家在文字中展開了漫長的紀錄與省思。

✦中年的承擔與預見

《誰在銀閃閃的地方，等你》自輯三起，簡媜採取夾敘夾議的筆法，其中關於老化社會所引用的數據，觀之怵目驚心，也顯示危機之迫切。至於養老的「空間」問題，諸如公寓、今昔大廈構造模式差異對老者行動的影響等，非親身擔任照護之責者，實不能留意及此。對照鍾文音《捨不得不見妳》裡所描述自母親中風後，母女於各家醫院病床輾轉流浪的旅程；以及為了讓輪椅順利進出，只能找電梯大樓，母親從此無法返回老家的悲哀；母親新居彷如縮小版「杏一藥局」；隨病人移動的看護、按摩師，也成為圍繞醫病行為而形成的龐大醫病流浪團等，諸種經歷直可視為臺灣醫療資源問題實錄，也透顯了長者照護與關懷機制之欠缺。

除此之外，照護者的兩難還在於面對一場生命的加碼延長賽，即使留下病者的「時間」，卻可能也摧毀了病者的尊嚴，鍾文音在書中透露見到母親凌厲的目光，她常自問「讓妳活著是為了妳好，還是為了我的不捨，延長妳的生命讓愛變得又痛苦又自私？」關於此議題書寫最沉重者，另可舉瓊瑤的《雪花飄落之前》為證，本書第一部「一根鼻胃管的故事」，赤裸裸地揭開面臨丈夫平鑫濤先生失智及中風後，是否應插管治療的問題，家人意見相左，「不同的愛，變成親人的拔河」。瓊瑤以「生時願如火花，燃燒到生命最後一刻。死時願如雪花，飄然落地，化為塵土」自許，她指出「活著」的意義並非躺在床上有呼吸心跳而已，還必須有欣賞世界的能力、愛人與被愛的能力，當死亡來臨時，應該是個美好結束，因此瓊瑤公開呼籲重視老人的「善終權」。

本書推薦序亦有向來推動安寧療護的成大醫學院名譽教授趙可式，提到現代醫療傾向於「多做」的結果，反而造成「四輪」的局面：病人受盡磨難痛苦，不得善終；家屬無限不捨與悔恨；醫療人員違背生命醫學倫理；國家浪費寶貴醫療資源。另一位寫推薦詞的陳秀丹醫師也表示生命是為了快樂而持續，但臺灣「急救到底」的醫療觀念，讓很多人被動成為生命的延畢生，個人尊嚴蕩然無存。可見如何「漂亮退場」，應該是家屬面對至親重病時，最艱難的思考與抉擇。

於是張曼娟會在《我輩中人》裡感嘆：「照顧著老去的父母，才真正理解人生」、「這是一場沒有勝利者的戰爭」。而敘事者照護、陪伴親人的同時，也從他者見證了自我的未來，郭強生便在書中反覆提到「現在的我，因為照護父親，也正開始在認識關於衰老這個感傷、神秘卻又平靜的過程。」對於死亡的恐懼，恐怕只有陪伴父母先走過一回才能釋懷。而大概很難有人在面對友人戲謔性指稱「這是對單身者的懲罰」時，能如郭強生般坦然說出：「為什麼會是懲罰呢？妳怎麼知道，這不會讓我成為更好的人？」可見變故逼使人面對自我，在照護之餘，也預見餘生改變的契機，並開啟了關於生命尊嚴學的提前思考。

✦與生命和解的勇氣

在這些照護老病至親的時光紀錄裡，我們另外可以看到作家對於自我生命歷程的回溯，以及關於過往創傷的勇敢剝視。郭強生於二〇一五年出版《何不認真來悲傷》，此書乃《中國時報．人間副刊》一年專欄之結集，作家寫父親的外遇不斷、母親的好強罹癌、兄長的出國不歸，以及自己不成家的同志孤老感。當家人如落葉般離世時，倖存之我想與父親相依為伴，卻因各種外力導致父者的排斥，「這個家，只剩下我們兩個人了」是沉痛的呼告，也是深情的渴求。郭強生在傷逝中回溯並正視生命中所有被拋棄的創傷，於照護時光裡進行自我省思，所謂「何不認真來悲傷」，正是從茱迪絲．巴特勒（Judith Butler）「沉浸在失去中才會讓我們重新建構自己是誰」的說法，找出哀傷裡難以自拔的憂鬱，並直視生命中的傷痛和失去，如此方能在真誠的對話過程裡，與過去的自己達成和解。郭強生由此而體悟到生命意義的追尋與完成，都需要經過負面檢驗，才能得到真正的信仰；並且「謝謝孤獨」，讓他得以進行「高年級的生活練習」。

同樣藉由照護老病父母，回溯家族創傷和成長記憶者，尚有鍾文音的「母病三部曲」：《捨不得不見妳》、《別送》及《訣離記》。在《捨不得不見妳》中，鍾文音回顧壯年暴怒的母親，晚年竟成為失語的靜默者，作為么女的自己，從恐懼母親到與之相扶持的無常，行文間盡是女兒的滿滿追憶。她回溯母親倒下前，母女在便利商店兩年多的咖啡時光，儼然另闢一心靈會客室，所有午後談話的瑣碎與日常，凝為一句「如果她現在能繼續她的抱怨該有多好」的懊悔。母親不在的房子，就不再飽含親情的撫慰；母親對我一失約，就是終生的失約，種種痛惜讓作者憬悟：「只有朋友才會背叛，只有戀人才會不相愛。而母親不是朋友也不是戀人，她是永恆的存在。」

在最後的照護時光裡，浪跡天涯的女兒藉由書寫與往事和解，她寫下對母親的不捨，「而我也知道這是命運的回音，祂要我學習生死與色身的課題，能照顧母親是我此生的榮耀」。無獨有偶，郭強生同樣寫下「父親用他神秘且不可理喻的方法，正在帶我認路。回家的路。……終於，我們成了在一起老去的同伴，我們要一起回家」的體認。照護和書寫都是直面傷痛的方式，回溯過往的同時，中年我輩亦在學習「如何在滿目瘡痍中，找到那些強韌的生命碎片」，從而進行自我修補，並得以更清晰的面目正視現在，預習未來。

✦「大人學」實踐指南

郭強生《我將前往的遠方》副標題為「獻給單身初老的一首情歌」，張曼娟《我輩中人》副標題則為「寫給中年人的情書」，她在書中闡釋書名乃雙關夾在上下兩代的「中間人」，中年人在進入人生下半場後，應該進行生命的清算與和解，因為唯有回顧來路，才能思索去路。對於張曼娟、郭強生、鍾文音等單身之輩來說，在邁向終站之前，如何安排自己的生活，方不致有太多遺憾，是十分重要的事。同樣地，對成家有後的簡媜一輩而言，行至深秋風景，迴思生命是否只是章節間的複製？人生有否做得了主的段落？種種怨懟遺憾、諸般物執情迷，亦全需回歸心靈小屋，重做梳理。而凡此種種，無非是為進入老年生活預作準備。

《誰在銀閃閃的地方，等你》輯二，即是對自我人生版本的反省，而從郭強生《何不認真來悲傷》裡，當然亦不難發現對過去妥善處理之後，才能進一步開展《我將前往的遠方》裡的未來想像。關於老後居家圖景，郭強生有所畏懼，亦有所想像，他畏懼住在無記憶之所的安養院；他眷戀充滿老物件、老味道與老收藏的「家」，因為「老」才充滿熟悉的安全感，所以在〈老日子〉裡，他無限深情地描摹家中那只代表節慶意義的大瓷盤；在〈老確幸〉裡，他記錄各種老歌及其世代記憶，這些時光積澱之物建構了作家的老靈魂，也開展了作家的老年想像，那是與家族情感永繫的存在證據，也是郭強生即將前往的遠方。

至於作為一本「大人學」實踐思考與指南，張曼娟更在《我輩中人》裡提出「大人的品格與氣度為何」的大哉問，那攸關審美與生活態度。《我輩中人》輯三名為「中年人愛讀書」，作家當然身體力行了讀書筆記的書寫與思考，此間暗示的是中年人把時間、行程排滿之餘，更需要安排的，其實是心靈空間。除此之外，《我輩中人》裡處處充滿正向的人生金句，所謂「大人者，不失其赤子之心也」，提示吾人應該持續對世界充滿好奇與熱情；所謂「不必做一個很有用的人，只要能享受活著的感覺，與人為善，就是最大用處」、「不爭氣，才能看清楚自己想要的生活」，提示了中年人也應該包容自己、放過自己，此與彭樹君《終於來到不必討人喜歡的時候》一書所提倡的概念，有異曲同工之妙。不過站在照護家人的立場，張曼娟也苦口婆心勸誡「被需要，往往都是從付出開始的」，無論是面對老齡長者或人間事物，吾輩都需要給出更大的同理心，這是中年人最珍貴的情意付出與承擔。

✦小結：「尊嚴活」與「尊嚴死」

「我輩中人，有情有義；我輩中人，篤定自信」，在《我輩中人》序言裡，張曼娟曾提出如此的宣示。綜觀由照護長者到照見自我的漫漫歷程，如何從充滿傷痛情愁的過去蛻變，又如何由滿是繁瑣苦痛的現在脫身，實為一趟水噬火煉之旅。當面對即將來臨的未知與孤獨時，郭強生體悟到「一切才正要開始發生」，生命必須「重新計時」，讓自己處於寬容與開放的心情；而簡媜則將養生諮詢和護老須知鑲嵌進陪病實錄裡，她迫切覺得「老年學」是一門有待各方齊力砌建的學問。

「年老」或許如郭強生所言，更像是一種創作，在描摹如何「尊嚴活」的未來人生裡，簡媜擁有豐盈的生命指南，《誰在銀閃閃的地方，等你》輯三即有「阿嬤的老版本」系列凡四，〈哀歌的屋簷〉追溯兒時諸般不善的回憶，由此見生命的大慟與隱痛；〈世界降下她的黑幕〉寫阿嬤日漸敗壞的眼疾；〈宛如流沙〉描繪阿嬤老化快速的身體；〈哀歌無盡〉則不捨失智併發老年憂鬱症的阿嬤。在作者溫柔而不失豁達的描述裡，身體江河日下的阿嬤，卻以對家庭無私的愛，化解了一切橫逆。終其一生，阿嬤以自然、真樸而高貴的精神人格，將「抑鬱悲苦的深藍煉成暖日晴空」，於是她以「給老仙女的私房話」，進行對於母者生命裡美善品質的歌頌與禮讚。

「阿嬤」與照顧阿嬤的「阿母」在本書裡形象鮮明，她們正是《紅嬰仔》時期教會簡媜「在湯裡放鹽、愛裡放責任」的母者。那些書中著意書寫的長輩們，除了阿嬤簡林阿蔥女士，體現出靜肅孤獨的老者之美外，尚有公公姚鴻鈞先生，默默實踐其淡定自持的體貼之情，至於齊邦媛老師，則以「讀書人的樣子」自期。簡媜從〈醫院浮生錄〉的老人百態裡反省自我；從其所尊敬的長者身上，則預習了生命應當如何「尊貴地離席」，由此與未來的自我對話，並藉五則「幻想」完成對肉身的致敬與老年的預習儀式。

在《誰在銀閃閃的地方，等你》序文中，簡媜曾經感性地表示：「熟悉我作品的你們恐怕也跟著我漸老了，設想你們也開始要修習父母的或是自己的『老病死』課程。你們伴著我走過浪漫、空靈、典麗、樸實，跟著我讀了『初生之書』《紅嬰仔》、看了『身世之書』《天涯海角》，現在也到了該翻翻『死蔭之書』的時候了」。這本死蔭之書兼具了「人情」與「智慧」的厚度，展示了「尊嚴活」的圓熟與智慧，也預示了邁向中老年階段的光耀與美麗。生命正應如此，從照護中直面過往的自我、體認並實踐現今活著的尊嚴，從而無畏於未來死亡之挑戰，這是老病長者給予我們最珍貴的禮物與祝福。

參考書目

張曼娟，《我輩中人：寫給中年人的情書》（臺北：遠見，二〇一八）。
郭強生，《何不認真來悲傷》（臺北：遠見，二〇一五）。
郭強生，《我將前往的遠方》（臺北：遠見，二〇一七）。
鍾文音，《捨不得不見妳》（臺北：大田，二〇一七）。
簡媜，《天涯海角：福爾摩沙抒情誌》（新北：印刻，二〇二〇）。
簡媜，《紅嬰仔：一個女人與她的育嬰史》（臺北：聯合文學，一九九九）。
簡媜，《誰在銀閃閃的地方，等你：老年書寫與凋零幻想》（新北：印刻，二〇一三）。
瓊瑤，《雪花飄落之前：我生命中最後的一課》（臺北：遠見，二〇一七）。

延伸閱讀

上野千鶴子著，楊明綺譯，《一個人的老後：隨心所欲，享受單身熟齡生活》（臺北：時報，二〇〇九）。
上野千鶴子著，賴庭筠譯，《一個人的臨終：人生到了最後，都是一個人。做好準備，有尊嚴、安詳地走完最後一段路》（臺北：時報，二〇一七）。
張曼娟，《以我之名：寫給獨一無二的自己》（臺北：遠見，二〇二〇）。
張曼娟，《自成一派：只此一家，別無分號》（臺北：遠見，二〇二三）。
黃勝堅，《生死謎藏》（臺北：大塊，二〇一六）。
龍應台，《天長地久：給美君的信》（臺北：天下，二〇一八）。
鍾文音，《別送》（臺北：麥田，二〇二一）。
鍾文音，《訣離記》（臺北：大田，二〇二三）。

照亮長路
熟悉又陌生的照護者

張郅忻

臺灣人口快速老化，於一〇七年三月邁入高齡社會，推估至一一五年將邁入超高齡社會，長期照顧需求日增。根據中華民國家庭照顧者關懷協會的推估，臺灣約有七十六萬名失能、失智及身心障礙者，兩成使用政府長照資源，近三成聘僱外籍看護工，逾五成完全仰賴家庭照顧。對於家庭照顧者而言，無論在經濟或是身心狀況上無疑都是沉重的壓力。近年來，長照主題書寫漸增，深入家庭長照現場，透過文學的紀錄與反思，讓更多人看見統計數據背後的真實情況。以下將從外籍看護工的權益問題、老老看護及照護者的性別差異等主題切入討論，並論及照護者如何理解與陪伴身心失能的家人。

✦ 來自異鄉的照護者

自二〇一四年開辦的「移民工文學獎」是讓移民工發聲的重要管道之一，其中看護工的投稿量一直占據大宗，創辦人張正談及此現象：「若以生活與工作的環境來說，在移工族群裡，家庭移工（幫傭與看護工）的稿件數量也高於人數比例。最可能的原因是，家庭移工的『工作狀態』

相對適宜書寫。因為她們個別生活在臺灣家庭中，獨處的時間較長；反之，工廠工地的移工們集體生活，比較不無聊，也比較沒有獨處寫作的機會。這應該也是印尼來稿一直居高不下的原因。」看護移工工時長，活動範圍受限於雇主家庭，閱讀與書寫成為短暫抒發的出口。二〇一八年移民工文學獎首獎〈關於愛〉，得獎者Loso Abdi即為在臺的印尼看護工。

Loso Abdi以第一人稱視角切入，描述從事計程車摩托車司機的丈夫發生車禍，家庭經濟拮据，她不得不離開孩子，遠赴異鄉工作。面對仲介提出的任何要求，她只能點頭答「是」。在不平等的工作條件下，走進陌生家庭擔任看護工，照顧天生殘缺的小女孩：「除了閃閃發光的美麗眼睛，她的四肢幾乎都不是『活著』的。她的手腳都很瘦小，像是沒長骨頭一樣。除了哭聲和尖叫聲，就沒有其他聲音從她嘴裡發出了。」瘦小身軀從此牽引她的心，在母性本能下，她對小女孩的「愛」漸漸超越一紙合約。

文章透過Loso Abdi幾次面對三年期滿，是否要回臺灣續約的掙扎，刻畫臺灣印尼雙邊家庭的困境。面對印尼的家，她當然渴望一家團圓，但丈夫腳傷未癒，孩子讀書需要錢。在臺灣雇主的家中，先生與太太是雙薪家庭，無暇照顧生病的孩子。Loso Abdi與小女孩之間的情感日益加深。甚至，小女孩第一個會說的詞語不是「媽媽」，而是「阿姨」。敏感的Loso Abdi很快察覺太太情緒的異樣，身為母親本該為孩子開口說話感到欣喜，但孩子卻不是喊她。Loso Abdi精準描繪衝擊性的一幕，揭露兩位母親面對工作與孩子進退維谷的處境。

相對Loso Abdi從看護工角度書寫，鍾文音《捨不得不見妳》則從雇主的角度描述與來自異鄉看護工的互動。母病之後，鍾文音與母親展開醫院的流浪旅途。醫院中大多是大陸看護，福建阿姨是好人，不會強迫母親復健。武漢女子較強勢，常責備母親：「她曾經非常討厭的對岸人，竟成了她晚年的陪伴者，且還幫她把屎把尿。」鍾文音決定結束醫院漂流，帶母親返家。她懷著既期待又害怕的心情等待母親進駐，等待印尼看護工阿蒂的到來。過往經驗讓她決定選擇第一次來臺的人選：「我們非常確定不用『承接』的，希望母親是異鄉人面對的第一個如母親的親人，雖然這樣的希望很遙遠。因為看護的工作是非常折磨體力與心力的，要視病如親，難上加難。但至少可以不帶進在別家的習慣。」鍾文音從家屬與雇主的角色描摹來自異鄉的看護工，她們懷著各自理由從遠方來到此地，陌生異鄉人成為最親近的照護者。在長照和仲介制度尚未完備的情形下，無論對雇主或看護工而言，都是一場命運的賭注。

初次來臺的阿蒂，因兒子上大學決定來臺工作。鍾文音學習印尼語與阿蒂溝通，教阿蒂使用電鍋、微波爐等科技產品。她側寫工作認真的阿蒂不願休假，說來臺灣就是為了賺錢，少數出門時光是陪母親去醫院就診：「在醫院她會碰到同鄉，可以說幾句家鄉話，看得出她很高興。將手邊的老年人擱置一下，嘰哩咕嚕和陌生的同鄉人短暫地說話。」看護工以雇主家庭為主，工作與生活經常分不開，喘息時間格外重要。長照二·〇將聘僱外籍看護工家庭納入多元長照服務對象，經評估被照顧者為失能等級七至八級者，即可申請喘息服務。然而，在執行面上，有多少家庭為看護移工申請這項服務，仍有待觀察。

✦成為侍病者的女人們

家庭照顧者性別比例普遍女性高於男性，從性別角度觀察，性別處境使女性成為主要照顧工作的承擔者。而男性在擔任照顧者之後，較多可繼續工作，而作為主要照護者的女性常被要求為家庭權衡離開職場。簡媜〈侍病者是下一個病人〉描寫成為侍病者的「老仙女們」。她們常是失婚或未婚的女兒：

> 家中老者不願進養老院，順理成章，潛意識裡有一張家庭成員階級與能力認證表，會從兒女中選出一個來扛任務；通常，不會叫擔任銀行經理的兒子辭職在家照顧，不會叫已婚嫁的女兒照顧，但是若有一個失婚或未婚的女兒，其工作也不太穩定，她就會成為大家心中的「選民」。

這段話凸顯失婚或未婚女兒在家庭中的性別處境，道德壓力下，無法拒絕又以愛為訴求的照顧工作，對女性而言是生命中最難承受之重。簡媜為孤老女兒說話：「你從未想過，你的女兒做你的杖，誰做她的杖？」當女兒老去無法進入職場，很可能就此陷落貧窮困境，成為下流老人。

這群老仙女不只女兒，還有媳婦：「老輩的觀念裡，老病了就要靠兒子照顧，其實背後的潛在期望是靠媳婦。」媳婦也是別人的女兒，也想侍奉自己的父母，但當公公婆婆老邁時，媳婦似乎無從選擇「必須」孝養公婆。此外，老仙女亦包括「老妻」。臺灣平均年齡女性高於男性，老妻不僅須侍奉年邁體衰的丈夫，還必須面對失去老伴的孤寂。簡媜直言：「老年喪偶，也是一堂重擊之課。由於女性的平均壽命高過男性，八十歲以後喪偶的苦澀滋味，成了年長女性最割喉的一杯酒。」不只年長女性，這杯割喉的酒也可能發生在中壯年之時。

在八〇年代以《陪他一段》崛起文壇的蘇偉貞，《時光隊伍》同樣是「陪他一段」。不同的是，這次是陪伴罹癌丈夫張德模走向死亡。此書以張德模為主角，旁及同樣身為「流浪者」的一代，個體漂泊與大時代的流離間雜錯織，透過個人記憶召喚眷村族群的歷史經驗，塑造一支永不停歇的流浪隊伍。蘇偉貞從陪病者角度，描述臨終陪伴過程。她精準寫下每個時間點，倒數生命終將結束的時光。王德威稱這是她的本命之書：「彷彿這些年來的千言萬語都是在為這本書做準備，她竟是憑藉至愛的死亡，為她的風格和信念做出最凌厲的實踐。」張德模幾次進出醫院，不以死為憂，但亦不放棄任何生的可能。張德模是難纏的病人，蘇偉貞則是「強悍的家屬」：「面對醫生和病魔絕不輕言撤退，她幾乎以冷靜到近乎無情的筆觸，記錄肉體消蝕的不堪與莊嚴。」蘇偉貞寫張德模嚴重脫水的病體，以諷刺之筆記述醫生與醫療體制的強硬與疏漏。經過多日的檢查再檢查，最終還是由妻子發現病灶，原來是導尿管被結晶果凍狀東西堵住，回報醫師，竟成為「觀摩」對象：

> 蕭醫師立即召集住院醫師實習醫師圍上來觀摩，以手壓擠尿管口，慢慢排除堵住的果凍，尿液洩洪般，一傢伙瞬間流出3120cc。『王八蛋！』你低聲咒罵。

蘇偉貞對照呈現在醫院中，病人的苦痛、家屬的著急，與醫療體系的例行公事與漫不經心，凸顯醫病關係的不對等。

《傍晚五點十五分》是詩人夏夏的首本散文集，也是身為女兒的她記錄照護父親的過程。母親死後，她成為父親的依靠。她透過一道道料理，召喚過往的記憶，安慰彼此的不安與徬徨。其中三篇以〈照亮長路〉為題，夏夏描述得知懷孕後，面對照護父親一事，疲憊感日甚一日，開始搜尋長期照護的文章，得知「長期照護較佳的狀況極限為兩年」：

> 看來自己並沒有逃出平均數字之外，沒有想像中比別人更有耐力，不禁啞然失笑。其他諸如照護家庭手足之間的情感變化，那之間難以維繫的巧妙平衡，在個人時間與照護之間的分配，每一個問題都擊中我心中一直不敢正視的要害。

隱約道出照護者的難處，她開始尋求外部的援助。訪視員來訪後，照護員來到家中照護父親。然而，不喜陌生人且失智的父親，與照護員之間衝突日益加重。父親一次次拒絕被他人照顧，加重女兒的擔憂。疲憊與內疚反覆拉扯，心懷罪惡感的女兒最終選擇將父親送往長照機構。長照機構的衣服需繡上父親的名字，夏夏好不容易找到願意繡名字的家庭工廠，而後為節省開支親自幫父親繡名字：「我雖不是慈母，但也領略到〈遊子吟〉中密密縫的心情。一針一線，繡他的名與他賜我的姓，一筆一畫，都是牽掛。」強悍的父親只有在面對女兒時最為溫柔，女兒成為父親最後的母親。

✦以「理解」作為陪伴的第一步

有別於父女之間的緊密相依，楊富閔的〈我們現代怎樣當兒子〉道出兒子面對父親的距離感。文中的「兒子」有兩位，一位是楊富閔，另一位是他的父親「戊癸」。戊癸自小失去父親，前有長姐後有么弟，母親肩負一家重責，能夠給戊癸的關愛有限。楊富閔從小事寫三代之間的情感牽絆：

> 我也想起國中，日日在跟父親吵架、打架，阿嬤總會一個人吃力爬到三樓，來到我的房間，好言相勸要我同父親道歉，甚至連臺詞都幫我想好了，什麼爸爸失禮，我卡袂曉想——我聽了搖頭、心想真是荒唐。
>
> 直到很多年後才驚覺，我與父親關係緊張，阿嬤是覺得她也有責任；才驚覺母愛太少，又未曾享受過父愛的父親，他如何能扮演好父親的角色。

即使父子關係緊張，父親從未冷落過兒子。國小畢業，沒拿到縣長獎，父親仍然換掉平日的工人裝，穿上西裝參加兒子的畢業典禮。

待阿嬤病情穩定，廟方舉行平安晚宴，宋江隊員皆已就座，身為教練的父親卻不見蹤影。楊富閔回家尋父，發現父親兩眼瞪大躺在床上看電視，不發一語：「父親漸漸失去語言能力，父親沉默無法表達心中情緒於萬分之一，只因阿嬤五年前病時，父親就跟著病了。三十年來的失眠，終在高壓工作環境以及阿嬤照養事宜積累下一夜爆發。」父親生病，提早退休，各種壓力忽然來到兒子身上。他陪父親看身心科，代替父親簽署各種與阿嬤有關的文件，最後乾脆由他一人經手負責。後來，阿嬤過世，辦完後事後，楊富閔再度來到朝天宮向媽祖祈福。他在心底祈求父親鬱症能痊癒，抽到一支上上籤，籤曰「戊癸上吉」，戊癸正是父親的名字。父親病後，楊富閔主動靠近父親，以細筆白描刻畫父子間難以言說的深情。

現代社會中，各種壓力致使個人的身心失調。廖瞇《滌這個不正常的人》即以「不正常」的弟弟「滌」作為書寫的對象。「滌」大學畢業後失業在家十餘年，鎮日關在房裡，只在固定時刻走出。他的感官異常敏感，只要客廳有人，連去廚房倒杯水，都是艱鉅的工程。他無法走在人群裡，不坐電梯、不搭大眾交通工具，永遠走路。這樣的「滌」在社會中，被稱為「繭居族」、「啃老族」。日本醫師齊藤環觀察日本的繭居現象，指出「社會退縮」(social withdraw）的行為並非流行病，也非生理引起的精神疾病，更非單純個人病理，而是具有社會結構的成因，必須從家族治療下手。

「滌姐」未與滌和父母同住，因此得以與滌拉開距離，成為真正能與滌「對話」的人。此書從臺北文學獎年金的頒獎現場開始寫起，一步步與滌展開對話，記錄期間遭遇的挫折、猶疑和不知所措。滌姐尋求諮商心理學教授宋文里的幫助，「宋」推薦滌姐幾本書，並讓她更加確認對話的可能：

> 我必須承認我期待透過諮商，滌可能會慢慢變好。但我現在明白諮商不是為了「變好」，

而是為了「了解」。

如果能夠一直對話下去，就算什麼都沒有改變（但有可能什麼都沒有改變嗎？）也足夠了。而我相信在對話的過程中，我原本存在著的那些擔心，也會因為對話而減少。這個對話不是單向為了滌，更是為了我自己。

廖瞇以素樸文字與高度自省能力，記錄重新認識滌、理解父母的歷程。反覆對話與辯證，使「書寫」不僅是成果的展現，也成為行動本身。

✦ 一趟崎嶇的遠行

長期耕耘於疾病文學的李欣倫在散文集《以我為器》中將女人的身體喻為容器，細述女人成為母親的盼望與掙扎。〈不是旅行〉以女兒燙傷住院，進行清創手術的歷程為例，追問生病與旅行之間的異同。她望著先生為女兒帶來的衣服，想起女兒曾穿著那些衣服的旅行，而此時的女兒僅能穿著醫院病服躺在病床上。身心俱疲的她，唯獨閱讀《藥師經》時能短暫讓思緒遠行：

在皮膚被藥水味緊緊覆蓋，耳蝸被機械聲、咳嗽聲、雜沓腳步聲全面攻占的時刻，而我被突然的憂傷、過多的自責、難以抵擋的憤怒所主宰的時日，依循經文念誦聲，遂是拋擲於現世的繩索，我攀爬而上，短暫的，渴切的，從病房切出來的一個時空，在那裡，我暫別醫院裡的痛苦與眼淚，腿上有傷的女兒以及她的困惑和嚎泣。那是我唯一的遠行，即使我幾乎離不開病床，我曾跟隨經文穿梭了那樣的世界。像一場旅行。

離開醫院，回到家中，大樓管理員和鄰居見全家拎著大包小包歸來，以為是出國旅行，卻不知是歷劫歸來。生病與旅行竟有如此多相仿之處，然而，期間的區別唯有親身經歷的人方能知曉。文末，李欣倫描述女兒趁她整理行李的空檔，從推車上起身，扶著櫃子緩緩前行：「雖然只勉強前進兩步，但她高聲歡呼：『媽媽你看我又可以走路了。』我牽著她的手，往前跨。范丹伯說，這是一段崎嶇又不太真實的遠行。這不是旅行。這是旅行。」對病人或照護者而言，這無疑是一趟崎嶇的遠行。

✦ 熟悉又陌生的照護者

這些以肉身為試煉、血淚為筆墨完成的作品，透過照護者的角度，帶領讀者走一趟「老病死」的人生之途。在Loso Abdi〈關於愛〉一文中，我們得以站在異鄉看護工的角度，深刻理解他們在臺灣的處境。而鍾文音《捨不得不見妳》則從雇主角度，描述面對陌生照顧者的徬徨與適應。簡媜〈侍病者是下一個病人〉描述成為侍病者的女人們，呈顯長照現場的性別議題。蘇偉貞《時光隊伍》書寫陪伴罹癌丈夫走向死亡的過程，直指照護現場醫病關係的不對等。夏夏〈照亮長路〉道盡兒女將父親送往長照機構的無奈與掙扎。

照護者承擔的不僅是身體上的照顧，同時包括心理上的陪伴與支持。楊富閔〈我們現代怎樣當兒子〉一文中，描述父親罹患鬱病後，他主動靠近父親、理解父親。而廖瞇《滌這個不正常的人》以書寫為行動，記錄與蘊居在家的「滌」重新展開對話的過程。李欣倫〈不是旅行〉細描女兒燙傷住院的歷程，反覆追問生病與旅行之間的相似與差異。他們刻寫個人經驗，書寫長照過程中的掙扎與徬徨，反映臺灣社會長照現場的種種現況。也為每個人都可能經歷的這條崎嶇長路，點亮微光。

參考書目

Loso Abdi，〈關於愛〉，東南亞移民工，《渡：在現實與想望中泅泳（第五屆移民工文學獎作品集）》（新北：四方文創，二〇一八），頁三〇—三九。

王德威，〈強悍的悲愴——蘇偉貞與時光隊伍〉，《後遺民寫作》（臺北：麥田，二〇〇七），頁三〇一—三〇四。

李欣倫，《以我為器》（新北：木馬，二〇一七），頁一九六—二一〇。

夏夏，《傍晚五點十五分》（臺北：時報，二〇二〇），頁一三一—一五六。

楊富閔，《解嚴後臺灣囝仔心靈小史1：為阿嬤做傻事》（臺北：九歌，二〇一三），頁二一一—三三一。

廖瞇，《滌這個不正常的人》（臺北：遠流，二〇二〇）。

鍾文音，《捨不得不見妳：女兒與母親，世上最長的分手距離》（臺北：大田，二〇一七）。

簡媜，《誰在銀閃閃的地方，等你：老年書寫與凋零幻想》（新北：印刻，二〇一三），頁三五三—三六九。

蘇偉貞，《時光隊伍》（新北：印刻，二〇〇六）。

參考資料

張正，〈張正：移民工文學裡的移動人生〉，「非常木蘭」，網址：https://www.verymulan.com/issue/張正：移民工文學裡的移動人生-14697.html

延伸閱讀

Dwi Seryawaningsih，〈寶島框架背後的肖像〉，東南亞移民工，《流：移動的生命力，浪潮中的臺灣（第一、二屆移民工文學獎得獎作品集）》（新北：四方文創，二〇一五），頁一四六—一六八。

王增勇，〈家庭照顧者做為一種改革長期照顧的社會運動〉，《臺灣社會研究季刊》第八五期（二〇一一年十二月），頁三九七—四一四。

呂寶靜、陳景寧，〈女性家屬照顧者的處境與福利建構〉，劉毓秀編《女性、國家、照顧工作》（臺北：女書，一九九七），頁五七—九二。

張曼娟，《我輩中人：寫給中年人的情書》（臺北：遠見，二〇一八）。

楊隸亞，〈我的弟弟不是怪物——廖暿談《滌這個不正常的人》〉，《自由時報副刊．書與人》（二〇二〇年五月十一日）。
藍佩嘉，〈跨越國界的生命地圖：菲籍家務移工的流動與認同〉，夏曉鵑編，《騷動流移》（臺北：臺灣社會研究雜誌社，二〇〇九），頁四七三—五一五。

節制的深情
當醫學遇見文學

蔣亞妮

臺灣有一個很有趣的文學現象，喜歡分類與歸納。作家除了性別、性傾向，更有無盡文類，散文底下經常被唱名者，就有「家族書寫」、「旅行書寫」、「自然書寫」與「身體書寫」、「疾病書寫」。當然更有以職業再細分，私以為，如果真有分類，「醫師作家」一門，是文學書寫系統中最別緻的一種。正如愛亞當年曾評讚吳妮民一般，其別緻處在：「醫師的筆不批評，不濫情描寫。」

自賴和起，臺灣醫師作家無數，近代文壇有詩者如：鯨向海、陳克華、阿布，小說者流則有陳耀昌、侯文詠與拓拔斯．塔瑪匹瑪（田雅各），散文寫者更有吳妮民、黃信恩與王浩威、鄧惠文等眾。更遑論從事更大範圍的醫療照護者體系的寫作者，有中醫藥行家族背景的李欣倫，或者有與醫學、治療領域相關經驗的伊格言、栩栩等作家。

✦「診療間的筆：從醫學到文學」

以書寫醫療現場到私密經驗，從診間再到自身如何與疾患對抗的散文家吳妮民來說，她的作品從《私房藥》來到《小毛病》，從實習醫生到閱覽生死，吳妮民的文字似變而未變，改變的那些，她交給時間。那些微小而確實發生的初老，二十八歲第一次發現白髮，跨越三十五歲的小憂愁與小煩惱，如今已可以自在說出：「和過往的那個少年相比，我總覺得有魚尾紋的你比較好，有白髮的你，也比較好。」或者結合所學，告訴你別拔白髮，只因「別拔，但與長三根的講法無涉，而是拉扯頭皮會造成疤痕性禿髮，之後，病灶處便再也長不出頭髮來。」

未變的是吳妮民獨有的文字質性，密度很高，情感卻是收束著的，畢竟即使是生病死痛的濃度，也不會總時時強烈。《小毛病》裡頭，大多時候只談初初的老去，或是談自己體內生長的小小「東西」，門診裡遇見那些不立即與死亡拉扯的病人事。這些小，是選擇，因為沉重與巨大，可以無處不在。舉重若輕的寫，正因為她明白：「真正乾爽的日子是不可能的，全無疼痛的生活，是不可得的。」讀吳妮民的字，更能理解散文之靈，各自有質。她的字如此清醒，告訴你，看慣生死苦病不代表無感，而是降低感覺維度，學會以另一種恍如學術語言、客觀論述的方式，把自己的情感與文字進行一次蒸餾。

比如從前，她寫第一次解剖大體時的那股氣味，無關血腥與異味，不過輕巧一句，當人體脂肪的味道撲鼻而來，「那氣味你一輩子都會記得」。《小毛病》裡，也有這般以輕逸書寫的重，書末收錄了吳妮民與同為醫者的作家黃信恩對談。他們談孤獨與死亡，談到「孤獨」是有味道的，吳妮民提起一次她探訪臥病許久的中年病者經驗，同樣也是一次氣味的場景。病人下身滿是透著膿血的瘡口，雖然開著冷氣，也蓋不過去。吳妮民談起那股記憶中的氣味，字抓得很緊，卻不帶一句痛地寫下：「站在房裡，我想最極致的孤獨，或許是這樣的。它的味道聞起來像，被遺忘。」《小毛病》，並不是毛病微小不足稱痛，小毛病其實是選擇與相對，相對於痛和重。寫者與醫者看人世如「幻境之鐘、虛無沙漏」，因而稱微小的神之一瞬。

而詩人阿布，同時是醫師，也是散文家。二〇一三年後，他出版了《來自天堂的微光》，一路到二〇一九年《實習醫生的祕密手記》兩本文集，而後，他留職停薪，前往東華進修；再度回到職場的他，交出了《萬物皆有裂縫》這本文集，書寫自身的診療經驗，以冷靜而抽離的方式，更多的隱藏與保留了一些診間遇到的個案資訊，就如同他寫下：「我發現『距離』對於寫作相當重要。理想的距離是貼近卻又不涉入、旁觀而不疏離，在這樣的距離之外，文學的虛構與醫學的紀實、自我的情感與他人的痛苦之間，才能錯落有致。一段適當的距離能在形成文字的美感同時，也避免了廉價的濫情。」

一如阿布所寫，許多醫師作家在光環外的思考，也都是感性與理性的拉扯：「有時候覺得好像有兩個我，鏡像似的。一個是醫學中心裡的醫師，一個是穴居的寫作者。一個埋首於充滿數據的論文，一個傾向無法定量的散文與詩。」這也是許多過往醫師作家書寫中，揭露與面對的思考。《萬物皆有裂縫》書中許多段，寫囤物、寫記憶，這種對物質的書寫，除了像是這本書，也像是這種醫療場景書寫背後的隱喻。比如，阿布談到精神科診間過往常出現的「約束帶」，它除了是一件約束病人行動的物件，人在面對約束帶時，最好的方式是全身放鬆，繩索本身就同時具備著保護與禁制的雙重隱喻。如阿布所寫：「約束帶也有著自身的重量，那是能禁制一個人的權力。權力在引誘我們去掌握它、擁有它，甚至在任何一個違背我們意願的病人身上任意地使用它。」在文學中，尤其是散文裡頭，書寫到他人、他事的能力與可能，不也是一種文學的「約束帶」嗎？因為，文字本來就也同時具備著保護與禁制的雙重隱喻。

書寫也是一種治療，就像文學與醫學的現場，兩者相通，最用心處往往不是虛執、濫情，而是思考與節制。就如同阿布所說的「距離」之重要，約束帶在他的醫療或是文學現場引發的思考，指向的從來不是權力與管教，而是思考可不可以、思考怎麼施力的一種細緻。《萬物皆有裂縫》一書，不管是命名與章節，每一處都來自他有意識的引用，所引之處、縫隙之處，其實全都是書寫者緊緊約束與收束的溫柔。在〈瘋人船〉一篇裡頭，阿布這樣寫著：「對於精神醫學來說，其實並沒有外界想像中那麼執著認定『正常』與否。醫師並不是法官，醫學不適宜給予好或壞的評斷。」文學亦同。

✦「另一種治療現場：文學創作者的疾病與身體」

叔本華（Arthur Schopenhauer）有這麼一句話，關於人類，他是這樣說的：「我們只有一個與生俱來的錯誤，那就是認為我們來到這世界，目的是要過得幸福快樂。」這是平路在推出書寫自身二次罹癌經驗之作《間隙》時，提及的話語。這也為《間隙》這本書很好的定下基調，《間隙》是一本從她與西方思潮展開對話而來的疾病之書，也是「疾病書寫」作為一種龐大的書寫主題以來，深刻卻又客觀的一場自剖。因為人類來到這世界，都將無可避免地與疾病、與苦痛相逢，它們與幸福快樂無涉，卻是生命中最重要的一道課題。

美國作家蘇珊・桑塔格（Susan Sontag）在她《疾病的隱喻》一書中，梳理不同文本中的疾病書寫，發現了疾病本身也被文學作品賦予了層層隱喻。其中，一筆劃開的就是關於「疾病王國」與「健康王國」兩個隱喻，也是《間隙》裡頭平路以自身經驗不斷跨越的兩端。二〇二三年，林黛嫚時隔近二十年出版了書寫自身經驗的散文集《彼身》，也將她近年罹癌與抗癌的過程，化作一篇篇長短散文，當中反覆提及的意象概念，也同樣是蘇珊．桑塔格所提的「兩個王國」。

平路的《間隙》一書，完整書名是《間隙：寫給受折磨的你》，寫給他人對應的正是曾受折磨的自己。它當然屬於疾病書寫，卻同時也是新種，過往我們談疾病書寫，往往能看到來自作者所承受的巨大痛楚與磨難，藉由文學創作，道出種種心理、身體上的病痛。而平路寫的折磨，卻是往淡裡寫；寫她發現肺葉小結節時，那照出來的病灶，如毛玻璃顯影般。比起寫痛，她更寫痛中美、痛中時間，如她寫病時：「時間的感覺不一樣了。如同回到童年，鐘錶師傅用工具撬開腕錶，一堆齒輪在手裡撥弄。世界初初現出形狀，時間原可以調整快慢。」平路更在書中以「烏雲有金邊」，短短一句話，便將她的兩次罹癌，釋然昇華。

《間隙》一如醒悟書、經中書，她寫夢中火宅（三界煩惱之火執念）燒盡一切物質，也談上一本寫親緣的散文集《袒露的心》，其實英文名稱被她取作「心裡的曼荼羅」。生命果然也是功課，最大的功課或許如她所寫，人「該當」歡喜，只是「該當」，回到叔本華所說，將「該當」也理解成與生俱來的誤解，不也是一種與疾病、與家庭的和解。

如果世界真如蘇珊．桑塔格所說，一分為二，生病之人住在疾病王國，其他人住在健康王國。那麼，我們每個人終究都會成為雙重公民，只是時間問題。在平路推出《間隙》的同一年，散文寫作者陳宗暉也出版了第一本書《我所去過最遠的地方》，這是一本病後書，也是後病書，三十歲被不名疾病纏身的書寫者，終於回到書寫檯。在這本書裡，陳宗暉處理了或許在病前就該處理的家族、父母與青春種種母題。這個在當時師長吳明益、郝譽翔與同儕言叔夏心中「忽然消失了」的寫作者，因為一場三十歲發作的疾病消失近十年，終於帶著他消失的時間與答案，回來續寫。《我所去過最遠的地方》以逆時針的方式，如同電影《天能》那般，帶讀者與自己重建他早該在過去就完成的建築，建築就是作品。所以，那一處去過最遠的地方，便因為疾病的觀見，有了更多重的含義指涉，如陳宗暉所寫、所言：「今天的你是我所去過最遠的地方。今天的我是我所去過最遠的所在。此時此刻的我們都在前所未有最遠的地方，請為自己鼓掌。」

從《間隙》到《我所去過最遠的地方》，足見一條往淡裡去的疾病書寫新路，再到二〇二二年詩人隱匿的《病從所願：我知道病是怎麼來的》、二〇二三年林黛嫚的《彼身》，臺灣寫作者紛紛由主觀到客觀、由情感到病理的方式面對己病，或許，疾病更為書寫者打開新的心眼，見到一條別開生面的「隱喻」之路。至此，也終於明白蘇珊．桑塔格所說的：「隱喻思維不但是人人皆有的認知能力，創造隱喻更是文學家得天獨厚的專利。」《我所去過最遠的地方》藉由樹與海、地點與地點，連接成為一趟長長旅行，書寫也似返程；《間隙》則藉著許多電影、書籍，比擬她因病而開啟的雙眼、新感官。

書寫者的感官，何其多元，李欣倫也曾在《有病》裡頭，回看從前（寫《藥罐子》一書時期）的「視界單純」，但她之眼、之筆所寫下的日常觀察，卻是實在的溫柔與細緻，而後她在《此身》書中，更將彼時到印度的見聞深化思考，談及各種「病」的可能：「從相思病、思鄉病（homesick）到腹瀉、嘔吐，我虛弱地笑了笑，明白身體的意思，身體說，文字從來不是說故事好手，這次，放下妳的偏執，讓身體完成這本無字論文吧。去年六月初（也是SARS比較不那麼嚴重的時候）

回到臺灣，我花了一段時間咀嚼印度那三個月的生活，八月初開始動筆，在流感、禽流感病毒威脅的秋冬季節，時而零散時而勤奮地寫，今年二月初，這個自我診治的療程暫告一段落。身體教育讓我思索廣義疾病。在不同的社會脈絡和歷史語境下，你以為再健康不過如藍天如春光的各種生命型態，其實是疾病溫床。」從身體出發，理解病與身的關係，李欣倫將病的概念變得巨大，那巨大其實是一種兼容與寬厚：病並不限於病理學上的，更旁及精神與心靈性。之後，李欣倫陸續出版了《此身》、《以我為器》到《原來你什麼都不想要》，她不只將更多的閱讀經驗化成文字，也將「身體」器化與「他者化」來觀看，每一本書，都是一段她身與心的斷代史。

時間再往前一些，回頭看許多過往的疾病書寫，肉身即為廢墟，從吳繼文《天河撩亂》、鍾文音的《愛別離》到《慈悲情人》，形色病體，各自撩亂；或者又如周芬伶經典作品《汝色》裡頭開篇的〈與夜〉，作者述寫病史與病感，種種病體書寫，形成了一種廢墟美學。近十年中，當越來越多寫作者開始直面病痛來臨，越來越多元的病被正名與正視後，如同平路的《間隙》，文學開始有了不同聲腔，能夠病中帶笑的告訴你，任身體衰敗，也可以將身體想成甜點，想像它變成鮮奶油般酥軟，以此抵抗壓力疼痛，或者想像自己是一個鬆寬的舊襪子，應付種種緊張場合。藉由書寫疾病，作者還有更想讓讀者看的風景，不是苦痛日景，而是不論哪處都有可看的天光雲影。一如陳宗暉寫病時的不適暈眩，他也能打趣自己地寫：「媽媽的名字裡有一個雲，爸爸的名字裡有一個浪。我把名字裡並肩的太陽頂在頭上，就變成散步行軍接力賽的陳宗暈。我不要麻醉，我不想暈倒，血色素愈低愈渴望散步行軍接力跑。」

從平路的「鮮奶油身體」到陳宗暉化身的「陳宗暈」，寫作者操持與運用了強大的隱喻之技，跨越了「健康」與「疾病」兩邊國度。又或者如李欣倫、隱匿與林黛嫚之筆，她們選擇更為理性的看待「病從何處來」。除了某種心靈影響身體的「癌症人格論」，林黛嫚也以醫學研究為己病正名，為了解病的來處，她更做了DNA基因定序：「果然在我的DNA找到BRCA1致病性基因變異位點，此基因變異顯示病人為遺傳性乳癌與卵巢癌症候群，建議病人與家屬接受遺傳諮詢，並與專科醫師討論後續追踪治療。對於做基因檢測而測出有BRCA基因的人，那麼該如何面對呢？以知名的明星安潔莉娜裘莉的例子，她在一九九四年五月投書美國《紐約時報》，發表一篇名為「我的醫療選擇」（My Medical Choice）的公開信，文中披露她因為帶有「有缺陷」BRCA1基因，所以她已進行雙乳切除手術以預防乳癌發生，接下來她也計畫進一步接受預防性的卵巢加輸卵管切除手術以減少卵巢癌的發生。」醫療科學的精準與冷靜，反而恰恰提供了許多難纏問題的答案，「為什麼母親與姐妹們都紛紛發生相近的癌變？」、「為什麼是自己？」

而面對心靈的病痛，可以看到李欣倫在《有病》的書末中，直面它的症狀與物理現象，從而既客觀又涉入的回看自身：「這麼看來，我還是幸福的。我並沒有在缺乏情愛免疫症候群中缺了胳臂、瞎了眼睛、斷了腿或任何身體殘缺，我的大腦還好端端地坐在那兒，未曾受損，催產素、苯乙胺和多巴胺仍不時分泌，讓我品嚐情愛，享受暈眩。我的海馬迴還在，杏仁核還在，顳葉還在，還能將偏見、有病的思想、扭曲的記憶轉化文字、印成書本，來到你的面前。」

人們健康、人們也會生病，一如人們生病、人們也可能會康復，不斷游移的兩者，或許才是我們一生進行最久的一件事，也是與生俱來的本能——「移動」。寫作者的移動，除了在陸海空之外，更在紙上與心靈；就如同身體是與生俱來的、陷落疾病、渴望健康也是如此，那麼書寫它們的本能，當然更是。從醫者到寫者、從寫者到醫者，醫與病無法分割，畢竟我們都終將成為不同王國的國民。然而，世間總有不變的事，這些創作者們的作品與留下的文字，他們有所節制的深情，就是對醫學、對文學與世界，真正的長情。

參考書目

平路，《袒露的心》（臺北：時報，二〇一七）。
平路，《間隙：寫給受折磨的你》（臺北：時報，二〇二〇）。
吳妮民，《小毛病》（臺北：有鹿，二〇二一）。
吳妮民，《私房藥》（臺北：聯合文學，二〇一二）。
李欣倫，《以我為器》（新北：木馬，二〇一七）。
李欣倫，《有病》（臺北：聯合文學，二〇〇四）。
李欣倫，《此身》（新北：木馬，二〇一四）。
李欣倫，《原來你什麼都不想要》（新北：木馬，二〇二二）。
周芬伶，《汝色》（臺北：九歌，二〇一二）。
阿布，《來自天堂的微光：我在史瓦濟蘭行醫》（臺北：遠流，二〇一三）。
阿布，《萬物皆有裂縫》（臺北：寶瓶，二〇二一）。
阿布，《實習醫生的祕密手記》（臺北：寶瓶，二〇一九）。
蘇珊．桑塔格（Susan Sontag）著，刁筱華譯，《疾病的隱喻》（臺北：大田，二〇〇〇）。

參考資料

Angelina Jolie, "My Medical Choice," https://www.nytimes.com/2013/05/14/opinion/my-medical-choice.html

延伸閱讀

吳繼文，《天河撩亂》（臺北：時報，一九九八）。
鍾文音，《愛別離》（臺北：大田，二〇〇四）。
鍾文音，《慈悲情人》（臺北：大田，二〇〇九）。

特寫

他們都說我「沒有病」

高齡、健康與照護的多重敘事

劉介修

老年，
在一個社會中是有意義或無意義，
會使得整個社會必須重新評議，
因為，
是通過老年揭露了我們之前的人生是有意義，
還是沒意義。

——西蒙波娃，《論老年》

✦高齡者的診間「抗議」

年過八旬的高齡婦人帶著口罩，身旁兩位女性扶著她走進診間。婦人尚未在椅子上坐定，一位中年女子搶著上前說明這次來看診的目的。「我媽一下子說她這裡有病，一下子說她那裡有病。每次帶她去看醫生，心臟科、骨科、神經科、腫瘤科，什麼科都去看了。醫生都說沒有病。我們也不知道怎麼辦……」

我揮揮手，示意女子稍微停頓一下，試著讓婦人開口說話，介紹與她同行的兩位女性：一位是她的女兒，另一位是她的看護，叫做阿蒂。

「我整天頭都很暈。」婦人接著說：「老了，沒有用了。腳很痛，走不動；心頭悶悶的，像有塊石頭整天壓著。去看醫生也沒有用，拿了一堆藥，吃也沒有用。每次都要麻煩小孩帶我去看醫生。」

「這是她去拿的藥。你看，這麼多。都沒有乖乖吃，她都挑著吃。」女兒拿出一個大塑膠袋，裡頭裝著各式各樣來自不同醫院、診所的藥品。還有好幾罐顧眼睛、顧筋骨、保肝保腎的營養品。我把整袋的藥物拿到桌上，準備一一清點藥物的種類和服用方式，希望能多瞭解婦人的狀況。

「我真的很痛苦！」婦人提高了音調，混雜著憤怒與悲傷，開始在診間哭泣，大聲地喊叫：「最可惡的是，我女兒都跟他們一起，他們都說我沒有病！」

她向女兒抗議，向醫生抗議，她向當代醫學的單一敘事發出最大的抗議。

✦「健康」與「疾患」的生物醫學敘事

高齡者「疾患」的複雜度，探問著關於「健康」的多重敘事。長久以來，我們對於「健康」的理解，囿限於當代西方生物醫學的框架中。在傳染病肇始的年代起，隨著現代醫療教育與制度的科學建制，加上全球製藥產業的蓬勃，生物醫學模式的健康敘事，成為我們理解疾病、醫療與健康的壟斷性版本。

在這個敘事中，醫療關照的是身體病兆，透過一連串的症狀、徵候、檢驗、檢查與影像，連結「眼見為憑」的生理病兆作為證據，進行疾病診斷，判斷一個人有病，沒有病。在這個狹義的版本中，「健康」是一種「沒有病」的狀態，即在當代醫學的生理性證據缺乏的狀況；而醫療所關注的在於「治癒」——將那些生理病兆進行矯正的歷程。

高齡社會來臨，社會中愈來愈多的高齡者，更為長期複雜的健康議題，直面探問著當代醫學敘事的缺陷。一方面，高齡者透過「自力救濟」，在醫療市場中遍訪能夠回應個人健康問題的處方，很多時候在一個又一個的醫生診間中徘徊，領了一袋又一袋的連續處方箋之後，仍然沒有獲得解決。

電臺廣播的賣藥節目，很多時候成為了高齡者自行探詢「全人醫療」的出口。在電臺主持人平易近人語言以及能夠喚起共鳴的病痛敘事中，高齡者尋找與自己相關聯的疾患經驗，渴望神奇的處方。

另一方面，高齡者需要小心翼翼地撕掉「濫用醫療資源」的標籤。尤其在健保的財務危機不斷被提醒，人口少子女高齡化的「警鐘」不斷被敲響，高齡者在公共論述中，成為標籤下的「社會依賴者」與「資源的消耗者」。

擔心自己成為家人、社會的負擔，擔心自己日益年邁的身體，面對生物醫學強大的疾病敘事，生病之人往往成為被動接受照護，接受矯治的對象。在茫茫的醫療之海，無助的求援者。

✦「日常生活功能」的照護服務敘事

面對愈來愈多的慢性疾病，以及長期照護的服務發展，當代各種社會服務的發展，試著打開「生物醫學」狹窄的健康意涵，逐漸發展出另一個健康與疾患的敘事：日常生活功能。「功能」版本的健康敘事，關照高齡者執行與完成日常生活所需的能力，強調高齡者日常生活中的獨立能力，特別是食衣住行等基本日常生活任務的完成。

從「疾病」轉移到「功能」，健康不只是生理病兆的有無而已，我們可以「有病」但仍然「功能」良好，我們可能「沒病」，但因為衰老讓我們處處受限。

日常生活功能的健康敘事，逐漸成為健康照護政策提供服務的依據，或者是照護資源控制的指引。它規範了誰可以獲得服務，可以獲得哪些服務，可以獲得多少的服務。

「功能健康」的敘事，在當代健康與疾患的轉型中，似乎為照護服務找到了理性計算資源獲得和控制的方法。不過，在這個版本的健康敘事中，身而為人，似乎只剩下了執行日常生活功能的工具性意義——人成為只需要滿足吃、喝、拉、撒的存在。

✦ 邁向社會處方的正向健康敘事

我們在「變老」的歷程中，持續地尋找身而為人的價值與意義。「健康」的敘事，在負面表列——「沒有病」、「沒有日常生活功能限制」——之外，我們需要更多正向定義的版本。

健康是一種完整的身體、心理與社會的安適狀態，不只是沒有病，或者不致身體虛弱而已。它是一項基本人權，並且最高層次健康的實現是一項重要的世界性社會目標，除了健康部門之外，有賴更廣泛社會與經濟部門的行動。

——世界衛生組織，《阿拉木圖宣言》

世界衛生組織在半世紀前對於「健康」的定義，在高齡社會的情境中，再次提醒著人們，健康的正向敘事，以及社會許諾。

在我們慢慢變老的過程中，「健康」也許不能夠簡化為高齡者個別的煩惱和病痛。高齡者的健康與不適，很可能沒有辦法在專科醫師的診間找到全部的答案。狹義的醫學，面對多重複雜的健康與疾患的脈絡，常常顯得蒼白而無力：那些關於營養、住宅、照顧、社會關係、休閒娛樂、生活安排、乃至於生命意義的追尋。

高齡者的健康福祉，不該只有「醫院」這個選項，我們需要連結起更廣泛的「社會處方」。那些維繫著我們身而為人的物質性保障，心理支持與社會連結。

✦渴望更多的高齡抗議者

在診間「抗議」的高齡者，提醒著我們，健康與疾患的敘事，不在特定的疾病與「神奇的藥丸」之中。也許我們都同時「不健康」，也不見得「有病」。在健康與生病的二元極端中，我們占據了光譜中的某個中介位置。

健康與疾患的敘事，涵納了人們生活方式與生命歷程，以及高齡者的觀點與價值。而這可以是一個社會集體的回應：我們怎麼看待健康、疾患與老年？

「健康」的本質，很可能不是某種醫學的現象，而是道人生的哲學命題。變老，是我們重新回望生命歷程的整合性過程：物質、想望和社會參與，我們與他人有品質的連結、我們與社會文化環境交織的互動，我們對於生命意義的追尋與實踐。

渴望更多的高齡「抗議者」。我們需要聽見高齡者的聲音：敘說高齡者與照顧者，關於健康、高齡與照護，一起慢慢變老的故事。

參考書目

西蒙・波娃（Simone de Beauvoir）著，邱瑞鑾譯，《論老年》（臺北：漫遊者，二〇二〇）。

World Health Organization, "Declaration of Alma Ata: International Conference on Primary Health Care, Alma-Ata, USSR, 6-12 September 1978," https://cdn.who.int/media/docs/default-source/documents/almaata-declaration-en.pdf?sfvrsn=7b3c2167_2

延伸閱讀

垣谷美雨著，李佳霖譯，《七十歲死亡法案，通過》（臺北：遠流，二〇一五）。

凱倫・希區考克（Karen Hitchcock）著，劉思潔譯，《親愛的人生：關於醫療、老年及照護的思辨》（臺北：游擊，二〇二一）。

簡媜，《誰在銀閃閃的地方，等你：老年書寫與凋零幻想》（新北：印刻，二〇一三）。

附錄

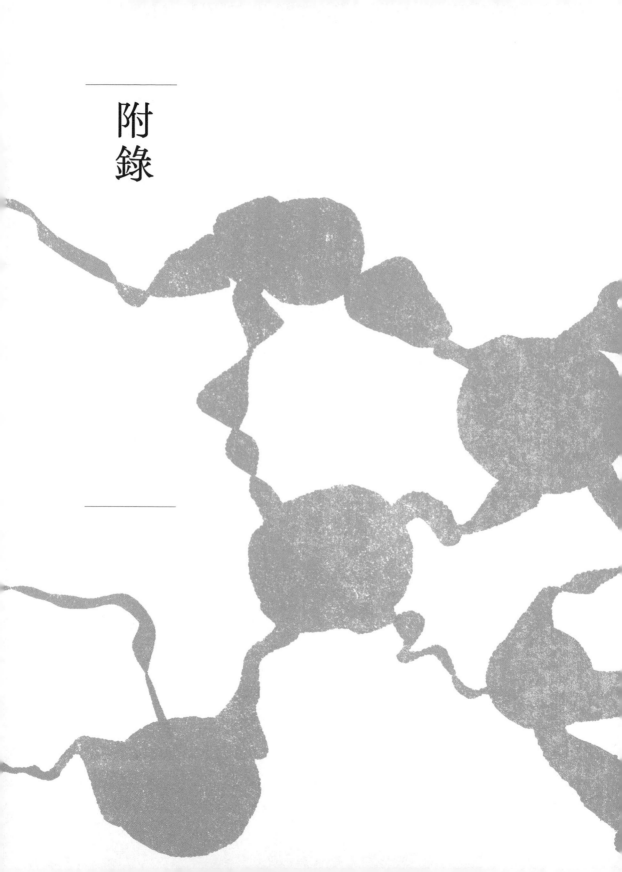

展覽簡介

寫字療疾

罅隙中的粼光

王嘉玲／黃偉誌

二十一世紀以來，人類歷經二〇〇三年SARS（嚴重急性呼吸道症候群）、二〇二〇年COVID－19（嚴重特殊傳染性肺炎）疫情爆發，想不到發燒、咳嗽、肌肉痠痛等這些個人細小的徵候，竟然蔓延到全球大疫。隨著疫情發展，人類歷經最初「恐懼他人，隔離自己」的不安狀態，轉變到至今與病毒共存的現況，仍與病毒持續戰爭中。

生病是人生的生命歷程，本展以傳染病、精神疾病、集體創傷、慢性病及長照等五大主題，呈現文學如何陪伴人們度過病症所帶來的身體苦痛以及心理壓力。文學見證原本對疾病的汙名、隱喻，書寫疾病亦可映射社會現況與歷史影響。由於臺灣位處亞熱帶，氣候悶熱而潮濕，外來者常因水土不服染上「風土病」，故臺灣有著「瘴癘之地」的稱號，日本殖民者來臺開始推行一系列公共衛生建設，許多疾病隨著衛護環境改善而消失，有些仍現存至今。本展透過各式疾病的串接，窺見日治時期以來在醫療技術的發展之下，臺灣疾病書寫面貌的多元，以及社會大眾對疾病態度的轉變。

本展展覽主視覺以「人生長河中因疾病帶來的湍流，碰撞彼此，摩擦成圓滑的鵝卵石」作為設計發想，病患因湍流（疾病）的摩擦而產生對人生的各種體悟（身心療癒），最終磨合成圓滑的鵝卵石。展區內將文本的象徵與隱喻轉譯為視覺藝術裝置，不論是培養皿中的繽紛病毒、危機四伏的玫瑰花園、破碎失衡的房間、遮風避雨的雨傘或走向人生終點的輪椅等，以不同時代的疾病文學見證人類對於疾病的恐懼、還有背後所反應出的苦痛，期望能讓觀眾產生共感並更有勇氣面對，一同寫字療疾。

第一單元「社會有疾，群眾同療」以傳染病為主題，分別從貧窮、隔離、恐懼以及壓迫等四個面向，探討文學中傳染病所延伸的社會問題。走進展場首見大型病毒隔離裝置，玻璃帷幕內充斥著各式曾經讓人類聞之色變的病毒，如漢他病毒、COVID－19、梅毒螺旋體等，觀眾穿梭其間，感受到病毒隨時存在於生活周邊。裝置上搭配《隔離丁尼》影片，描述在疫情期間臺灣人是如何適應新的日常，並與舊的生活道別，也反思到隔離病毒之外是否也疏離了人心。傳染病在臺灣歷史上層出不窮，透過楊逵〈無醫村〉、詹作舟〈結核ノ予防〉手稿以及日治時期出版的《台灣警察時報》衛生特輯號等展品，呈現民俗療法與現代知識的碰撞，並揭示疾病帶來的慌亂與眾人不明說的歧視。關於疾病的歧視，以性病最為代表。在「性病」展區中藉由藝術家巫姿瑋創作的玫瑰花垂吊裝置，作為與梅毒連結的隱喻，搭配日治時期由純純演唱的《戒嫖歌》，以及王禎和《玫瑰玫瑰我愛你》與葉石濤〈玫瑰項圈〉作品摘句，性病代表著女性苦難的象徵，亦成為父權或殖民者壓迫的隱喻。

第二單元「心靈有疾，書寫來療」探究瘋癲與憂鬱，文學打開介於正常與異常之間的空間，展區中破碎鏡像的反射與失衡扭曲的視角暗喻精神疾病者的身心狀態。從張文環〈閹雞〉與吳漫沙〈瘋女阿蓮〉等手稿中看到文學中的瘋癲者，往往是看穿現實世界中的不合理或是壓迫；文學

上圖｜「社會有疾，群眾同療」展區，隱喻梅毒意象的玫瑰花裝置。
下圖｜「社會有疾，群眾同療」展區，裝置傳遞病毒無法完全阻隔的意象。

內的憂鬱，則來自對生命意義的追問，抑或是身處於世卻格格不入的困窘。「腦內囈語」沉浸式體驗區將患者內心的不安、躁亂情緒以文字的方式具象化。將葉青、許佑生與廖梅璇的作品，運用重組、複製等多層次動態影像投影，讓觀眾體驗精神疾病患者內心處於極大的壓力時如何影響心理狀態。希望藉此更加同理深受心理疾病所苦的人們，並感知文字療癒的力量。

第三單元「集體創傷，集體療復」以天災、工殤、戰爭與白色恐怖為題材，呈現身心在短時間內受到重大衝擊留下難以抹滅的傷痕，最終造成創傷後壓力症候群（PTSD）。展區以時間停在凌晨一點四十七分的大時鐘、門牌、攝影師張蒼松所拍攝九二一地震五年前後對比家族照、高樓倒塌的窗貼等情境展示，觀眾可開啟五斗櫃內觀看林亨泰〈餘震〉、楊青矗〈自己的經理〉等作品摘句之衣服圖板，感受天災人禍所造成的傷痕。透過文字閱讀過往，藉以撫平內心的傷痛。除重大災害外，白色恐怖也是臺灣人民的集體創傷。展示桌上擺放柯旗化「獄中家書」以及當時威權政府統治下的禁書，左側的收音機播放著作家陳列回憶獄中生活的作品〈無怨〉有聲書。展示桌旁的檔案夾收錄葉石濤《臺灣男子簡阿淘》，描述他對自身揹負著政治犯原罪的無力與怨懟，還有杜潘芳格〈平安戲〉中隱喻威權統治下的暗潮洶湧，看似日常的生活，卻需要時時小心，「心中小警總」的陰影仍然揮之不去。文學探尋傷害造成的現場，與當事者共感，也讓未曾經歷過事件的人們，有靠近歷史現場的機會。

第四單元「慢慢的病要緩緩療」，將慢性病、癌症喻為長時間、持續性的陰雨，文學為患者撐起傘，提供溫暖、遮雨的安身處，舒緩患病的不安與怨憤。在臺灣醫療進步、現代人平均壽命提高等因素下，慢性病患者也逐年增加，從劉俠《杏林小記》、周大觀〈治療〉與姚一葦〈乙亥歲

上圖｜「心靈有疾，書寫來療」展區，以破碎鏡像暗喻精神病患者的身心狀態。
下圖｜「集體創傷，集體療復」展區，停止的時鐘象徵九二一地震發生的當下。

暮患高血壓詩以自慰〉等手稿中，慢性病猶如一場無止境的馬拉松，與病共舞的歷程中，文學流露患者面對病痛的積極與消極，以及在無止境病情中的體悟與堅韌之心。本展區訪談平路、黃柏軒、陳宗暉、李欣倫與郭強生五位作家所錄製《負重前行》影片中，分享罹病如同生命之中的「間隙」，如何透過「寫作」的意義重新認識自己，並在生活中找回平衡。

第五單元「時間的疾，照護療癒」記錄醫病關係與照護者的心路歷程，從郭強生〈我們都失智〉、李彥範〈輪班〉、邵倜〈外勞風景〉等作品中，顯示出照護者的角色在高齡化社會來臨後，變得更加重要。無論是醫療產業中的護理師、負責照護工作的家庭成員以及外籍看護，都是陪伴病者與老者共同度過人生的重要夥伴。展區中央展出作家龍瑛宗晚年至中國旅遊時使用的輪椅，不僅承載龍瑛宗的晚年生活，也見證父子之間的情誼，輪椅背後照護者剪影鏡面立牌，映射觀者自身，隱喻無論男女、年齡未來都有需擔負起照護者的角色，重新審視照護者與被照護者的關係。「由疒自由」生命體驗互動區，觀眾藉由毛線纏繞「疒」字部首中的線板鉛筆裝置，重新思索病、療與癒等生命歷程，勾勒對於人生必經課題的思索。最後「好好療」展區，觀眾坐在擁抱抱枕的沙發上，翻閱疾療文學相關書籍，挑選喜愛的療癒小物來紓壓後，帶著解壓後放鬆的心情，在結語區的葉片便條紙上寫下觀展心情。

✦ 結語：沒有人是故意的

病歷就像是我們的生命編年史，記錄那些突然來到我們生活內的衝擊。文學寫著關於生命的

上圖｜「慢慢的病要緩緩療」展區，雨傘裝置比喻文學如陰雨下的保護傘。
下圖｜「時間的疾，照護療癒」展區，龍瑛宗的輪椅，承載作家的晚年生活。

一切，亦溫柔地伴隨我們走過漫漫長夜，抵達更好的明天，就如潘柏霖〈你不知道我多希望能吃掉你的痛〉詩句中：

你是發生在我身上最重要的傷口
傷口長出枝芽
一開始很痛
後來長出花果
有蝴蝶和蜂鳥
現在想到你
全是你快樂的樣子

我們寫下疾病，同時也在療癒疾病，在徬徨不安時，讓文學安撫身心。

註：本文圖片由七頂創意有限公司拍攝。

作者簡介

林秀蓉——國立高雄師範大學國文學系博士，國立屏東大學中國語文學系教授。著有《日治時期臺灣醫事作家及其作品研究：以蔣渭水、賴和、吳新榮、王昶雄、詹冰為主》、《從蔣渭水到侯文詠：臺灣醫事作家的現實關懷》、《眾身顯影：臺灣小說疾病敘事意涵之探究（1929-2000）》等專書，以及專論王潤華、曾貴海、李敏勇、張曉風、利玉芳、余光中等多篇論文。編有〈在地全球化的新視域：2020第七屆屏東文學國際學術研討會論文集〉、《屏東文學青少年讀本——新詩卷》（合編）等。

黃宗潔——國立臺灣師範大學國文學系博士，現任國立東華大學華文系教授。研究領域為臺灣及香港當代文學、家族書寫、動物書寫。著有《倫理的臉：當代藝術與華文小說中的動物符號》、《牠鄉何處？城市·動物與文學》等，編有《孤絕之島：後疫情時代的我們》、《成為人以外的：臺灣文學中的動物群像》，另與黃宗慧合著《就算牠沒有臉：在人類世思考動物倫理與生命教育的十二道難題》。其他書評與動物相關論述見《鏡文化》、《鏡好聽》、《新活水》等專欄。

紀大偉——美國加州大學洛杉磯分校（UCLA）比較文學博士，政治大學台灣文學研究所副教授。著有專書《同志文學史：台灣的發明》、科幻小說《膜》。日文版、法文版、英文版《膜》已經翻譯出版。

梁秋虹——臺灣大學社會學博士，現任成功大學歷史學系助理教授、臺灣女性學學會理事。著作〈梅毒之疫：日治初期臺灣性病治理的人權爭議及政策轉折〉，獲臺灣醫學史學會與杜聰明博士獎學基金會「臺灣醫學史學術論文獎」。

許宏彬——英國倫敦大學亞非學院（SOAS）歷史學博士，現為國立成功大學歷史學系副教授。研究興趣為醫療史、臺灣史、科技與社會（STS）研究，特別關注地方醫療史與在宅醫療的發展。

黃信恩——高雄醫學大學醫學系畢業，現任職門諾醫院。著有散文集《體膚小事》、《12元的高雄》等。《體膚小事》獲第卅八屆文化部金鼎獎優良文學圖書推薦獎，入選《文訊》「二十一世紀上升星座：一九七〇後臺灣作家作品評選」，並於二〇二一年譯有韓文版《내몸내뻐》。

廖淑芳——國立清華大學中國文學系博士。國立成功大學台灣文學系副教授，曾任成大臺文系系主任、臺灣文學學會理事、芝加哥大學訪問學者。著有學術專書《鬼魅、文學敘事與在地性——戰後臺灣文學研究論集》、《天使與橋者——七等生小說中的友誼》、《臺灣文學史長編17：探索的年代——戰後台灣現代主義小說及其發展》（與包雅文合著）等，編有《閱讀馬森II：馬森作品學術研討會論文集》（與廖玉如合編）、《臺南作家評論選集》等。曾獲府城文學獎、竹塹文學獎等評論類獎項。

李癸雲——現任清華大學臺灣文學研究所教授。著有《詩及其象徵》、《結構與符號之間》、《朦朧、清明與流動》等學術論著。曾獲臺北文學獎新詩評審獎、臺中縣文學獎新詩獎、南瀛文學獎「南瀛新人獎」、清華大學校傑出教學獎等。

李欣倫——中央大學中國文學系副教授，著有論著《苦難敘事與身體隱喻：從身體感知的角度閱讀當代女作家作品》，散文則有《藥罐子》、《此身》、《以我為器》及《原來你什麼都不想要》等，《以我為器》獲二〇一八年國際書展非小說類大獎，亦入選《文訊》「二十一世紀上升星座：一九七〇後台灣作家作品評選」中二十本散文集之一，近年散文集入圍臺灣文學館金典獎、Openbook年度好書，散文作品也收入年度散文選及數種散文選集中。

王浩威——精神科醫師、榮格分析師。高雄醫學院醫學系畢業，曾為臺大醫院、和信醫院及慈濟醫院精神部主治醫師；目前專職從事心理治療與榮格分析，並為華人心理治療研究發展基金會董事長、臺灣榮格心理學會理事長及心靈工坊文化公司發行人。著有詩集《獻給雨季的歌》；散文《在自戀和憂鬱間飛行》、《海岸浮現》、《和自己和好》、《台灣查甫人》；文化評論《一場論述的狂歡宴》、《台灣文化的邊緣戰鬥》；於心靈工坊出版有《沉思的旅步》、《好父母是後天學來的》、《我的青春，施工中（二版）》、《憂鬱的醫生，想飛》、《晚熟世代》，合著有《心理學家閱讀陳水扁》、《生命的12堂情緒課》、《青少年魔法書》等書。

許劍橋——中正大學中文博士，臺南護理專科學校通識教育中心助理教授、護理科導師。曾任中正大學臺文所專案助理教授、國家圖書館編輯、菲律賓靈惠學院華語教師。著有《白色巨塔的性別視野：臺灣醫療書寫與性別研究》、《「同花」大順：九〇年代臺灣女同志小說論》。

宋玉雯——清華大學中國文學系博士，現職中央大學中國文學系助理教授。主要從事左翼文學研究與文化研究，著有《蝸牛在荊棘上——路翎及其作品研究》，是《憂鬱的文化政治》、《酷兒・情感・

政治——海澀愛文選》、《抱殘守缺——21世紀殘障研究讀本》和《文學論戰與記憶政治：亞際視野》的共同編者。

朱嘉漢——著有小說《禮物》、《裡面的裡面》、《醉舟》，文論集《夜讀巴塔耶》、《在最好的情況下》。

李雪莉——非營利媒體《報導者》總編輯、報導者文化基金會副執行長、臺大新聞所兼任助理教授，曾任《天下雜誌》副總編輯與影視中心總製作人。加拿大McGill大學、香港中文大學訪問學人。曾獲臺灣卓越新聞獎、曾虛白新聞獎、SOPA亞洲出版協會新聞獎、香港人權新聞獎。二〇二一年臺北國際書展大獎編輯首獎得主。合著並主編《血淚漁場》、《廢墟少年》、《烈火黑潮》、《報導者事件簿》、《烏克蘭的不可能戰爭》、《島國毒癮紀事》等書。

阿布——國立東華大學華文所碩士，現為精神科醫師。著有散文集《萬物皆有裂縫》、《實習醫生的祕密手記》、《來自天堂的微光》，詩集《此時此地 Here and Now》、《Jamais vu 似陌生感》、《Déjà vu 似曾相識》。

陳佩甄——美國康乃爾大學亞洲研究系博士，現任政治大學台灣文學研究所助理教授。曾任中央研究院博士後研究員，《破周報》執行主編，時報文化出版社編輯。目前進行的研究以臺韓社會中的性別、情感、冷戰地緣政治等面向為題。現有研究成果散見《文化研究》、《台灣文學學報》、《台灣文學研究學報》、사이間 SAI、Inter-Asia Cultural Studies 等學術期刊，採訪報導、評論撰述則見於《Openbook 閱讀誌》、《新活水》、《OKAPI》、《聯合文學》等平台。

栩栩——現任呼吸治療師，著有詩集《忐忑》。曾獲周夢蝶詩獎、時報文學獎、林榮三文學獎、國藝會創作補助等。

陳宗暉——東華大學中文系（華文文學系）碩士班畢業。著有散文集《我所去過最遠的地方》，獲「Openbook年度好書獎」、「臺灣文學獎蓓蕾獎」。近作入選九歌《110年散文選》、《111年散文選》。

吳妮民——家庭醫學專科醫師，寫作者，臺北人。曾獲林榮三文學獎、時報文學獎、梁實秋文學獎、臺北文學獎等，著有散文集《私房藥》、《暮至臺北車停未》，及《小毛病》。作品散見各文字媒體，並獲選入《散文類》、《九歌年度散文選》、《我們這一代：七年級作家》等輯。

蔣竹山——臺灣桃園人。清華大學歷史所博士，中央大學歷史所副教授兼文學院學士班主任。曾任東華大學人社院大眾史學研究中心主任，中央大學歷史所所長。研究興趣喜歡打破傳統臺灣史、中國史、世界史三塊分立之框架，主要方向為醫療史、新文化史、全球史、公眾史學。歷來除關注全球視野下的物質文化史研究，在學院推動相關社群活動外，也對社會大眾推廣歷史普及與公眾史。

石曉楓——福建金門人。臺灣師範大學國文系專任教授，兼事散文創作，曾獲華航旅行文學獎、梁實秋文學獎等。著有散文集《跳島練習》、《無窮花開——我的首爾歲月》、《臨界之旅》；評論集《創作的星圖：國民散文手藝課》、《生命的浮影——跨世代散文書旅》；論文集《文革小說中的身體書寫》、《兩岸小說中的少年家變》、《白馬湖畔的輝光——豐子愷散文研究》；另與淩性傑合編《人情的流轉：國民小說讀本》。

張郅忻——成功大學台灣文學系博士。著有散文集《我家是聯合國》、《我的肚腹裡有一片海洋》、《孩子的我》、《憶曲心聲》，兒少小說《館中鼠》，長篇小說「客途」三部曲：《織》、《海市》、《山鏡》。曾獲客家歷史小說獎、馬偕傳教士紀念電影劇本首獎、年度最佳少年兒童讀物獎等。《織》入圍臺灣文學金典獎長篇小說獎及臺灣歷史小說獎推薦獎。《孩子的我》入選《文訊》「二十一世紀上升星座：一九七〇後臺灣作家作品評選」中二十本散文集之一。

蔣亞妮——目前為成功大學中文博士候選人。曾獲臺北文學獎、教育部文藝創作獎、文化部年度藝術新秀、國藝會創作補助等獎項。二〇一五年出版首部散文《請登入遊戲》，二〇一七年出版《寫你》，二〇二〇年出版《我跟你說你不要跟別人說》。

劉介修——臺灣苗栗人。英國牛津大學社會政策博士，老年醫學專科醫師。現任衛生福利部桃園醫院教學部副主任與家庭醫學科主治醫師，清華大學學士後醫學系助理教授，家庭照顧者關懷總會理事。曾擔任成大醫院老人醫院籌備處醫務秘書，臺大醫院竹東分院社區健康營造中心執行長。研究興趣為比較社會政策、長期照顧政策、高齡醫學、醫學教育。看病人、做研究、教學生，期望能找尋更健康的照護體系。

王嘉玲——國立臺灣文學館展示組研究助理，負責展覽策畫。策展經歷：臺灣鬼怪文學特展・鬼怪文學與當代藝術特展、香港文學特展、百年情書——文協百年特展、臺灣文學中的疾與療、臺灣文學內在世界常設展等二十餘檔展覽，並主編《文協一百點：臺灣真有力地景指南》、《華麗島・臺灣——西川滿系列展展覽專輯》等書。

黃偉誌——政治大學台灣文學所碩士畢業，現為國立臺灣文學館研究助理。碩士論文〈當代台灣小說中的科技敘事（2000-2020）〉，研究興趣為臺灣現當代小說。曾於「台灣文學學會年會」、「文化研究年會」發表論文。

（依文章順序排列）

展覽資訊

「寫字療疾——臺灣文學中的疾與療」特展
Illness and Narratives: Illness and Healing in Taiwan Literature

指導單位：文化部
主辦單位：國立臺灣文學館
協辦單位：公共電視台、國立臺灣歷史博物館、國家人權博物館

策展團隊
總策畫：林巾力
展覽經理：王嘉玲
展覽內容：黃偉誌
文案協力：吳易珊、黃皓程
工作協力：林宛臻、林世翔、林巧湄、許乃仁、張堯翔、張禾靜、詹嘉倫、黃昭雯、劉之筠、李佳殷、嚴景鴻
設計製作：七頂創意有限公司
英文翻譯：Jeff Miller（米傑富）

文物保護：晉陽文化藝術
展覽行銷：王嘉玲、侯惟嘉、陳昱成、黃皓程、卡芙創意設計行銷有限公司
教育推廣：王嘉玲、故事STORYSTUDIO

文物捐贈

古蒙仁、平路、邱瑞奇、吳明月、吳瀛濤、李喬、李魁賢、杜潘芳格、周定山家屬、周原朗、東方白、林建隆、邵僩、亮軒、姜穆、施叔青、唐綿、夏本・奇伯愛雅、張玉園、許丙丁、許成章、郭昇平、黃震南、楊建、葉思婉、詹元雄、龍瑛宗、鍾鐵民、韓良俊、韓良誠、文學台灣基金會、文學台灣雜誌社、日本綠蔭書房、台灣白話字文學資料蒐集整理計畫——高樹教會、朱學恕創大海洋詩雜誌、財團法人周大觀文教基金會

（按姓名筆畫排序）

特別感謝

Loso Abdi、王秀雲、平路、江文瑜、何景窗、利玉芳、利格拉樂・阿𡠄、吳明益、吳易叡、吳繼文、宋尚緯、李欣倫、李彥範、拓拔斯・塔瑪匹瑪、林亨泰、林秀蓉、邱妙玲、胡淑雯、袁瓊瓊、張曼娟、張蒼松、梁秋虹、許佑生、郭強生、陳宗暉、陳耀昌、曾貴海、黃于玲、黃柏軒、廖梅璇、潘柏霖、鍾文音、謝仕淵、隱匿、簡媜、顏艾琳、羅詩雲、蘇偉貞、蘇碩斌、顧玉玲、四方文創股份有限公司、印刻文學生活雜誌出版有限公司、曲盤聽講文化工作室、高雄市電影館、晨星出版有限公司、寶瓶文化事業股份有限公司

（按姓名筆畫排序）

線上展覽

寫字療疾
臺灣文學中的疾病與療癒

策　　劃｜國立臺灣文學館
監　　製｜林巾力
主　　編｜李欣倫
計畫執行｜王嘉玲、黃偉誌、黃晧程
作　　者｜林秀蓉、黃宗潔、紀大偉、梁秋虹、許宏彬、黃信恩、廖淑芳、李癸雲、李欣倫、王浩威、許劍橋、宋玉雯、朱嘉漢、李雪莉、阿　布、陳佩甄、栩　栩、陳宗暉、吳妮民、蔣竹山、石曉楓、張郅忻、蔣亞妮、劉介修、王嘉玲、黃偉誌

副總編輯｜陳瓊如
校　　對｜魏秋綢
封面設計｜謝捲子@誠美作
內文排版｜黃暐鵬
特約行銷｜林芳如

發 行 人｜王榮文
出版發行｜遠流出版事業股份有限公司
地　　址｜104005台北市中山北路一段11號13樓
客服電話｜02-2571-0297
傳　　真｜02-2571-0197
郵　　撥｜0189456-1
著作權顧問｜蕭雄淋律師
初版一刷｜2023年09月01日
I S B N｜978-626-361-190-0
定　　價｜新台幣420元

國立臺灣文學館
National Museum of Taiwan Literature

國家圖書館出版品預行編目(CIP)資料

寫字療疾：臺灣文學中的疾病與療癒／林秀蓉，黃宗潔，紀大偉，梁秋虹，許宏彬，黃信恩，廖淑芳，李癸雲，李欣倫，王浩威，許劍橋，宋玉雯，朱嘉漢，李雪莉，阿布，陳佩甄，栩栩，陳宗暉，吳妮民，蔣竹山，石曉楓，張郅忻，蔣亞妮，劉介修，王嘉玲，黃偉誌作；李欣倫主編.
－初版. －臺北市：遠流出版事業股份有限公司，2023.09
　面；　公分
ISBN 978-626-361-190-0（平裝）
1.CST: 臺灣文學 2.CST: 文學評論 3.CST: 病理學 4.CST: 文集
863.207　　112010938

YLib.com 遠流博識網
http://www.ylib.com
Email: ylib@ylib.com